Le Cocon

Janette Bertrand

Le Cocon

Libre Expression

Une compagnie de Quebecor Media

Catalogage avant publication de Bibliothèque et Archives nationales du Québec et Bibliothèque et Archives Canada

Bertrand, Janette, 1925-

    Le cocon
    ISBN 978-2-7648-0464-3
    I. Titre.

PS8553.E777C62 2009   C843'.54   C2009-941100-8
PS9553.E777C62 2009

Édition: Monique H. Messier
Révision linguistique: Annie Goulet
Correction d'épreuves: Françoise Le Grand
Couverture: Marike Paradis
Photo couverture: Sarah Scott
Grille graphique intérieure: Marike Paradis
Mise en pages: Hamid Aittouares
Photo de l'auteure: Jacques Migneault

Cet ouvrage est une œuvre de fiction; toute ressemblance avec des personnes ou des faits réels n'est que pure coïncidence.

Remerciements
Les Éditions Libre Expression reconnaissent l'aide financière du gouvernement du Canada par l'entremise du Programme d'aide au développement de l'industrie de l'édition (PADIÉ) pour ses activités d'édition. Nous remercions le Conseil des Arts du Canada et la Société de développement des entreprises culturelles du Québec (SODEC) du soutien accordé à notre programme de publication. Gouvernement du Québec – Programme de crédit d'impôt pour l'édition de livres – gestion SODEC.

Les Éditions Libre Expression
Groupe Librex inc.
Une compagnie de Quebecor Media
La Tourelle
1055, boul. René-Lévesque Est
Bureau 800
Montréal (Québec) H2L 4S5
Tél.: 514 849-5259
Téléc.: 514 849-1388
www.edlibreexpression.com

Dépôt légal Bibliothèque et Archives nationales du Québec et Bibliothèque et Archives Canada, 2009

ISBN 978-2-7648-0464-3

Distribution au Canada
Messageries ADP
2315, rue de la Province
Longueuil (Québec) J4G 1G4
Tél.: 450 640-1234
Sans frais: 1 800 771-3022
www.messageries-adp.com

Diffusion hors Canada
Interforum
Immeuble Paryseine
3, allée de la Seine
F-94854 Ivry-sur-Seine Cedex
Tél.: 33 (0)1 49 59 10 10
www.interforum.fr

À ma famille, mes amis, mon cocon à moi,
qui m'apporte chaleur, affection et amour,
et qui me donne le goût de vivre.

J'ai vécu dans le Faubourg à m'lasse toute ma jeunesse. J'ai sillonné ses rues en bottines blanches, en petits souliers vernis noirs, en patins à roulettes, en reinettes, en talons hauts. J'en connais toutes les rues, toutes les ruelles. Je peux même dire qu'à l'époque, j'en connaissais presque tous les habitants puisqu'ils étaient pour la plupart des clients de la mercerie de mon père, J. A. Bertrand et Fils. Dans mon quartier de l'est de Montréal vivaient des ouvriers, des artisans, des marchands, des ménagères, des veuves, des vieilles filles et une multitude d'enfants. Aussi des médecins, un notaire, un avocat, un curé, trois vicaires et une pléthore de chômeurs. Contrairement aux autres secteurs de la ville, notre coin n'était pas dominé par une église, mais par la Macdonald Tobacco, où peinaient pères, mères et descendances. Des logements modestes plantés directement sur le trottoir, une marche de ciment y donnant accès, émanaient les soirs d'été des odeurs de cuisine, mais surtout de la chansonnette française, des sacres d'hommes, des cris de femmes et les pleurs des enfants qu'on menaçait de la strappe. Chaque père en avait une pour dresser les enfants, mais il s'en servait surtout pour calmer sa frustration d'être né et condamné à vivre dans le Faubourg. Les mères – c'est

Yvon Deschamps qui le dit – avaient dix bras chacune qui claquaient au vent, et qui attrapaient au vol tout ce qui passait : un fils, une fille ou un quelconque enfant du voisinage. Le quartier sentait la mélasse à cause des raffineries de sucre du bord du fleuve, le tabac à cause de Macdonald Tobacco, et la bière à cause des tavernes, posées à chaque coin de rue comme autant de trappes à maris, lesquels étaient peu pressés de rentrer dans leur trois pièces, où s'entassait le plus souvent une progéniture commandée par l'Église. J'aimais bien écornifler dans ses logements, moins par curiosité que pour parfaire mon éducation sur la nature humaine. Parfois, j'apercevais une femme qui allaitait son bébé, ou encore un colosse en corps et caleçons couleur chair qui berçait un poupon. Je surprenais rarement des couples d'amoureux qui s'embrassaient, les marques d'affection étant réservées à la chambre conjugale, mais souvent j'apercevais une famille nombreuse attablée. Le père trônait, les enfants se chamaillaient. J'aurais voulu être un petit oiseau pour percer leurs secrets. Certaines rues attisaient particulièrement mon intérêt. Il existait et il en existe encore des rangées de logements sur deux étages, séparés par une porte cochère. Passé ces portes, d'autres rangées de logements en brique rouge avaient été aménagés à partir d'anciennes écuries de laitiers, de marchands de glace ou de guenilloux. Au milieu de la cour gazonnée plus ou moins grande trônait souvent une balançoire à quatre places ou une table de pique-nique.

Chaque fois que je repasse devant ces lieux de mon enfance, la folle du logis en moi entre en transe. Pensez donc, un huis clos avec un potentiel d'intrigues et de mystères à faire frémir de jalousie les sœurs Brontë. C'est en revisitant un tel lieu lors d'un tournage récent que j'ai eu l'idée d'écrire ce roman, dont l'histoire se passerait de nos jours dans ce quartier de mon enfance.

Janette Bertrand

1

C'est la veille de la Saint-Jean Baptiste. Les terrasses de la rue Saint-Denis débordent de buveurs de bière et de sangria. Le temps doux a fait ressortir des boîtes les corsages à bretelles, les jupes « ras-le-pompon » et les sandales à talons vertigineux. Les jambes nues fraîchement épilées se croisent, s'ouvrent puis se recollent l'une contre l'autre, comme pour se protéger des regards trop longtemps privés de chair fraîche. Soulignant leurs bedaines d'hiver, les gars portent leurs t-shirts de l'été dernier, dont certains ont refoulé au lavage, plaident-ils. Les drapeaux fleurdelisés flottent aux devantures des restos et des boutiques. Les festivaliers en quête d'une place en terrasse passent et repassent, enviant les bien-assis. On se salue même si on ne se connaît pas et, si on se connaît, on s'embrasse sur les joues en effleurant la bouche, par accident. L'ambiance est au plaisir.

Un homme dans la mi-quarantaine semble ne pas profiter du bonheur ambiant ni apprécier l'exubérance des fêtards. Plutôt grand et maigre, cet homme, gris de la tête aux pieds, a l'air de plier sous le poids pourtant supportable de son sac à dos. Il ne quête pas, il n'est pas ivre ; il erre sans but, totalement absorbé par ses pensées.

«Oublier. Je sais qu'il faut que j'oublie. Mais comment? J'en suis incapable. Si seulement il y avait des pilules pour l'oubli, j'en prendrais une, deux, trois, dix. Hélas! ce genre de médicament n'a pas encore été inventé. Faire comme si rien n'était arrivé, je ne peux pas. C'est arrivé! Le temps n'arrange pas les choses. Après une année, ma blessure est encore plus saignante, plus purulente qu'au premier jour. C'est injuste! Je vis, et elles ne sont plus là. Disparues à jamais! Pourquoi vivre alors que les trois femmes de ma vie sont parties… Arrachées à moi, arrachées à mon amour. Parties pour ne jamais revenir. Jamais! Jamais! Jamais! Depuis un an, je survis grâce à des scénarios de retrouvailles que j'invente. Des scénarios qui me permettent de respirer une heure, une journée et, quelquefois, une semaine ou deux. Mais je les ai tous épuisés. Je n'ai plus d'espoir. Aucun! Je sais que je ne les reverrai plus. Cette pensée me tue. Ma femme, mes filles, elles étaient toute ma vie. Mon travail, c'était pour elles. La maison, c'était pour elles. Sans elles… Sophie! Chloé et Rose! Mes trois femmes, comme je les appelle… les appelais…

«Ne plus penser à elles, cesser d'espérer les revoir vivantes. Elles sont mortes! Voilà, le mot est dit: mortes! Je voudrais le hurler pour m'en convaincre, et ainsi arrêter de ressasser mon malheur, de me flageller de n'avoir pu leur sauver la vie, de me punir simplement parce que je vis, alors qu'elles sont mortes! Mortes! J'ai envie de crier à tous ces gens assis aux terrasses que le bonheur ne dure pas, qu'au moment où on s'y attend le moins il nous est enlevé. Qu'ils partagent ma souffrance! Je n'en peux plus de la porter seul, tout seul. Faut que ça cesse, je ne me vois pas souffrir ainsi toute ma vie… "J'étais heureux, moi aussi, tout comme vous, mais je ne savais pas que je l'étais. Je n'ai pas profité d'elles, trop absorbé que j'étais par les contrariétés quotidiennes." Mes paroles tomberaient dans les oreilles de sourds. On est sourd quand on est heureux, sourd et imbécile puisqu'on croit que le bonheur dure toujours et qu'on peut le gaspiller. Je voudrais proclamer au monde entier qu'il faut profiter de l'instant qui passe, mais je suis seul, si seul que je raconte mon histoire aux réverbères, aux boîtes aux lettres.

« L'été avant l'accident, j'avais loué un chalet dans les Laurentides pour nos vacances. Le mauvais temps nous avait cloués à l'intérieur dix jours sur quinze. Sophie et les filles m'avaient alors fait promettre qu'aux prochaines vacances, je louerais là où le beau temps est garanti. Pour leur faire plaisir, j'avais déniché sur internet un bungalow au Mexique, là où "le beau temps est garanti". Il semblait joli, pas cher et, surtout, dernière de leurs exigences, situé au bord du Pacifique, sur une plage sauvage. Tout ce dont elles rêvaient! J'étais piteux, car je ne suis heureux que dans la forêt, et surtout loin de l'eau. Je déteste l'eau! Mais un père de famille et époux se doit de faire des compromis. L'été suivant, ce serait mon tour de me faire plaisir en louant un chalet au Québec, avec mouches noires, maringouins et pluie garantis. Et c'est la conscience tranquille que, fin juin, nous nous sommes envolés au Mexique pour deux semaines de rêve.

« Mes femmes étaient contentes. Leur joie faisait taire mes appréhensions. Au soleil, je rougis comme une tomate, et cette couleur attire les moustiques puisque je me retrouve tacheté de piqûres piquantes. De plus, la chaleur me rend légume. Je me traîne, incapable de prendre la moindre décision. Le sable est attiré par mes orifices.

Même après quatre douches, j'en retrouve encore des grains ici et là. Persuadé que l'eau peut m'aspirer et les poissons me dévorer, je ne me baigne pas. Des flashes du film *Jaws* gâchent même mes promenades sur la plage. Mais si mes femmes étaient contentes, j'étais content aussi. Le vol avait été parfait. Les vacances s'annonçaient parfaites... pour elles.

«Dès la descente de l'avion, déception totale. La route est en piteux état, le taxi aussi. Après plus d'une heure de brinquebala, le taxi s'arrête, prêt à rendre l'âme. On y est! La mer est là, à perte de vue, d'un calme hypocrite. Je l'imagine remplie de requins et de pieuvres voraces, et je sens que le sable va m'ensevelir. Il y en a partout, du sable: sur la plage, bien sûr, mais aussi tout autour du bungalow et à l'intérieur. Ce bungalow est en fait... une cabane branlante en tôle, imitation bois. L'annonce sur internet vantait les avantages de vivre à l'extérieur: une chance, parce qu'en dedans ce n'est que de la pacotille de Dollarama. Et c'est petit, tout petit, sale et plein de moisissures. Pendant que je culpabilise de n'avoir pu leur offrir une maison confortable, elles, elles s'extasient sur le soleil, la mer et le sable. La cabane est isolée. Pas de voisins. Pas de dépanneur. Le plus proche village est à plus de six kilomètres. Mes femmes jubilent, elles pourront porter leurs minibikinis en paix. Je fais semblant d'être content, mais je ne suis guère rassuré. J'ose mentionner qu'une maison moderne, en montagne, à une heure de la mer, entourée d'arbres et de quelques voisins, est à louer. Je l'ai repérée en cours de route. Je suis hué! Le clapotis nuit et jour, le sable jusque dans la nourriture et la plage isolée, c'est pour elles d'un romantisme absolu... Je fais la gueule. On me traite de rabat-joie.

« Le lendemain, après avoir traqué la bibitte, j'observe du bungalow mes femmes se rouler dans les vagues et s'exposer au feu du soleil. Elles sont heureuses et je le suis aussi, évidemment.

« Après le souper, d'inquiétants nuages noirs ont envahi le ciel et le mauvais temps nous a chassés de la terrasse. Le vacarme de la pluie sur la tôle m'énervait, le vent m'angoissait, mais je me suis tu. Je m'étais juré de ne pas gâcher leurs vacances. Et puis, un père, ça n'a peur de rien, un père, c'est fort ! Les filles jouaient au *mexican train* dans leur chambre, la seule chambre d'ailleurs. Elles se disputaient, mais c'était leur façon de communiquer. Dans notre chambre-salon-salle-à-manger-cuisine, Sophie me repassait le dos de ses mains pour me défroisser le gros nerf. Je ne l'avais pas souvent vue aussi épanouie. Sa main descendait sur mes fesses : "Sophie, les enfants !" Je n'avais pas du tout envie de faire l'amour dans des draps humides et croustillants de sable, j'avais plutôt envie de la punir en me refusant à elle. La punir pour avoir pensé à elle plutôt qu'à moi. »

2

Avenue du Parc. Un autobus stoppe à une intersection. La portière s'ouvre et une femme, portant sa maison dans des sacs de plastique, en gravit péniblement les marches. Elle sourit à la conductrice de ses quatre dents et va s'asseoir sans payer. Les passagers, qui ont vu le manège, sourient aussi. C'est connu, sur la ligne de la chauffeuse d'autobus nommée Nicole, il y a toujours de la place pour les itinérants, les jeunes cassés, les monoparentales. Ses patrons ont beau la réprimander, Nicole considère que ce n'est pas un ticket d'autobus en moins qui va appauvrir la compagnie de transport. Elle est l'ange du circuit. Toujours de bonne humeur. Un sourire dans ses yeux bleus, une chanson aux lèvres, le juron et la réplique cinglante aux impolis et à ceux qui rouspètent contre la météo. « Moi, je chicane juste contre les affaires que je peux changer. » Et si on continue de se plaindre… « Si t'es pas content, change de pays ! »

Nicole a une sainte horreur des ivrognes et, s'ils sont trop bruyants, elle n'hésite pas à les sortir de son autobus. C'est une femme forte, ronde de partout : pieds dodus, jambes potelées, cuisses à l'avenant, postérieur plantureux et seins à faire pâlir de jalousie toutes les planches à repasser de ce monde. Ses grosses joues sont appuyées sur un menton court, et cette bouille de chair crème et fraise est percée au milieu par le plus joli des petits nez retroussés. Sa bouche en cœur forme un « o » parfait dès qu'elle est attirée par un homme, presque un « o » de revue porno. Ses cheveux frisés noirs en rajoutent à sa rondeur. Nicole est une balle qui rebondit comme du caoutchouc, mais qui devient grenade si on l'attaque ou si on attaque ses filles. Elle a trente-neuf ans, mais en paraît quarante-cinq dans son uniforme bleu passé, décidément trop masculin pour ses rondeurs. Elle est une conductrice prudente, efficace, concentrée. Ça ne l'empêche pas de réfléchir à sa vie tout en conduisant.

« Ben oui, souris, Nicole, chante, Nicole ! Le monde a pas besoin de savoir que t'es en beau joual vert contre toi-même. Maudite niaiseuse, je me suis séparée de Gerry parce que je voulais plus me traîner à ses pieds puis le servir, mais il a juste à me siffler et je me retrouve dans son lit. Je suis-tu une femme ou une carpette ? Maudit que je m'haïs ! Pis je suis même pas une bonne mère. J'ai deux belles filles et je suis jamais à la maison : toujours à remplacer un collègue, toujours à rendre service à la coop où je reste, toujours à m'oublier pour les autres. Tout ça pour quoi ? Pour me faire aimer du monde. Ils m'aiment pas plus, pis je passe juste pour une nounoune. La madame aux sacs de plastique, elle m'aime pas, elle se dit plutôt : "Elle, je l'ai eue, une autre cave." Demain, je change, je deviens bête comme mes pieds. Eux autres, les bêtes-comme-leurs-pieds, le monde les aime. Gerry, ç'a beau être le gars le plus bête du monde, dès qu'il est un peu fin, le monde s'exclame. Même moi, je rampe devant lui dans ces moments-là. Moi qui suis fine tout le temps, le monde prend ça pour du cash ! Tiens, une autre bag-lady qui fouille dans les vidanges. Elles parlent même pas français! En juin, elles débarquent à Montréal pour l'été, puis à l'automne c'est goodbye pour Vancouver. Qu'est-ce qui a pu se passer dans leur vie pour qu'elles deviennent de même? Peut-être qu'elles ont eu un Gerry elles aussi et que, pour mettre fin à leur esclavage, elles ont décrissé? Peut-être.

« Mais je suis chanceuse, j'ai deux filles, des filles le fun que j'aime pas tout le temps, mais la plupart du temps. Quand elles sont pas fines, je les aime pas. Elles m'aiment-tu, elles, tout le temps? C'est vrai qu'étant leur mère je suis supposée les aimer in-con-di-tion-nel-le-ment, mais des fois je les passerais au blender. C'est tannant de toujours faire la loi. Je dis ça parce que des fois je suis tannée d'elles, mais si je les perdais... juste d'y penser... c'est ben simple, j'en mourrais! Wow le taxi, arrête de te décrotter le nez! Maudits taxis! Faut pas que j'me choque, c'est pas bon pour mon stress, pis le stress, ça me fait engraisser. Si le stress faisait maigrir, je pèserais bien cinquante livres! »

3

La coopérative d'habitation où vit Nicole regroupe une dizaine de logements, surnommée le cocon par tous ses résidents. On peut y entrer par la porte cochère donnant sur la rue ou par un étroit passage ouvrant sur la ruelle, derrière. Les logements sur deux étages ont tous des galeries qui se font face, et au milieu de la cour intérieure gazonnée trône une balançoire en bois de quatre places. Un peu plus loin, une table de pique-nique écaillée, des chaises de jardin bon marché, un barbecue, un carré de sable et quelques jouets. Le long d'une galerie au rez-de-chaussée, un petit potager et, ici et là, des jardinières garnies de géraniums.

Le beau Guillaume, taillé au couteau, et sa conjointe Pascale, une grande perche aux cheveux coupés ras la bolle, se bercent dans la balançoire. Elle aspire la fumée de sa cigarette comme si elle manquait d'oxygène.

— Voyons donc, Pascale, tu m'apprends ça de même, à onze heures du soir ?

— Si t'étais rentré plus tôt, je te l'aurais dit avant.

— On va pas parler de ça ici, les voisins vont nous entendre… On rentre.

— Hey, tu veux pas que je fume dans la maison… Je finis ma cigarette.

— Combien de temps tu vas travailler à la Baie-James?

— C'est un remplacement de trois mois. C'est la chance de ma vie de me faire un magot. Avec cet argent-là, on va pouvoir faire le down payment sur une petite maison à la campagne puis élever des zébus.

— Oui mais t'as un enfant!

— Oui, puis?

— J'ai pas le tour avec Kia. Si ça avait été un gars, je dis pas, mais une fille, j'ai toujours peur de la casser.

— Tu vas apprendre. Pis tu vas l'avoir juste le soir et la nuit. Jessica va s'en occuper le jour.

— Tu vas confier ma fille à une BS qui a trois enfants de trois pères différents?

— C'est tout arrangé avec elle.

— Pis moi?

— Quoi, toi?

— Moi… qui va s'occuper de moi?

— Tes chums de gars.

— Je sais même pas faire cuire un œuf.

— Tu mangeras des nouilles.

— Tu les fais cuire combien de temps?

— Tu sais lire, tu liras le mode d'emploi…

— Si la petite est malade?

— Il y a le CLSC, Info Santé, les docteurs, l'hôpital, les voisins, le cocon est plein de voisins. Pis Jessica, elle a le tour avec les siens.

— Et si j'ai besoin de toi… un homme, c'est pas fait en bois!

— Il y a tout ce qu'il te faut sur internet.

— Je peux laisser tomber mon soccer, si c'est ça que tu veux. Mais le baseball, je peux juste pas, je suis capitaine de l'équipe.

— Guillaume, t'as toujours su que je voulais vivre à la campagne, je te l'ai dit cent fois.

— C'est pas mon rêve à moi, les zébus.

— Tu vas aimer ça. Ils sont doux comme des agneaux.

Guillaume est à court d'arguments.

— Écrase ta cigarette, on reparlera de ça demain, à tête reposée. Ma pratique a été dure. C'est tuant, le soccer…

— Mon avion est à six heures à matin… Faut que je sois à l'aéroport à trois.

— T'aurais pu m'en parler avant!

— T'es jamais là, t'enseignes la gym le jour, le soir monsieur fait du sport…

— Quand même, je suis là des fois. Puis je suis pas pire que les autres gars… Pars pas, ma minouchette, qu'est-ce que je vais devenir sans toi?

— Je le savais donc que tu chialerais…

— Je sais pas quel gars chialerait pas. «Tiens, v'là la petite, moi je sacre mon camp.»

— Ça fait deux ans que j'en prends soin à plein temps, je te la laisse pour trois petits mois…

— J'aurai plus de vie.

— Tu vas être comme j'ai été. Viens-tu m'aider avec mes valises ou je fais ça aussi toute seule?

— Qu'est-ce que tu veux insinuer?

— J'insinue rien…

— Depuis la naissance de Kia, c'est toi qui es toujours fatiguée.

— C'est toi qui l'es, avec ton sport!

— Ma femme me laisse avec un enfant sur les bras pis je devrais sauter de joie.

— Je pensais que tu l'aimais, Kia.

— Je l'aime.

— T'as de la chance que je te la confie. Il y a beaucoup de mes amies qui laisseraient jamais leurs enfants à leur chum.

— Merci ! Mais où je vais prendre l'argent pour la petite ? Je gagne pas une fortune.

— Je vais t'en envoyer, de l'argent, aie pas peur.

— J'ai pas peur, il y a juste que c'est de l'organisation, garder une petite fille de deux ans. Ça va entrer en conflit avec mon sport, mes chums de gars, pis mon travail…

— Guillaume, si j'apprends que t'as pas été un père responsable, je te poursuis en justice. Compris ?

— Compris !

— Si tu veux une petite vite avant que je parte, grouille.

— Brusque-moi pas.

Pascale écrase son mégot et monte l'escalier d'une démarche langoureuse. Guillaume réfléchit. Il est un as en stratégie au soccer et au baseball, mais dans la vie…

« Tabarnak ! Depuis quand une femme abandonne son enfant pour aller travailler à la Baie-James ? Elle se prend pour qui ? Elle est virée su'l'top. Ou bien elle fait une dépression. C'est ça, elle fait une dépression. Michel, qui fait du skate avec moi, sa femme l'a sacré là après la naissance du petit. Le docteur a diagnostiqué une dépression causée par les hormones. C'est ça, Pascale fait une dépression d'hormones. Faut dire que Michel s'était fait une blonde pendant la grossesse de sa femme pis qu'elle l'a su. Moi, j'ai pas de maîtresse. Ben… ma maîtresse, c'est le sport. Pascale devrait être reconnaissante que je la trompe pas avec une fille, je connais des gars qui se gênent pas pour se tremper le pinceau. C'est comme l'enfant, elle m'a-tu achalé pour en avoir un ! Moi, les enfants, je trouve que c'est une nuisance plus que d'autre chose. Fa'que, pour lui faire plaisir, je lui ai fait un enfant, mais elle était pas encore contente. Jamais satisfaite ! Elle me reproche toujours de pas travailler sérieusement, de m'amuser en travaillant, c'est pas de ma faute si je trouve mon plaisir dans le sport. Elle, elle voulait une vie de couple comme dans les romans de fille et du sexe comme dans les films pornos. Je suis juste un homme, christ ! Je suis un bon gars ! Trop bon gars. Faut que je mette mon pied à terre. C'est moi, l'homme. C'est moi, l'homme ! »

— Guillaume, tu montes ?

— Oui oui, minouchette, tout de suite !

« Arrivée au septième ciel, elle va changer d'idée. Je sais par où la prendre, la cochonne. »

4

« Je marche comme si j'allais quelque part, mais je tourne en rond. Je suis dans un cul-de-sac. Il n'y a pas d'issues, pas de portes. Mon avenir est bouché. Au secours, je me noie ! On peut se noyer en pleine ville. Un banc, tiens. Je vais m'asseoir. »

L'homme gris s'écrase sur le banc, étire ses longues jambes, ses grands bras maigres, et replonge dans ses noirs souvenirs.

« Le bruit de la mer ce soir-là comme si elle était en colère. La chaleur étouffante… Je voulais me doucher, mais la douche était dehors et j'avais vu d'immenses chauves-souris tournoyer autour de la cabane. Pour adoucir ma déception, Sophie se collait contre moi, passait sa jambe sur ma hanche. Je me suis calmé, endormi presque, en me convainquant que demain ça irait mieux.

« — C'est quoi ça, Sophie ?

« — C'est rien, c'est la mer !

« Pourquoi la mer hurlait-elle ? La peur à nouveau. Le macadam, je connais, la mer, non. Sophie avait passé plusieurs étés à Cape Cod et elle m'a rassuré comme si j'étais un bébé. Je détestais son ton maternel :

« — Ce n'est rien, mon amour… La mer, c'est comme ça, ça gronde, ça rugit et puis ça se tranquillise. Fais dodo !

« Mais le bungalow tremblait de toute sa tôle. Poussée par le vent, la pluie entrait par mille interstices. Réveillées par les volets qui claquaient, les filles voulaient voir de près cette mer en furie. Je m'y suis opposé. Sophie m'a traité de peureux. Mes peurs l'ont toujours agacée ; elle, elle n'a peur de rien. J'ai alors suggéré de prendre l'auto et de nous éloigner de la mer. Mes filles ont rigolé et m'ont qualifié de "citadin indécrottable". J'ai tenté de me raisonner. Je ne m'aime pas quand je suis peureux. Plus d'électricité ! Juste comme Chloé et Rose avaient déniché des bouts de chandelles, la mer entière s'est engouffrée dans le bungalow. J'étais dans une lessiveuse. Je culbutais, je roulais sur moi-même. Brassé, malaxé, j'avalais la mer, la recrachais. J'étais sous l'eau, par-dessus l'eau, dans l'eau. Puis, soudain, la mer m'a projeté à l'extérieur. J'ai réussi à m'accrocher au poteau du balcon. La mer me suçait, m'aspirait vers le large. La mer était dans mes yeux, ma bouche, mes oreilles. Elle me voulait à elle. Avec ma volonté et mes muscles, j'ai résisté. Le raz-de-marée – parce que plus tard j'ai su qu'il s'agissait d'un raz-de-marée – s'est peu à peu calmé. Quelques soubresauts encore et l'eau est revenue à sa place, dans la mer. J'ai vomi l'eau avalée et mon repas du soir. Je me suis secoué comme un chien et j'ai repris mes esprits lentement.

« Pas un appel, pas un pleur, juste la mer qui ronronnait à nouveau. Dans le bungalow, je me suis buté contre le poêle renversé, le frigo fracassé. Il faisait un noir d'encre. J'ai crié par-dessus le crépitement de la pluie sur la tôle :

« — Je suis là !

« J'espérais entendre des "papa" ou un "mon amour". Rien ! Je me suis rappelé que j'avais une lampe de poche

30

dans mon sac à dos. À tâtons, j'ai fait le tour de la cabane. Tout était brisé, détrempé ; le sable avait envahi le bungalow. Mon sac à dos était introuvable. J'ai toujours eu des réponses à tout. Je suis le champion du diagnostic. Mes femmes s'étaient sûrement réfugiées dans l'auto. C'est ça ! Je suis ressorti, cherchant l'auto dans le noir, un noir dense comme du mazout. Plus d'auto ! Elles ont dû courir vers la route qui domine la dune. Ça, c'était intelligent ! Je reconnaissais bien là ma Sophie, rationnelle et pas peureuse pour deux sous. Elles allaient revenir bientôt. J'ai hurlé quand même : "Sophie ! Chloé ! Rose !"

« J'ai crié toute la nuit. À l'aube, mes cris sont devenus prières. Je les implorais de me donner signe de vie. Je n'osais pas quitter la cabane, de peur qu'elles reviennent et me croient emporté par le ressac. Où étaient-elles ? Je m'inquiétais sûrement pour rien, comme toujours. Sophie était débrouillarde et en grande forme. Elle enseignait le yoga, s'alimentait bio et connaissait la mer. Les filles nageaient comme des poissons. Puis ma confiance s'est mise à vaciller. Mais je devais rester positif. Elles allaient revenir d'une minute à l'autre. Je me suis accroché à cette idée avec force, respirant profondément pour me calmer. La mer qui marmonnait à mes pieds, je l'ai lapidée avec des débris de bois et des pierres. Je la détestais, cette mer redevenue calme et douce, trop calme, trop douce. Sournoise était le mot. Je l'ai suppliée : "Où sont mes amours ?" La mer roulait, roulait, mais se taisait. De mauvaises pensées m'ont assailli. S'il fallait… Non ! Pas elles ! Ce n'était pas possible ! Elles allaient revenir, se jeter dans mes bras. On allait pleurer et rire en même temps… J'anticipais désespérément cette scène de retrouvailles.

« J'ai remis tant bien que mal les meubles en place, fait sécher les draps, préparé le déjeuner… Bon, le frigo tenait le coup, mais les réserves dégelaient vu la panne d'électricité. La cuisinière était inutilisable, mais par chance le barbecue était intact. Pour fêter leur retour, on allait manger les gros steaks qu'on avait gardés pour notre dernier jour de vacances. Je m'activais pour ne pas penser. Je ne voulais pas penser. Je ne devais pas penser.

« Quand le propriétaire est venu constater les dégâts, je ne lui ai pas offert de partager mon repas, certain qu'elles allaient réapparaître sur la route dans notre petite auto de location. Je les entendais déjà me raconter leurs aventures et je m'imaginais leur dire en riant : "Une à la fois, quand vous parlez toutes ensemble, je ne comprends rien." Puis je prenais mon air sévère : "On ne reste pas ici une minute de plus. Ou on loue la maison en haut d'ici, ou on rentre à Montréal. Et c'est non négociable."

« Je n'ai pas écouté le propriétaire qui, dans son mauvais anglais, m'expliquait les raz-de-marée, les personnes happées par cette houle gigantesque qui se formait au centre de l'océan et qu'on ne retrouvait jamais. Ses histoires ne me concernaient pas. Moi, ce n'était pas pareil. Notre famille était unie, tricotée serré. On s'aimait, notre amour était béton, et ce n'était pas une vague qui allait la détruire. Et puis pourquoi ça m'arriverait à moi ? J'étais irréprochable. Je n'avais jamais, au grand jamais trompé ma femme. J'étais un père attentif, présent. Pourquoi moi ? Moi qui ne crois pas en Dieu, j'ai compris alors ce qu'était la foi. J'avais foi en la famille, je croyais en la force de la famille, en l'amour qui déplace les montagnes. Ça ne pouvait pas nous arriver à nous ! »

5

Une bande de jeunes gars, casquettes de travers, se bous-
culent à l'entrée de l'autobus de Nicole.

— Hey, les smattes! Vous vous calmez, vous payez
ou vous descendez!

— Hey, la mère, ta gueule ou nous, on te fait la job!

Nicole tire le frein à bras, se lève, et son doigt pointé
sur eux comme un revolver leur montre la rue. Curieusement, les durs s'amollissent comme beurre au soleil.
Le plus menaçant marmonne même des excuses, et c'est
dociles qu'ils s'assoient. On dirait presque des gamins
qui tendent leur nez pour se le faire moucher. Nicole
est applaudie par les autres passagers. Après son petit
moment de gloire, elle retourne à sa petite vie…

« Et dire que Gerry pense que j'ai pas assez de guts
pour être truckeuse. S'il me voyait. C'est pas parce que
je suis une carpette avec lui que je me fais pas respecter
ailleurs. Mes filles me respectent. Elles m'obéissent pas,
mais elles me respectent. Elles sont ados, et les ados haïs-
sent leurs parents, c'est obligé. Faut couper le lien, je
veux bien, mais elles ont pas besoin de prendre la hache.
Les membres du cocon me respectent aussi. S'ils votent
jamais pour que je sois sur le conseil d'administration,
c'est parce qu'ils savent que j'en ai assez sur les bras. C'est

pas vrai, s'ils votent pas pour moi, c'est parce que je suis une grande gueule et que, souvent, mes paroles dépassent ma pensée. Ils votent pas pour moi parce que je suis pourrie dans la diplomatie, et il faut être diplomate en maudit pour garder ensemble les membres d'une coop qui en veulent tous les avantages sans les désavantages. N'empêche que si j'étais présidente, je pourrais montrer à Gerry que je suis pas une nouille. Ça va-tu être juste ça, ma vie, montrer à mon ex que je vaux quelque chose ? Quand je l'ai laissé… quand on s'est laissés… quand il m'a lâchée pour une traînée – un clou avec deux boules – j'ai eu un coup au cœur, comme si un couteau me le séparait en deux. Je voulais mourir. Pour de vrai ! Mais j'avais deux filles qui avaient besoin de leur mère. J'ai vécu pour lui prouver que je suis mieux que son échalote. Un jour, il va s'apercevoir de ce qu'il perd et il va me revenir tout repentant comme un ti-chien. Pis là, moi, je vais le tromper ! Ben bon pour lui ! Je m'haïs donc quand je pense de même. Gerry, je l'aime plus pantoute ! Lui pis moi, c'est terminus. Mais il y a Élodie et Myriam. Pour elles, leur père, c'est de l'or en barre. On sait ben, c'est pas lui qui les élève, qui les engueule. Il a que leurs beaux côtés, leurs finesses. Crime que c'est injuste, la vie de monoparentale. Crime que j'aimerais ça trouver un homme qui m'aimerait et que j'aimerais. Tu rêves, Nicole ! L'amour, c'est dans les vues, pas dans les autobus. Si Gerry était pas si enjôleux, aussi. Moi, un compliment, ça me fait fondre, pis pour que ça m'excite, il me faut de la chair, ben de la chair, pas toute sur le ventre, mais sur les bras, deux gros bras comme des poteaux de téléphone, des jambes comme des piliers de viaduc. Un dos massif et le reste à l'avenant. Franchement, en bas de six pieds deux cent vingt-cinq livres, un gars a pas grand chance avec moi. Quand Gerry se déshabille, c'est Hulk qui m'apparaît. Et ce qui me fait plaisir au boutte, c'est qu'à côté de lui j'ai l'air toute mince. Bon, un autre qui sait pas conduire… »

— Ôte-toi du chemin ! M'a t'écraser ! Épais !

« Ouf, je l'avais pas vu, lui, avec sa petite décapotable italienne. J'ai failli l'écrapoutir. Une chance, il y avait pas de police autour. Aussi, qu'est-ce que j'ai d'affaire à penser à Gerry, à penser à son corps d'albâtre, comme ils disent dans les romans Harlequin, à son membre si bien membré… Wow, il faut que j'arrête de penser au sexe si je veux pas avoir d'accident. Déjà que je me suis fait engueuler trois fois par mon patron ce mois-ci ! Bon, la bag-lady a pissé ! Elle aurait pas pu se retenir ? J'arrête l'autobus, je la fais descendre. Si elle veut pas, je la jette en bas, puis je finis mon shift tranquille. Pauvre elle, elle devait avoir envie en pas pour rire pour s'oublier de même. On chicane après les itinérants parce qu'ils pissent partout. Où c'est que tu veux qu'ils pissent, il y a pas de toilettes pour eux autres. Elle doit-tu être mal ! Je la vois dans le miroir me supplier du regard. Elle sait que j'ai vu son pipi dans les craques du plancher. Ah, pis la débarquer, ça donnerait quoi ? Elle va prendre un autre autobus, aussi bien que ce soit le mien. Je vais encore me faire engueuler par la maintenance. Je vais les envoyer su' le bonhomme. Bon, les passagers commencent à se plaindre de l'odeur. »

— Vous avez jamais eu ça, une envie qui se retient pas, vous autres ?

6

Face au logement de Pascale et de Guillaume, situé au deuxième étage, Roméo, soixante ans, en pyjama rayé couleur sac de vidange, pas rasé, pas peigné, la peau aussi verte que son pyjama, regarde s'il y a de la lumière chez les voisins. Il n'ose pas s'approcher de la fenêtre, de peur de se faire traiter d'écornifleux.

— Sa mère, viens voir le petit couple d'en face. Ça barde!

— Pas encore de la chicane? Pauvres eux autres!

— Je vois pas bien.

— Les longues-vues, Roméo, on les a achetées pour ça.

— Non, c'était pour regarder les oiseaux-mouches. Oh, ils se battent, ç'a l'air.

— Prends la longue-vue.

— OK, je la prends, là… Oh, ils se battent pas, ils…

— Ils… quoi?

— Ils font l'amour, mais ils le font comme s'ils avaient des comptes à régler. Pas comme nous autres dans le temps, hein, on faisait l'amour comme on s'aimait… tendrement…

— On parle pas de ça, tu le sais, ça m'a toujours gênée de mettre des mots sur ces affaires-là. Je te laisse à ta longue-vue, vieux cochon.

— C'est ça, s'il se passe du nouveau, je t'appelle, vieille chipie.

« Bon, astheure, je vais encore passer la nuit sur la corde à linge. Ma femme et moi, jamais on s'est chicanés devant le monde. On se chicanait pas longtemps, j'y disais : "T'as raison" et ça finissait là. Ça coûtait pas cher pis ça marchait. Et ça marchait dans les deux sens. Mettons que je le disais plus souvent qu'elle, mais bon… j'y donnais un bec sur le bec pis son candy et tourne de bord pis dors. On l'avait, l'affaire… Je m'ennuie de toi, ma tite poule. J'aurais dû partir avant toi. Les hommes doivent mourir avant leurs femmes : elles, elles se débrouillent bien sans hommes, nous autres, sans femmes, on est rien. »

— Regarde-moi, tite poule, je suis moins que rien sans toi…

— Sors, parle au monde, refais ta vie, astheure que je suis plus là.

— Je veux pas refaire ma vie, Thérèse. Ma vie est finie. Toi partie, il y a rien qui m'intéresse, pire, toute m'énarve. Ils sont là à me dire de t'oublier, à essayer de me distraire. Je suis bien, moi, dans ma peine. C'est comme une grosse veste de laine. Si je l'enlève, je vais geler. Ah non, pas Simone, la colle forte ! Trop tard. T'as vu comment elle est ? J'ai rien fait, moi là.

— Je te watche, Méo ! Oublie pas que je te watche d'en haut.

Simone gratte la vitre de la porte de ses faux ongles. Elle est vêtue d'une robe de chambre diaphane sur une jaquette, diaphane aussi. Roméo vérifie la braguette de son pyjama, puis crache sur ses doigts pour ensuite les passer sur sa crinière blanche. Il entrouvre la porte.

— Qu'est-ce qu'y a?

— Bonsoir, Roméo, je te dérange pas, toujours? Je sais qu'il est tard, mais j'ai vu ta face dans la fenêtre et je me suis dit que t'avais peut-être entendu le petit couple…

— J'en sais pas plus que toi.

— T'as dû l'entendre, leur chicane, ta fenêtre est toute grande ouverte. Moi, mes châssis sont barrés à l'année. Il y a trop de choses qui se passent. Tu te souviens de la femme qui avait été violée: le gars était entré par la fenêtre…

— Je me suis juste levé pour boire un verre d'eau. J'ai vu du monde dans la balançoire, j'ai regardé qui c'était, c'est tout… Va te recoucher, ça nous regarde pas, ce qui se passe chez le voisin.

— Le couple s'en va su'l'yable! Si je peux faire quelque chose…

— T'es même pas capable de te faire un chum, comment veux-tu aider un petit couple à rester ensemble?

— Puis il dit qu'il écornifle pas! Ah bien, regarde donc qui c'est qui se pointe…

— Myriam, c'est pas ta fille, c'est la fille de Nicole.

— Elle a juste quatorze ans! C'est pas une heure pour rentrer, ça. On sait bien, sa mère finit de travailler à deux heures du matin, elle a le champ libre. Il y a des femmes qui sont vraiment pas faites pour avoir des enfants. Moi…

— Toi, tu aurais été une mère parfaite, je suppose… si t'avais eu des enfants.

— Oui monsieur! Les parents de nos jours aiment trop leurs enfants, c'est pas bon. Invite-moi donc à entrer, je peux pas t'expliquer ma théorie au vent…

— Euh, c'est parce que ce qui me tente, moi là, c'est la couchette.

— Jamais! J'ai un principe : jamais avec un membre du cocon !

— J'ai pas dit ça! Ce que j'ai dit, c'est que…

— Je connais les hommes. Tous pareils. On sait ce qu'ils veulent. Du cul, juste de cul! Je les décrypte…

— Et mon index pointé vers ton logement en bas, tu le décryptes?

— Bonne nuit, Roméo. Aie pas peur, je suis discrète, personne dans le cocon va savoir que tu m'as fait des avances. Si j'apprends quelque chose sur le petit couple, je reviens te le dire.

— Non! Non! Je veux rien savoir.

— J'aime ça quand tu te fâches contre moi, ça m'excite. Bonne nuit, Roméo. Ce sera pour un autre tantôt.

Roméo referme sa porte. Il fulmine.

— T'es témoin. J'y ai-tu fait des avances, moi? J'y ai-tu dit quelque chose qui avait l'air d'une avance?

— Non, Méo, t'as rien dit qui ressemblait à une avance, mais elle est pas aveugle, elle l'a ben vue, ton érection dans ton pyjama.

— Excuse-moi, ma tite poule, mes sens me jouent des tours, mais aie pas peur, je me laisserai pas enfirouaper par Simone. Pas elle!

— Jessica peut-être?

— Ah non, la lumière qui s'allume chez Blanche…

7

L'homme gris dévie de la rue Saint-Denis vers une ruelle déserte. Il a mal à l'âme, à son cœur, et voilà que ses os, ses muscles lui font mal aussi. C'est trop de douleur pour un seul homme. Il s'appuie à un gros bac de récupération pour récupérer, justement. D'une maison jaillissent des aboiements de chiens dressés à chasser l'itinérant. L'homme quitte la ruelle en courant.

« Peureux ! Je ne suis qu'un peureux. »

Il veut marcher toute la nuit et, ainsi, au matin, il va tomber de fatigue et pourra enfin dormir d'un sommeil sans cauchemar. Mais en attendant, il ressasse encore et encore les événements qui ont bouleversé sa vie.

« J'étais encore confiant de les voir revenir en auto. Le propriétaire m'a amené plus loin, sur une plagette où l'auto de location avait échoué. D'accord, elles n'avaient pas pu prendre la route, mais elles avaient pu marcher jusqu'à un village où personne ne parlait ni français ni anglais. Elles pouvaient même y être retenues pas un quelconque sadique. On allait me demander une rançon ! J'ai calculé ce que je pouvais ramasser d'argent en peu de temps. Ou bien, elles étaient malades dans une clinique quelque part. Ça, c'était plausible : elles avaient attrapé un virus tropical…

« Le propriétaire réclamait sa cabane pour la réparer avant qu'elle ne s'écroule. À contrecœur, j'ai loué une chambre dans une pension pour les attendre, ou du moins attendre des nouvelles des ravisseurs ou d'un dispensaire quelconque. Je n'avais pas perdu la raison, je la bâillonnais. J'ai attendu deux mois. Deux mois à harceler la police locale, à demander partout si on avait vu trois Québécoises jeunes et belles. Deux mois à ne pas dormir, à passer de l'espoir au désespoir. Et puis je me suis mis en tête qu'elles m'attendaient à Montréal. Qu'il y avait eu un terrible malentendu ! Elles étaient rentrées à la maison parce qu'elles me croyaient mort. Comment un homme sensé, intelligent pouvait-il entretenir de telles espérances ? J'étais convaincu que le jour où je ne croirais plus au retour de ma famille, j'allais mourir de chagrin. Il me semblait impossible que je leur survive. Et puis je n'avais aucune preuve qu'elles étaient mortes. Je ne les avais pas vues… mortes. Je suis revenu à Montréal, malade d'optimisme. J'ai mis la clé dans la porte, le cœur voulait me sortir de la poitrine. J'ai fermé les yeux. J'ouvrirais la porte et j'entendrais "C'est toi ?" Elles seraient là, toutes les trois, et chacune me raconterait une histoire invraisemblable que je croirais.

« Mais le courrier encombrant le vestibule m'a vite ramené à la réalité. Personne ! Mais où étaient-elles ? Je n'avais pas le courage de les imaginer dans la mer, bouffies par l'eau, grignotées par les poissons. Je me suis précipité vers le téléphone : elles m'avaient sûrement laissé un message de là où elles s'étaient réfugiées… Mais rien dans la boîte vocale, que des demandes de mes patients pressés de reprendre leur traitement d'acupuncture. Dans mes courriels, que des pubs et les salutations de vagues connaissances. J'ai fait le tour de la maison au cas où… Elles n'étaient nulle part ! Je me suis effondré sur le lit, notre lit à Sophie et moi. Sous son oreiller, sa chemisette en soie, son odeur dans laquelle je me suis vautré. Ce cliché, je l'ai vu cent fois au cinéma, mais c'est tout ce que j'avais d'elle, une odeur de Fleecy et de crème de nuit anti-âge. Dans la chambre des filles, j'ai tant pleuré que je me suis endormi d'épuisement sur leur tapis rose bonbon, leurs toutous dans les bras.

« Quelques jours plus tard, une lettre expresse de la police mexicaine. Ils avaient retrouvé les corps méconnaissables de trois femmes à quelque distance du bungalow et on me demandait de venir les identifier. J'ai vite déchiré la lettre. Pour vivre, j'avais besoin de croire qu'elles étaient vivantes. Mes clients ont rappliqué. Je n'étais pas capable de leur parler, et encore moins de leur fixer des rendez-vous et de les traiter. Dans mon espagnol approximatif, j'ai tenté d'expliquer au commissaire de police que je n'irais pas identifier des étrangères, car j'étais certain que ma femme et mes filles étaient toujours en vie. Puis, un second message de la police mexicaine m'a appris qu'ils avaient enterré les corps. J'ai répondu par un courriel d'injures. Ma colère était telle que je les ai menacés de poursuites pour cruauté envers les touristes. J'ai arpenté ma maison pendant des jours sans arriver à m'asseoir, encore moins à me coucher : un lion en cage. Il me fallait de l'espace, de l'air libre. J'ai mis la clé dans la porte, j'ai pris quelques vêtements, des articles de toilette, et je suis parti à leur recherche… à la recherche d'un miracle.

« Sur la rue Sherbrooke, trois filles m'ont devancé. Mon cœur s'est arrêté net. Ce n'étaient pas elles ! Ce ne

43

sont jamais elles ! Chaque fois que je crois les reconnaître, je suis déçu et la colère me submerge. Je suis en colère contre la vie, qui m'a enlevé celles pour qui je vivais. Quel mari, quel père vit uniquement pour sa femme et ses enfants ? Je suis cet homme-là ! J'en arrive à envier les parents dont les enfants meurent d'une longue maladie. Eux, ils ont le temps de se dire adieu, de se caresser, de se dire des mots d'amour. Comme la rage engourdissait ma souffrance, je me cherchais des raisons de me fâcher et j'en trouvais : les nids-de-poule, les fumeurs, les piétons, les automobilistes, le gouvernement. Quand je ne trouvais pas de quoi péter les plombs, je me soûlais pour pouvoir gueuler et me battre. Moi, l'acupuncteur doux, le mari tendre, le père entiché de ses filles, le peureux, je me battais presque tous les soirs.

« Les parents de ma femme m'ont conseillé de consulter un psychiatre. Mais les psys ne pouvaient pas me redonner ce que j'avais perdu. Je voulais croire en Dieu pour le blasphémer. Après une bataille au cours de laquelle j'avais été roué de coups par un itinérant à qui j'avais volé le carton qui lui servait de lit, mon adversaire m'avait dit en me tendant un torchon pour m'éponger le sang de la bouche :

« — Tu dois t'haïr en calvaire pour vouloir te faire tabasser comme ça.

« Ma colère est tombée raide. Il avait vu juste. Ce n'était pas le monde entier que je haïssais, c'était moi et moi seul. Je me détestais d'avoir cédé à leur désir de sable et de mer. Je me détestais de n'avoir pas eu la force de les faire changer d'avis. Un homme pourvoyeur et protecteur aurait su se faire obéir. Mes femmes ne m'écoutaient jamais. Chez nous, on dialoguait, mais elles étaient toujours trois contre moi. Alors je cédais, je les ai cédées à la mort. »

8

Deux heures moins dix du matin. Dans son autobus vide et sale, lasse, Nicole se dirige vers le terminus. Son shift est terminé.

« C'est-tu une heure, ça, pour arrêter de travailler ? J'arrive chez nous, tout le monde est couché. Je m'endors pas, je suis trop dopée à la caféine. Je regarde la télé et je finis par tomber de fatigue sur le sofa, pas démaquillée, pas déshabillée. Le lendemain, j'ai le cou cassé, les os en marmelade, en plein dans le trafic de la cuisine. Pire que celui du centre-ville. Puis, tant qu'à être debout, je suis aussi bien de faire le déjeuner des filles, parce que sinon elles mangent mal. Après leur départ, je m'endors plus parce que j'ai pris un autre maudit café. Faut que j'arrête le café, que je dorme. Quand est-ce que je vais m'acheter un gros truck et partir à mon compte ? Faire des livraisons à travers le pays, puis les States, puis l'Europe. Nounoune ! J'ai beau être bonne chauffeuse, je peux pas traverser la mer avec un truck ! Si j'étais un gars, je l'aurais déjà, mon truck. Une femme, c'est trop fragile, une femme, c'est une fleur. Je suis un cactus, moi ! Je suis résistante et piquante pis forte comme un bœuf, mais parce qu'il m'arrive de brailler, je suis qu'une fleur... Sacramoune, je vais me les faire arracher, mes canals lacrymaux. Canaux, canals ? Lacrymals ? Fuck ! Où c'est que je serais rendue si j'avais pas eu ces maudites larmes qui coulent même quand je veux pas. Hostie que je suis tannée de brailler !

· «Née pour un petit pain, c'est moi tout craché. J'aurais pas pu naître à Outremont ? Au lieu d'avoir un père cultivateur pis une mère qui faisait des petits à la pochetée, j'aurais pu avoir une mère qui joue du piano en attendant que les portes de Holt Renfrew ouvrent, un père docteur qui m'aurait payé des études en France. C'est pas que j'ai honte des miens, c'est du ben bon monde, mais des fois j'aimerais ça connaître plein de choses, être instruite. Pis je serais mince. Plus les gens sont pauvres, plus ils sont gros. Ça marche de même, plus t'es pauvre, plus tu te consoles avec la nourriture. Il me semble que plus t'as d'argent pour acheter de la bouffe, plus tu devrais être gros. Mes filles, elles, vont être minces et faire des études qui vont leur ouvrir les portes de la haute classe. Elles vont être mieux que moi. C'est pas difficile, je suis rien. Elles pourront pas faire autrement que de me dépasser. Une chance que ça va bien avec elles…

«Non, ça va pas super bien. Mais elles se droguent pas, elles sacrent pas, elles passent pas leurs nuits sur la corde à linge. C'est des filles rares, des soies, excepté qu'elles m'écoutent pas. Mais, de nos jours, les filles obéissent pas : elles négocient. Je suis tannée des négociations à plus finir. C'est moi, la mère ! Là, j'ai un nouveau système pour négocier. On se parle cinq minutes, pis après c'est "non". J'aime pas ça, faire la loi, mais ces filles-là je les ai faites, tant pis si je fais pas leur affaire, elles sont pognées avec moi. Elles ont honte de moi parce que je conduis un autobus. J'ai-tu honte d'elles, moi ? Le pire, c'est qu'elles voudraient que je retourne avec leur père. Surtout Myriam ; pour elle, son père, c'est un héros. Elles sont convaincues que je l'aime encore puisqu'il vient coucher à la maison de temps à autre. Elles savent pas encore que le sexe pis l'amour, c'est deux choses. Je reprendrai jamais avec Gerry. Il baise bien, mais il est pas vivable.

« Il y a aussi mon boss qui me cherche des puces. Sous ses airs de "moi je dis que les femmes sont les égales des hommes", il est persuadé qu'une femme au volant c'est une plaie. Faut l'entendre quand il chauffe son char : "Maudites timbrées, maudites pas de tête !" C'est vrai qu'il y a des femmes qui conduisent mal, mais pas moi. Hey ! Moi, sur bien des rapports, j'suis un vrai gars. À trois ans, ma poupée, je m'en servais comme un petit truck, "vroum vroum". À cinq ans, mon père – que Dieu ait son âme – me laissait conduire le tracteur. À quinze ans, la pépine. À vingt ans, l'autobus scolaire quand le chauffeur était sur la brosse, et il l'était souvent, sur la brosse. Je voulais être un homme pour faire une job d'homme. Je me voyais pas coiffeuse ou infirmière comme ma mère le voulait. Je me voyais boss. Je sais que je suis pas un homme, que je suis rien qu'une femme attirée par les hommes, dominée par les hommes, mais il y a une erreur qui se cache, comme dans "Cherchez l'erreur". Si le petit Jésus avait voulu que je sois une fille, me semble qu'il m'aurait faite petite, mince avec des longs cheveux blonds, des grands cils recourbés. Mais non, il m'a faite comme un baril de bière.

« Gerry, faut lui donner ça, il a tout de suite vu que sous mon caractère se cache une carpette avec ce maudit désir de faire l'amour, d'avoir des enfants, de les torcher, le kit féminin au boutte. Lui, il chauffait un dix-huit roues longue distance. Je l'ai rencontré au party des truckeurs de mon village. Quand je l'ai vu, j'ai sauté dessus. Il a su qui j'étais le soir même. Je suis peut-être faite comme un baril de bière, mais en dedans du baril, il y a la meilleure bière au monde. Il a pris une brosse de moi. Il m'a demandée en mariage un mois après. Je me suis mariée. On a fait notre voyage de noces au Colorado dans son camion. Il m'a laissée conduire souvent. C'était aussi tripant que de faire l'amour. J'ai décidé là que, truckeuse, c'était ma vocation. Mes filles, je les ai conçues dans le camion, dans les rest areas. Disons que j'ai connu le bonheur, quoi, quatre ans? Puis là, mon mari s'est mis à travailler tout le temps, ça le tannait d'entendre les petites brailler. Et il m'avait prévenue qu'il était un grand baiseur et qu'une seule femme pouvait pas le contenter. Je l'avais pas cru au début. Pour moi, un grand baiseur, c'est pas quelqu'un qui a plusieurs blondes, mais c'est un gars qui honore sa femme plusieurs fois par jour. On avait pas la même conception de l'amour, pis je venais de m'apercevoir en lisant son relevé de cartes de crédit qu'il avait une blonde dans chaque place où il livrait de la marchandise. Il s'en cachait pas. Il aurait voulu que j'accepte qu'il me trompe à tour de bras! J'étais pas capable.

« Un jour qu'il voulait me présenter une nouvelle blonde, j'ai pris mes filles sous le bras; je suis partie. Les filles chialaient, elles voulaient leur père. C'est lui qui me trompait, mais c'était moi la méchante parce que je quittais le foyer conjugal. Je suis devenue monoparentale et j'ai bien aimé ça. Élever des enfants à deux, c'est l'enfer. Tu dis oui, l'autre dit non. Pour élever des enfants à ton goût, t'es ben mieux toute seule.

« Gerry, il trouve jamais moyen de payer leur pension, les femmes lui coûtent cher. Même si mes ados – surtout Myriam – me menacent d'aller vivre avec lui, elles sont obligées de rester avec moi : c'est moi qui les fais vivre. J'aime mieux ça de même, je veux rien devoir à leur père, l'écœurant. Il pourrait au moins m'aider moralement, des fois, mais non, il me cale au lieu de me sortir du trou. Il me dit constamment que mon costume de chauffeuse d'autobus me ferait mieux si je perdais du poids. Pis toi, ton gros ventre, il déborde pas de tes jeans ? Quand tu te penches, on voit ta craque de fesses ! Je le tuerais ! Pis chaque fois qu'il se fait une nouvelle blonde, il voudrait que je lui donne ma bénédiction pour qu'il culpabilise pas. De la marde !

« Y a pas juste mon ex et mes filles qui m'énarvent, y a les autres du cocon. Je suis devenue membre parce que les loyers avaient de l'allure et, surtout, parce qu'on était supposés s'entraider. Va te faire voir pour l'entraide ! Une vraie gang d'égoïstes à se nuire pis à se cochonner. J'ai bien essayé de les mettre à ma main, mais non, ils aiment ça, la chicane. Je les passerais tous au batte. Eh ben, ma fille, quand tu veux tuer tout le monde, c'est parce que t'es tannée en pas pour rire. Oui, je suis tannée. Je suis tannée de mon ex. Je suis tannée de ma job. Je suis tannée d'être mère. Ça, je dirais ça à personne. Ça, c'est laid de penser ça, mais câline qu'elles sont pas fines, mes filles, des fois. Quand elles étaient petites, que je les aimais donc ! Ça écoutait, ça donnait des becs, ça me disait : "Je veux me marier avec toi." Elles m'aimaient tellement que ça me consolait de tout. Et puis, elles ont grandi. Vers sept ans, elles se sont mises à m'obstiner, à dire non à tout. Et quand elles ont pogné l'adolescence

– pis de nos jours ça les pogne pratiquement la couche aux fesses –, ç'a été le rejet complet. Faut leur voir la face quand elles me regardent, comme si j'étais la dernière des épaisses. Elles sont en maudits d'être ni des bébés ni des adultes, elles cherchent un coupable, pis il y a juste moi. Elles me manquent pas, elles me vargent dessus. Je suis pas contente moi non plus que mes bébés aient grandi; je chiale-tu après eux autres pour ça? Pourquoi il a fallu qu'elles changent? J'ai-tu changé, moi? Ce qui me décourage, c'est que l'adolescence dure jusqu'à vingt-cinq ans, il paraît. C'est ben simple, je tofferai pas!

« Déjà que ma vie est pas trop excitante. C'est quoi mes plaisirs? Un Mae West de temps en temps, un Dairy Queen avec les filles les soirs quand je travaille pas. Une passagère qui me fait un sourire. Un vieux monsieur qui m'appelle "Ma petite madame" ou le compliment d'un de mes collègues, genre "T'as une belle face!", ce qui veut dire que le reste est pas le yable. C'est quand même un compliment quand t'as pas la taille standard. Ça ou rien! Il y a des fois que je me dis que mes filles seraient mieux sans moi. Elles auraient plus à cacher mon métier, elles pourraient enfin aller vivre avec leur père. Il y a des fois, il y a des fois... Je suis tellement fatiguée de la vie. Tellement tannée! »

— Mais qu'est-ce qu'il fait là, lui... Oh...

Et Nicole de freiner brusquement. Elle vient de frapper un piéton!

9

Blanche a quatre-vingt-dix ans. Tassée par l'ostéoporose, elle a la démarche et le port de tête d'une reine : la reine des naines. Elle a la peau des pommes qui servent à faire le cidre de glace. Elle se teint les cheveux en noir aux changements de saison ; entre-temps elle est demi-deuil. Comme elle est maquillée du matin au soir, on la soupçonne de ne se maquiller qu'une fois par mois… pour le mois. Elle vit dans un des logements du bas, un grand cinq et demie laissé intact depuis la mort de son Octave. Elle est la doyenne de la coop. Son défunt mari – son amant, en fait – était propriétaire de l'immeuble, qu'il a pu convertir en coopérative d'habitation un an avant sa mort. Il y cachait son amour adultère pour Blanche. Son « Monsieur », comme elle l'appelait, était un acteur de théâtre de boulevard qui se prenait pour un grand acteur français bohème, avec béret et accent à l'avenant. Blanche a été la maîtresse d'Octave Tremblay alias Charles Delarue pendant plus de trente-cinq ans. Une de ses maîtresses, pour tout dire. Sa préférée.

Elle était placière au théâtre quand il l'a rencontrée. Elle avait vingt ans et lui, quarante. Marié jeune à une voisine qu'il avait engrossée, Octave était devenu père trop tôt, trop souvent. Sa femme et ses six enfants vivaient dans une maison cossue rue Saint-Hubert. Presque toute sa vie, Blanche a espéré que son « Monsieur » quitte sa femme. Il le lui promettait à chaque Nouvel An, coupable qu'il était d'avoir fêté Noël dans sa famille. Son sens du devoir, sa peur des racontars l'empêchaient d'agir. Et puis, pourquoi un tel choix quand il pouvait s'offrir le meilleur des deux mondes ? Blanche n'a eu qu'une consolation : il est mort dans ses bras, en lui faisant l'amour. Il avait soixante-dix-sept ans et elle, cinquante-sept. Cette consolation, hélas, s'est effacée quand elle s'est fait mettre à la porte du salon funéraire par la famille Tremblay. Et c'est de loin, telle une pestiférée, qu'elle a dû suivre l'enterrement de son grand amour. Elle rumine cette humiliation pour la millième fois quand la chicane Pascale/ Guillaume la sort de ses pensées.

Blanche se dirige vers la balançoire. Elle s'y installe difficilement tant ses os lui font mal. Puis elle écoute le silence nocturne du cocon.

« Eh, qu'ils sont ennuyants ! Pour une fois qu'il se passe quelque chose, le cocon roupille. Je dors-tu, moi ? Quelle heure il est, là ? Bien oui, il est passé deux heures, mon coucou vient juste de chanter. Maudit coucou, j'y tordrais le cou les nuits que je dors pas, les nuits à me rappeler que je suis fin seule, que je vais mourir seule comme un coton, même pas d'enfants... Si j'avais pas écouté Octave, si j'étais pas allée me faire avorter, j'aurais quatre enfants, sûrement des petits-enfants. Avec de la chance, je serais peut-être arrière-grand-mère.

« Tiens, la Simone dort pas non plus. Depuis qu'elle a pris sa retraite, elle passe son temps à recevoir des hommes, des fins de ligne. Moi, j'en voudrais pas pour une terre en bois debout. Elle pense qu'elle va trouver l'amour sur internet. Un homme qui pète, qui sacre, qui ronfle et qui a juste besoin d'une servante, ça, il y en a, en veux-tu en v'là, mais l'amour comme je l'ai vécu… L'écervelée ! J'aimerais ça lui parler de l'amour, du vrai, mais ça l'intéresse pas. Une vraie pincée, la Simone. Elle puis son maudit petit chien jappeux qui a l'air d'un gros rat poilu et qu'elle appelle Chéri parce qu'elle a personne à appeler de même ! À l'assemblée de la coop, j'avais demandé à bannir les animaux de compagnie. Il aurait fallu que je donne l'exemple, qu'ils m'ont dit. Ma Minoune, elle jappe pas, elle fait pas ses besoins là où on marche. Ça se compare pas ! Ma chatte, c'est pas un animal, c'est une petite personne, mieux que bien du monde que je connais. Elle me ment pas en pleine face, elle ! La fois que mon Monsieur m'avait avoué qu'il couchait encore avec sa femme ! Pour lui, c'était pas une infidélité, c'était un devoir. Mon cul ! Tromper, c'est tromper. J'ai failli le laisser. J'avais tellement fait de compromis, un de plus…

« Tiens, Roméo est debout. J'y vois la silhouette à travers la fenêtre de sa cuisine. Il est pas plus distrayant que Simone : une face de carême, celui-là ! Drabe de bord en bord ; il ressemble à un morceau de viande bouilli. Il veut faire pitié parce qu'il a longtemps soigné sa femme qui avait un cancer du ventre et que, depuis, il vit un grand deuil. Moi, j'ai plus de pitié à donner : la pitié, je la garde pour moi. Je suis pas égoïste, je pense à moi. Faut bien, mes parents, mes amis ont tous trépassé. Qui c'est qui va penser à moi si je le fais pas ? Il y en a qui me trouvent bête parce que je dis tout haut ce que je pense. À mon âge, je vois les gens tels qu'ils sont et je me gêne pas pour leur dire leurs quatre vérités ! Bon, la Simone en queue de chemise qui se ressort la fraise ! Une jaquette, c'est pour se garder au chaud, pas pour se montrer le kiwi. »

— Viens de mon bord, Simone. Il se passe quelque chose de grave, je pense !

— Je suis pas habillée.

— Habillée ou pas, on te voit toute.

— Je vais mettre ma robe de chambre.

« Quel âge elle peut bien avoir ? Ah oui, soixante ans, que Roméo m'a dit. Comment ça se fait qu'il sait ça, lui ? Le baby-doll sert peut-être à exciter le veuf. Petite démone ! Le jour, ç'a l'air d'une sœur qui vient de sortir du couvent avec ses tailleurs et ses talons cubains, puis le soir ça appâte un pauvre veuf avec des dessous de guidoune. »

— Viens t'asseoir avec moi dans la balancigne, Simone.

— C'est quoi la chicane, au juste ?

— Je le sais pas. Je me demandais si tu les avais entendus.

— J'écornifle pas le voisin, moi…

— On s'écornifle tous les uns les autres. Bien obligés, nos galeries se regardent.

— C'est pas parce que nos galeries se font face qu'on doit s'espionner.

— C'est pas de l'espionnage, c'est de l'intérêt. Le monde m'intéresse, il est tellement pourri. Le monde est pourri ! Les hommes surtout, maudits hommes ! Je sais pas ce qui te prend d'en vouloir un à tout prix. T'es pas bien avec ton chien ?

« Ah ben, Roméo, je l'avais pas vu descendre, celui-là… »

— Dis-y donc, Roméo, qu'elle aura beau passer toute la racaille de Montréal, elle en trouvera pas un pour mettre ses phentex à côté des siennes.

— Je passe pas la racaille, je reçois des hommes qui cherchent l'âme sœur.

— Hey, je suis pas née de la dernière pluie !

— Mesdames, je vous en prie ! Je suis juste venu vous dire que vous réveillez le monde et que, selon les lois de notre coop, on ne peut pas déranger après minuit. Je vous rappelle que je suis chargé de faire respecter les lois du bon voisinage et que…

— Puis la Nicole, elle, la chauffeuse d'autobus qui me réveille toutes les nuits quand elle revient de travailler…

— C'est bien que trop vrai, comment ça se fait que Nicole est pas encore rentrée ? D'habitude à deux heures et huit je la vois arriver… Dites-moi pas qu'elle court les clubs ? Le monde peut bien s'en aller su'l'yable, une mère de famille qui travaille la nuit. Le Sylvain du haut, une fois, y a ramené un gars… Je vous mens pas, il roulait des hanches comme une femme. On aurait jamais dû en accepter, des comme ça, regardez astheure, il y a que ça dans le quartier. Une engeance, ce monde-là. C'est comme rien, ils se multiplient. Avant, ici, c'était rien que du bon monde. Là, c'est rendu qu'on en a trois de la même sorte : deux lesbiennes, un homo, et Samira qui est arabe, pis…

— Blanche, vous aviez juste à vous y opposer quand c'est passé au vote, vous êtes la doyenne…

— Pis passer pour une intolérante ! Une chance qu'on a pas de Nègres, mais ça va venir, je suppose… Après ça va être la Chine qui va nous envahir. Octave, il parlait toujours de péril jaune, eh ben, ça s'en vient ! Ils vont nous enlever nos filles pour les marier, ils en ont plus chez eux, on les a toutes adoptées. Bon, une autre lumière qui s'allume.

— Blanche et Simone, en tant que responsable du bon voisinage…

— Jessica qui sort fumer, en plein milieu de la nuit, au prix où sont les cigarettes !

— Une chance qu'on a juste une BS. Il y a des coops qui en ont trois.

— La nôtre a trois enfants, de trois pères différents.

Jessica s'amène en serrant sur elle une grande veste chamarrée, faite avec la laine des chandails donnés par des membres du cocon qu'elle détricote pour retricoter. C'est une très jolie femme dans la trentaine, mais elle l'ignore. Pas coquette pour un sou, elle ne se maquille pas, ne coiffe pas sa tignasse rousse naturelle. Elle s'habille d'un jean, d'un t-shirt et de cette veste de laine qui lui sert de manteau et de robe de chambre. Sa peau est blanche, quasiment transparente, et quand elle s'émeut des petites veines bleues marquent ses joues et ses taches de rousseur scintillent comme des étoiles. Elle est frêle, prête à pleurer à la moindre dispute. Naïve, elle croit n'importe quoi, suit n'importe qui. Elle a une vision romantique de la vie. Quand elle aime, c'est pour toujours. Elle ne comprend pas pourquoi elle tombe amoureuse d'hommes qui lui font des enfants puis qui disparaissent dans la brume. Elle croit qu'on lui a jeté un sort et qu'elle est destinée à élever ses enfants seule avec le secours de l'État. Elle cherche du travail, mais ne trouve rien de plus payant que les mensualités du gouvernement. Pour payer ses cigarettes, elle coud au noir des costumes de danseuses nues : deux triangles attachés par une ficelle et un string. Elle ne sort jamais. Elle vit uniquement pour ses enfants : trois garçons âgés de huit, dix et douze ans. Des petits monstres qu'elle adore, mais qu'elle éduque mal. Ils poussent comme de l'herbe à poux.

— Qu'est-ce qui se passe ? C'est juste demain, la Saint-Jean. Blanche, vos yeux vont vous sortir de la tête.

— Faites comme si de rien n'était. Nicole arrive et… elle est pas toute seule.

10

Dans le garage ouvrant sur la ruelle où elle gare sa vieille Jetta, Nicole tente d'extirper l'homme gris de l'auto. Il boite et elle doit le soutenir en se dirigeant vers la cour intérieure.

« Bâtard ! Fallait que les trois commères soient debout. Qu'est-ce que je fais… »

— Vous là, êtes-vous capable de marcher comme du monde ?

— Ma jambe…

— C'est parfait, vous avez l'air en boisson. Dans le quartier, le monde est habitué.

« Ça va bavasser. Je ramène un homme soûl chez moi. Mais j'aime mieux qu'ils croient ça que de savoir que j'ai frappé un piéton avec mon autobus. Une chance, il a pas voulu que j'appelle l'ambulance pis il a pas trop chialé pour me suivre. Je devrais être capable de le convaincre de pas déposer de plainte. Une autre plainte et je perds ma job, pis si je la perds, qui c'est qui va faire vivre les filles ? C'est pas avec la petite pension de leur père… »

— Ma jambe !

— On arrive presque !

« Je vais faire semblant de pas les voir. Si je les salue, elles vont venir me parler, je vais être obligée de leur présenter ma victime, de leur dire que je l'ai frappée. Bon, elles font semblant de pas me voir, je fais pareil, c'est tiguidou… »

— On est arrivés, là !

« Une chance, les filles dorment, j'aurai pas d'explications à leur donner… du moins pas tout de suite. »

— Venez dans la cuisine. Non, votre jambe doit être allongée. Dans la chambre du fond, dans mon lit, ce sera plus confortable. Dur, mais mou en même temps. Comme moi !

Nicole n'a pas le temps de rire de sa blague qu'elle constate que Myriam les observe.

— Ah ben, Myriam, qu'est-ce que tu fais tout habillée à cette heure-ci ?

— Toi, qu'est-ce que tu fais avec un homme dans ta chambre ?

— J'ai pas d'explications à te donner.

— Moi non plus, d'abord !

— T'es ma fille, je suis la mère, c'est pas pareil. Va te coucher, tu vois pas que le monsieur est souffrant ?

— Je sais de quoi il souffre.

— Vas-tu te taire ?

Rougissante, Nicole referme la porte de sa chambre. Allongé sur le couvre-lit à fleurs exotiques, l'homme gris revit avec nostalgie ses disputes avec ses filles.

« Si j'avais su, si seulement j'avais su… »

— Des fois, elle, des fois !

— Je ne peux pas rester ici…

— J'ai pris un cours de premiers soins. Chaque fois que j'écrase quelqu'un, euh… que l'autobus écrase quelqu'un, c'est moi qui m'occupe du blessé. On appelle même pas l'ambulance. Il y a moins de danger avec moi qu'avec les ambulanciers. Avez-vous vu à quelle vitesse ils vont? Puis ça arrête même pas aux lumières rouges! Puis vous voulez pas vous retrouver à l'hôpital à attraper une bactérie qui va vous achever. Avez-vous quelque chose de cassé? Si vous aviez quelque chose de cassé, vous le sauriez… Vous permettez que je tâte? Vous avez un tendon de tendu. C'est le fun! Quand on va vous demander ce que vous avez, vous allez répondre: « J'ai le tendon tendu! »

Nicole rit de son beau rire guttural.

— Quand j'ai entendu le choc, j'ai ben senti que j'écrasais pas une boîte de carton, mais du vrai monde. Le bruit est pas le même. C'est pas que j'ai l'habitude d'écraser du monde, mais c'est une erreur humaine. L'erreur humaine, c'est la cause de la plupart des accidents. Vous m'avez jamais fait suer, vous m'avez pas traitée de grosse vache, vous m'avez pas trompée, j'avais aucune raison de vous frapper. Mon ex passerait devant mon autobus, je le sais pas ce que je ferais, mais vous… je vous connais pas, je vous avais jamais vu… Vous faisiez une marche de santé ou vous alliez rejoindre votre amoureuse, des enfants, un chien, un chat pis il y a une maudite folle qui se jette sur vous avec son autobus… Mon boss a raison de dire que j'en reperds en vieillissant. C'est rendu que je tue le monde.

— Je ne suis pas mort.

— Parlez pas! Fatiguez-vous pas. Je tue pas le monde, mais je frappe un pauvre gars qui passe comme ça. Il demande rien, lui, il est heureux, c'est la veille de la fête nationale, il s'en va rejoindre sa femme pis ses enfants pis moi, parce que je suis pas heureuse, j'y maudis mon pare-choc dans les jambes. Une chance que j'ai eu le réflexe de freiner, sinon je vous envoyais dans l'autre monde. Je m'excuse pas, je vous demande pardon à genoux. Allez-vous me pardonner?

— Je n'ai pas à vous pardonner.

— Je me sens assez coupable que, je vous mens pas, il passerait un autobus que je me jetterais devant. Vous voulez quelque chose?

— M'en aller.

« Pauvre femme… elle croit m'avoir frappé quand c'est moi qui me suis jeté devant son autobus. La détromper? Non, elle va vouloir me redonner goût à la vie et je ne veux pas vivre. Fallait que je tombe sur une conductrice expérimentée qui a su freiner en douceur. En temps normal, je devrais la remercier de m'avoir sauvé la vie, mais j'ai juste le goût de l'engueuler d'avoir retardé ma délivrance. »

Il tente de se relever, mais Nicole, bras croisés sur sa poitrine, le mitraille du regard.

— Où c'est que vous vous en allez de même?

— Euh… dehors…

— Vous sortirez pas emmanché de même. Prenez ça avec une gorgée d'eau…

— C'est quoi?

— Un petit endormitoire que le docteur m'a prescrit quand je me suis séparée. Avec ça, tu dors comme un bébé puis tu te réveilles de bonne humeur. Si vous le prenez pas, je vais me sentir encore plus coupable. Même pas capable de prendre soin de ma victime. Prenez!

— Non, merci, j'ai quelque chose à faire tout de suite, c'est urgent.

— Ça peut attendre à demain.

— Non.

L'homme gris tente à nouveau de se relever, mais Nicole le retient d'une main ferme sur l'épaule.

— Vous prenez ça! Avalez!

— Non. Il me faut finir ce que j'ai commencé…

— On est au beau milieu de la nuit. Demain, vous le ferez. Puis essayez pas de vous sauver, je dors dans le Lazy-Boy juste là.

— Non, non, prenez votre lit…

— J'ai eu assez de vous frapper, je vais pas vous laisser dormir dans le fauteuil.

— Je ne peux pas accepter d'une dame…

— Moi, c'est Nicole. Vous?

— Euh… André.

— Marié, des enfants?

— Euh… non!

— Moi, j'ai deux filles, pis un ex… Gerry, et des voisins en veux-tu en v'là… Ici, c'est une coop d'habitation, c'est le cocon pis c'est le bordel…

« Je l'entends me parler de ses problèmes et ses paroles deviennent murmure; sa voix me berce si bien que je vais m'endormir. Non, je ne veux pas! Il faut que j'en finisse avec ma vie. »

— Ni… Nicole?

— Oui, André?

— J'ai une tâche à accomplir.

— Demain.

« Je suis lourd, si lourd… mon corps pénètre dans le matelas, se fond dans le matelas, fond dans le matelas… fond… »

11

Chez Guillaume, la porte s'ouvre brusquement et des vêtements dévalent les marches de l'escalier, suivis de près par une valise à roulettes. Très digne, Pascale descend, ramasse ses effets qu'elle fourre pêle-mêle dans la valise.

« Je pleure pas ! Faut pas que je pleure, sinon je partirai pas. J'ai tellement de peine de laisser mon bébé. Mon cœur est déchiré en deux. Merde, mes larmes coulent. Je la veux, ma maison à la campagne ! Si je me fie à Guillaume, je l'aurai jamais ! »

Apparaît Guillaume sur la galerie avec la petite Kia ensommeillée dans les bras. Il rejoint vite Pascale dans la cour.

— T'oublies ta fille…

— Je peux pas l'emmener, je vais travailler de trop longues heures…

— Moi aussi, je travaille !

— J'en ai pris soin à plein temps depuis sa naissance, c'est à ton tour.

— T'es la mère !

— Je pensais qu'on l'avait faite à deux, attendue à deux, accouchée à deux, cette enfant-là. Je t'entends encore parler de « nos douleurs », de « notre accouchement ».

Les femmes aux cours prénatals m'enviaient d'avoir un mari qui pratiquait l'égalité entre hommes et femmes. On m'offre une job payante et tu grimpes dans les rideaux.

— On a beau être égaux, c'est pas à la femme de partir travailler au loin, c'est à l'homme.

— Mon taxi qui arrive…

En larmes, Pascale se dirige vers son taxi en traînant sa valise à roulettes. Elle franchit la porte cochère, talonnée par Guillaume.

— Tu me la laisses, là, comme ça?

— Je peux pas l'emmener! Salut, Guillaume! Bye, ma belle fille d'amour. Maman va penser à toi jour et nuit. Maman t'aime! Guillaume, tu en prends bien soin, sinon…

Le chauffeur place les bagages dans le coffre arrière. Sans se retourner, Pascale s'engouffre dans le taxi. Dans les bras de son père, l'enfant plisse si fort ses lèvres qu'elles se mettent à trembler. Puis sa bouche s'ouvre toute grande et des cris perçants en sortent. Le taxi démarre et disparaît dans la nuit.

— Kia, chiale pas, c'est pas le temps. Catastrophe!

Découragé, Guillaume regagne la cour intérieure, hésitant entre la balançoire et son logement. Il s'effondre dans la balançoire, se berce lourdement pour tenter d'arrêter les pleurs de Kia.

« Qu'est-ce que je vais faire? Si au moins j'avais une mère et un père qui prenaient leur rôle de grands-parents au sérieux. Mais non, ils font le tour du monde en amoureux. L'amour, c'est une affaire de jeunes, sacrifice! Le monde est mal fait: c'est les jeunes qui devraient avoir le foin pour s'offrir des voyages d'amoureux, pas les vieux qui, de toute façon, ne font plus l'amour. Aussi, si j'avais eu des sœurs, elles pourraient garder leur nièce. J'ai personne, je suis tout seul. Puis Kia, elle a pas demandé à venir au monde… Mais elle est là pareil à avoir faim et soif et à évacuer le tout dans sa couche jour et nuit! Je l'aime, ma fille, c'est pas la question, mais un gars, c'est pas bâti pour prendre soin d'un bébé. C'est pour ça qu'il faut un père et une mère à un enfant, parce qu'il a besoin d'un protecteur et d'une soigneuse. Pascale m'a jamais vu rechigner sur les vidanges, mais prendre soin d'un enfant…»

— Ah non, ta gueule, Kia, sinon je vais brailler itou…

Sur sa galerie, Jessica grillait une cigarette tout en regardant le ciel moucheté d'étoiles. Une pause gourmande dans sa vie de monoparentale. Ses trois garçons dorment et, lorsqu'ils dorment, ce sont des amours. Elle a tout entendu de la dispute du jeune couple, puis elle a observé le retour de Guillaume. L'enfant s'est calmée, mais ce sont les pleurs étouffés de son père qu'elle perçoit. Elle hésite un moment, puis:

— Pstt, Guillaume! As-tu besoin d'aide?

— Non!

Elle va à sa rencontre alors qu'il remonte chez lui. La petite dort dans ses bras.

— Je m'excuse, j'ai tout entendu. Notre cocon, c'est pas juste une boîte à sardines, c'est une boîte de résonance. Pauvre toi, tu fais pitié!

— Je fais pas pitié pantoute!

— Tu pleures pourquoi, d'abord?

— Je pleure pas, c'est les larmes de la petite qui ont revolé sur moi.

— Il y a de quoi pleurer… se faire domper comme ça. Je le sais, va…

— Je me suis pas fait domper, c'est moi qui l'ai mise dehors.

Jessica juge qu'il vaut mieux pour l'instant ne pas le contrarier.

— Veux-tu que je prenne ta petite pour la nuit? Je me suis arrangée avec Pascale pour la garder le jour, mais je peux la prendre pour le reste de la nuit.

— C'est ma fille et je vais décider qui va la garder… Pis ce sera sûrement pas toi.

— Tu me trouves pas assez bien?

— C'est pas ça…

— T'haïs les BS, c'est ça?

Guillaume voudrait rentrer chez lui, mais Jessica lui bloque le passage.

— Elle s'est endormie, tout va bien! Pousse!

— Ça te dégoûte que j'aie trois enfants de trois pères différents? Dis-le avec des mots, tu me le dis toujours avec tes yeux de porc frais.

— Je te regarde jamais.

— C'est ça que je dis: si tu me regardes pas, c'est que tu lèves le nez.

— Moi, je paye des taxes, des impôts, je vis pas aux crochets de la société.

— C'est ça, arrange-toi tout seul. Mais dis-toi bien que, si tu prends pas soin de ta fille, j'appelle la DPJ.

— Moi, je vais te dénoncer aux services de santé: tu brûles les poumons de ma fille pis de tes enfants avec tes cigarettes.

« Il me tombe sur les rognons, lui! Gros tata. Pis ça se pense beau parce ç'a des muscles gonflés pis pas un poil sur le corps. »

Furieuse, Jessica éteint son mégot entre son pouce et l'index mouillés de salive qu'elle remet dans la poche de sa veste de laine. Elle rentre chez elle en claquant la porte.

« Pas mieux que les autres, ce Guillaume ! Mais ils sont où, les gars qui ont de l'allure ? Pourquoi j'en vois jamais la queue d'un ? Façon de parler… Peut-être qu'ils se tiennent ailleurs, du côté de la rue Crescent, où je mets jamais les pieds parce que je parle pas anglais. À moins que ce soit moi qui attire les bums. Faut dire que c'est le seul genre que je connais. Ma tireuse de cartes m'a dit que je retombais toujours dans le même pattern. Mais comment on fait pour se sortir d'un pattern ? Je suis bien avec ce monde-là, comme la moutarde sur le hot-dog. Je vais m'en sortir, de ce maudit engrenage. Je vais m'en trouver un, un bon garçon plein de fric qui va m'aimer pour la vie et adopter mes trois gars. Il va me sortir du cocon pis m'amener les fins de semaine à la campagne dans son beau chalet au bord d'un lac. Où c'est que je le rencontre ce gars-là si je sors jamais du cocon ? Ce qu'il me faudrait, c'est pas un prince charmant, mais une job steady pour que mes fils puissent répondre à la question "Que fait ta maman dans la vie ?" par autre chose que : "Rien." Mais une job steady, c'est aussi difficile à trouver qu'un bon gars. OK, j'ai pas d'instruction ni de grands talents, mais je couds le linge de mes enfants et le mien. Je compte pas mon sideline de vêtements de danseuses nues, c'est rien à fabriquer.

« Quand on est né pour un petit pain, on regarde pas le croissant, on s'en passe. Je pensais que "monsieur Muscle" serait content que je garde sa fille. C'était tout réglé. Pascale me donnait soixante-quinze dollars par semaine sous la table. Ça m'aurait fait un surplus pour acheter une télé couleur et me faire installer le câble. Je suis la seule dans le cocon avec une télé noir et blanc et juste trois postes. Non, il a besoin de personne, monsieur pas de poils! Qu'il mange de la marde! Moi, ce qu'il me faudrait, c'est un bon gars qui aime les enfants, mais qui en a pas, qui soit un peu riche, pas riche riche comme le gars de mon rêve, mais juste assez en moyens pour que mes enfants aient un peu de luxe comme de la bonne viande, des beaux fruits... puis que moi j'aille me faire coiffer, avec un petit massage de temps en temps. Hum! Le massage, le bonheur!

« J'en ai gagné un une fois. Se faire tâter sans que ça finisse nécessairement par une pénétration, j'avais jamais connu ce thrill-là. Puis Guillaume qui voudrait que j'arrête de fumer en plus. Laissez-moi cette consolation-là au moins! Que ceux qui ont des chars, des chalets et des autos de l'année arrêtent de fumer, je suis d'accord, ils ont d'autres plaisirs, mais moi, j'ai juste ça, des petits trois minutes de plaisir que je me donne à moi toute seule. Si quelqu'un veut m'offrir quelque chose de l'fun pour remplacer la cigarette, là, je dis pas. Bon je vais aller me recoucher, ma marmaille se lève de bonne heure. Je fais pas pitié. Je voulais des enfants, je les ai. Il y a juste que j'ai pas de père à leur offrir. Je suis pognée pour fumer longtemps... »

12

Ce matin du 24 juin est torride. Nul vent pour agiter les drapeaux bleu et blanc. Ils ont le fleurdelisé bas, pas fiers d'avoir raté l'occasion de brandir le vrai drapeau d'un vrai pays. Après cette nuit particulièrement agitée, le cocon est silencieux. Chez Nicole, l'aînée, Élodie, presse des oranges pour son déjeuner santé alors que sa mère, les yeux ensommeillés, boit distraitement un café. Myriam dort encore.

« Élodie, une maniaque du bio. Je l'envoie plus faire l'épicerie, faut qu'elle lise toutes les étiquettes et ça finit par coûter cher. »

— C'est qui, l'homme dans ton lit, m'man ?

— Euh… je le sais pas trop. Je le connais pas.

— Qu'est-ce qu'il fait chez nous ?

— Il dort.

— Tu sais même pas son nom ?

— Bien oui… André.

— André qui ?

— T'enquêtes pour la police ou quoi ?

— Maman ! J'ai seize ans ! Tu me dis « J'ai un chum, il est là dans mon lit » pis je vais comprendre. Je désapprouve, mais je comprends.

— C'est pas mon chum… Je sais même pas son nom de famille.

— Qu'est-ce qu'il fait dans ton lit, d'abord?

— Ça te regarde pas. Ça regarde personne. Bâtard, je suis la mère, je peux faire ce que je veux!

« C'est pas fort comme raisonnement, je le sais, mais j'en ai pas d'autres. Je suis rien qu'une mère, pas une psychologue. »

— J'ai pas de compte à vous rendre!

— Pas si fort, maman, tu vas le réveiller.

— Bon, ta sœur qui se lève…

— Myriam, il y a un homme ici…

— Je le sais, je l'ai vu cette nuit. T'as pas honte, maman? Faire ça à papa…

« Myriam, mon bébé, a le don de me faire sentir coupable de m'être séparée de son père. Elle mériterait que je couche avec cet homme-là pour lui montrer qu'il y a pas juste son père qui peut m'offrir du bon temps. Non, il est pas assez jeune. Tant qu'à me venger, autant me venger avec de la jeunesse, comme Gerry le fait. »

— Cet homme-là était blessé. Je l'ai ramassé dans la rue. Quelqu'un avait dû le frapper avec son char pis s'enfuir.

« Mes filles savent toujours quand je mens. »

— Tu l'as frappé avec ton auto!

— Maman, tu l'as pas frappé avec ton auto!

— Non. Avec mon autobus.

— Ton autobus!

— Ton autobus!

« C'est bien la première fois qu'elles disent la même chose. »

— Je l'ai pas vu pantoute. Je devais penser à autre chose, faut croire. Faut parler à personne de l'accident. Si ça se sait, je perds ma job et, si je perds ma job, les filles, qu'est-ce qu'on va devenir ? C'est pour ça que je l'ai ramené ici, pour qu'il porte pas plainte, déjà que j'ai une trâlée de plaintes des usagers… trop selon mes patrons. Si ce gars-là porte plainte de conduite irresponsable, adieu mes rêves de truckeuse et l'argent qui vient avec. Aidez-moi, les filles. M'aider, c'est vous aider à consolider votre avenir.

« Je sais pas où je prends ça, ces belles phrases-là ! Dans les pubs de mon autobus ! »

Les filles dévisagent André, qui se tient dans l'embrasure de la porte. Nicole, inquiète de la suite des événements, fait signe aux filles de filer à leur chambre. Elles disparaissent en emportant toasts et jus d'orange.

« Il s'en va à la police me dénoncer ! Faut que je sois fine, super-fine avec lui. »

— Venez vous asseoir, André. Comment va la jambe ? Rien qu'à vous voir marcher on dirait que je vous ai pas frappé. C'est ça, il est rien arrivé. On va faire comme s'il s'était rien passé. Hein ? Installez-vous…

« L'envelopper de mots, de gentillesses, y aller même de quelques compliments pour le convaincre de pas porter plainte. »

Pendant que Nicole s'évertue à enfirouaper André, ce dernier réfléchit à toute allure.

« J'ai mal calculé mon saut devant l'autobus. Même pas capable de mourir efficacement ! Je vais recommencer et, cette fois-ci, je ne me manquerai pas. Je le jure sur la tête de mes femmes. »

— Euh… excusez, monsieur André, de vous sortir de vos pensées, mais avant de partir prenez au moins un café. Une petite toast avec du beurre de peanuts ou un muffin? Partir avec rien dans le corps, c'est pas bon pour la santé.

— J'ai un rendez-vous que je ne peux pas manquer.

— Non, partez pas!

« Ça m'est sorti tout seul. Un cri du cœur! J'ai peur que, s'il s'en va, je le reverrai plus jamais. »

— Ce que je veux dire, c'est que j'ai besoin d'un homme pour préparer le party de la Saint-Jean. Moi, grimper dans l'échelle pour poser les ballounes...

De la chambre des filles, on entend: «On va t'aider, nous autres.» Nicole leur crie:

— Non! J'ai besoin d'un homme!

Se rendant compte qu'André la fixe avec curiosité, elle bafouille:

— Ce que je veux dire...

— Nicole, je regrette, mais il y a des rendez-vous qui n'attendent pas.

— J'ai oublié de vous présenter mes filles. Les filles!

Celles-ci réapparaissent, ennuyées à l'avance du boniment de leur mère.

— Mes filles. Sont belles, hein? Élodie, ma grande. Elle a seize ans. Myriam, mon bébé... quatorze. Des filles comme il s'en fait plus. Dites bonjour à monsieur André.

— Salut...

« Un classique. Dès que je parle à un homme, Élodie se braque: elle sait comment je suis avec eux, une mopette à vaisselle. Myriam leur fait un air bête parce que, pour elle, son père, c'est le meilleur et le seul. »

— Bon, les filles, disparaissez! Je dois parler à monsieur André! C'est confidentiel. Vous connaissez ça, ce mot-là. Quand vous parlez au téléphone et que vous dites que c'est «con-fi-den-tiel» pour que je sacre mon camp… Merci, vous êtes gentilles.

Les filles retournent dans leur chambre sans protester.

— André, on va se parler dans le blanc des yeux. Assisez-vous.

— Asseyez-vous.

— Moi, je suis assise. Vous, assisez-vous !

— Je m'assieds ! Deux secondes… J'ai une chose d'importance capitale à faire, ça ne peut pas attendre. C'est une question de vie ou de mort.

— Moi itou ! Ça peut pas attendre, les ballounes. C'est une question de vie ou de mort. À la Saint-Jean, le cocon me confie toujours l'organisation du party. C'est ce soir et je vous demande de m'aider, c'est pas la mort d'un homme. Je vous ai peut-être frappé avec mon autobus, mais je vous ai sauvé la vie en breakant. Faut voir ça avec ce boutte-là de la longue-vue. Si j'avais pas vingt-cinq ans d'expérience, je vous envoyais voir le petit Jésus de l'autre bord sur un temps riche. C'est juste pour vous dire que, service pour service, nous deux, l'accident, on tient ça mort. Vous en parlez pas, vous me remerciez de vous avoir sauvé la vie en m'aidant aujourd'hui et c'est tiguidou.

— Dans les circonstances, je ne sais pas si le remerciement est approprié, mais pour ne pas vous contrarier. Merci ! Merci ! Merci !

— Vous me garrochez vos mercis comme si c'était des roches… Vous aimez pas mes muffins ? Je peux vous faire deux œufs pis du bacon à la place. Avec des toasts. Et j'ai des bonnes confitures aux fraises, y avait une vente au marché Maisonneuve…

— Nicole, vous ne m'avez pas frappé. C'est moi qui me suis jeté devant votre autobus.

— Je vous demande pas de vous accuser à ma place, juste de pas me dénoncer. Faites ça pour moi et mes filles.

— Je ne peux pas porter plainte puisque c'est moi...

— Je le savais que vous étiez un monsieur. Je peux-tu vous embrasser?

«Là, j'exagère! Mais ça me tente tellement. Il est beau comme un dieu, avec des yeux que je me noierais dedans, et grand et mince comme un prince, puis des dents comme ceux des acteurs, blanches chicklets et un nez aristocratique même si j'ai jamais vu un aristocrate de ma sacrée vie. Et son corps... Il est juste un peu maigre, mais laissez-le-moi un an et je le remplume à mon goût.»

— Nicole, vous m'étouffez! Arrêtez de m'embrasser...

— Excusez! Excusez!

Sans cesser de parler, Nicole prépare le petit déjeuner d'André. André apprécie son café et il a tellement faim qu'il ne l'écoute que d'une oreille.

— Je veux devenir truckeuse pour prouver à mon ex que je suis aussi bonne que lui. Il fait Montréal-Vancouver. Big deal! Moi, je vais faire Montréal-Los Angeles. Lui, il a pour son dire qu'une femme, ç'a pas la force pour les longs trajets. Je vais y prouver que je le vaux, que je peux gagner autant d'argent que lui, sinon plus. Je sais pas ce que j'ai à vous raconter ma vie, comme si je vous connaissais depuis cent ans. Je m'excuse. Tout ce que je voulais vous demander, c'est de tenir mort ce qui est arrivé entre nos deux, bien, que je vous ai écrasé. Je sais bien, vous avez la bonté de dire que c'est vous qui avez sauté devant mon autobus, mais tout le monde va deviner que c'est pas possible. Un piéton frappe pas un autobus, c'est l'autobus qui le frappe. De toute façon, je vous ai sauvé la vie… et pour me remercier vous allez m'aider… on sera quittes.

— Je ne peux pas vous aider. J'ai vraiment un empêchement majeur…

— Lequel?

— Je ne peux pas vous le dire. C'est personnel…

Elle lui sert les œufs-bacon-toasts. Il commence à manger et Nicole l'observe, comblée qu'il soit en appétit.

— J'aimerais d'autre café, s'il vous plaît.

— Coming up! Après, je vous amène à l'urgence…

— Non! Ma jambe se porte bien…

— Vous le savez pas.

— Je sais.

— Vous êtes docteur?

— Acupuncteur, je connais le corps humain et je n'ai rien de grave.

— Comme ça, vous allez pouvoir rester pour notre party de la Saint-Jean… J'aimerais tellement ça. Dites oui.

— Bon, je veux bien vous aider, mais le party ce soir, non.

— J'irai vous reconduire chez vous après.

— Non.

— Pourquoi?

— Je n'ai pas de chez-moi.

— Ah bon… parlez-moi de ça, quelqu'un qui est libre. Tout le contraire de moi. Ah non, pas lui, pas Gerry! Allez vite dans ma chambre, faut pas qu'il vous voie, il est jaloux comme un démon. Vite!

Perplexe, André abandonne à regret son assiette pour retourner en vitesse dans la chambre avec son café et un bout de toast.

« Je suis en plein Feydeau. »

Gerry entre avec la clé que Nicole n'a pas eu la force de lui reprendre. Graisseux à souhait, cheveux et peau, il est en tenue caniculaire : camisole, shorts de gym fripés, souliers de cuir noir et bas blancs. Sur son gros nez couperosé trône une paire de lunettes de soleil miroir. Il fume son énième cigarillo de la matinée. Une forte odeur d'after-shave bon marché, de bière de la veille et de tabac sucré remplit le logement.

— Qu'est-cé que la vieille folle d'à côté m'a dit… que j'avais un remplaçant ? Il paraît qu'il a passé la nuit icitte, dans mon lit ?

— C'est pas le jour de la pension des filles, t'as pas d'affaire icitte !

— Je venais te dire, justement, je vais être un peu en retard pour l'argent. De Vancouver, j'ai fait un petit saut à Vegas et je me suis fait laver ben raide. Je gagnais, ah ça, je gagnais, mais la chance a tourné. J'ai tout perdu. Ça fait que, pour quelque temps, tu vas devoir te serrer la ceinture.

— Où tu vas, là ?

— Voir le rapace qui se jette sur mes restants.

— Sur quel bord de la face tu la veux, ta claque ?

— T'es en amour, ma parole !

— Sacre ton camp !

— Je veux juste y dire de se tenir loin de mon territoire.

— Gerry, tu vas y goûter !

Elle lève une main sur lui qu'il stoppe en rigolant grassement.

— Bien non, t'aimes bien trop faire l'amour avec moi pour démolir ma belle face. Belle face, c'est comme ça que tu m'appelles sur les derniers milles quand je te donne ton biscuit…

— Décrisse !

— C'est pas parce qu'on s'entend pas dans la vie qu'on fraternise pas dans le lit. Regarde-toi, la fumée te sort par les narines tellement tu m'en veux et pourtant tu te meurs de désir pour moi. Hein, ma belle crotte ?

— Je te désire pas pantoute !

— Ces gouttes-là autour de ta bouche ? C'est quoi ces gouttes-là ?

— J'ai pas de gouttes. Arrête ça !

— Toi, t'es en amour. Envoye, crache le morceau. T'es en amour ! Es-tu en amour ?

— Non !

— Tu l'as connu comment ?

— Sur mon trajet.

— Un gars qui drague la chauffeuse d'autobus, il faut être désespéré…

— Il est pas désespéré… au contraire. C'est un gars ben correct, plus que ben correct, c'est pas lui qui gueulerait après moi devant les filles.

— Je les vois pas, les filles.

— Tu sais très bien que les murs sont en carton…

Il crie, manifestement pour se faire entendre d'André, et des filles aussi.

— T'es rien qu'une guidoune !

Nicole se retient pour ne pas l'étriper. Il s'en amuse. Il aime la provoquer.

— T'es un écœurant, Gerry.

— T'aimes ça !

— Décolle !

— C'est pas ce que tu disais la semaine passée quand on a baisé comme des possédés, c'était même tout le contraire. « Colle ! Colle ! »

81

— Si tu pars pas, tu vas y goûter.

— Je t'attends chez moi. T'es ma meilleure !

— Je t'haïs !

« Plus elle dit qu'elle m'haït, plus elle m'excite ! C'est fucké, ça ! Je suis fucké en christ. »

— À la revoyure… À ce soir au party !

Après son départ, Nicole essuie les gouttes qui perlent autour de ses lèvres. Si elle déteste son ex, elle se déteste encore plus d'être attirée par un cave vulgaire, qui n'est même pas beau. Elle se promet pour la millième fois de ne plus jamais ouvrir les jambes pour lui, mais la chair est faible et elle est si seule.

— Monsieur André, vous pouvez sortir, il est reparti.

Apparaît André, qui n'en revient pas d'avoir entendu un tel échange.

— Vous voyez comment il est ? Il est fait pour vivre dans un harem. Il a une grosse… comme ils appellent ça encore… une grosse dildo ?

— Libido.

— Oui, c'est ça ! Une grosse, faut pas charrier, il y en a des plus grosses, mais lui… il l'écoute, il fait tout ce qu'elle veut. Il dit à tout le monde qu'il est l'indépendance en personne, mais il dépend de sa…

— Libido !

— Oui. Dites donc, je vous regarde, là, c'est rare, ça, un homme qui a pas de place où aller, pas de chez-lui. Coudon, êtes-vous un itinérant ? Pourtant, vous en avez pas l'air. Remarquez qu'avec moi les itinérants, ils voyagent gratos…

— Non, non… C'est que là où je vais, je n'ai pas besoin de maison, ni même d'argent.

— Ah ! Je comprends.

« Je comprends pas pantoute ! À moins que… À moins que ce soit un bandit qui vient de voler une banque et qui veut se rendre à la police. Ben non, nou-noune, il aurait une chemise noire, une cravate blanche et un habit rayé. Non, il est bien trop distingué pour être un gangster, il parle comme les annonceurs de Radio-Canada… À moins que ce soit un pédophile, il paraît qu'ils ont l'air du monde comme les autres… C'est ça, c'est un maniaque sexuel ! Je regarde trop la télé. Là, là je l'ai ! C'est ça, je l'ai ! Il quitte la vie publique pour se donner à Dieu. Il rentre au séminaire, voilà pourquoi il a juste un sac à dos. Il me semblait, aussi, que c'était pas un homme comme les autres. Je le frappe avec mon autobus et il est prêt à en prendre le blâme. On le frappe, il tend l'autre joue… C'est un saint homme, le successeur de l'abbé Pierre ou mère Teresa faite homme. Ma lumière vient de s'allumer. Voilà pourquoi tous ces mystères. Par humilité. Il se vante pas de donner sa vie à Dieu, il le fait. Il vend tout, donne son argent aux pauvres.

« Je suis tellement brillante, moi, des fois, que ça me fait peur. On peut rien me cacher, je finis toujours par découvrir le pot aux roses. Si j'avais pas aimé conduire, j'aurais pu être une voyante et faire plein de cash. Pas instruite, mais il y en a dans la boîte à poux ! C'est comme là, dans le cas qui m'occupe, André, le frère André, le nouveau frère André est discret sur sa vie, mais j'ai compris pareil qu'il voulait quitter le monde. Élémentaire, mon cher Watkin ? Watson ? Quand je me regarde aller, des fois, c'est bien simple, je m'applaudi-rais. Faut dire que je lis beaucoup de romans policiers… ça cultive. »

— Moi, André, aller où vous allez, ça me tente aussi des fois. Plus de problèmes, la paix, la sainte paix, mais j'ai deux filles qui ont encore besoin de moi.

— Je n'ai personne au monde.

— Si on se connaissait un peu plus, je pourrais vous dire que… vous m'avez moi.

« Une fille s'essaye. »

— On pense qu'on a quelqu'un et on se retrouve seul, et la solitude est deux fois plus grande, justement parce qu'on a déjà eu quelqu'un et qu'on l'a perdu…

« Qu'il parle bien. Même si je fréquente pas l'église, savoir qu'il ferait un sermon quelque part, j'irais l'écouter. »

— Vous parlez comme un évêque !

André ne peut s'empêcher de sourire. La naïveté de Nicole est désarmante. Il admire sa détermination aussi, lui qui en a si peu.

— Là, ça fera. C'est la Saint-Jean, pis si on est un bon Québécois on fête ! Vous êtes québécois pure laine ?

— Oui…

— Eh bien vous ferez ce que vous avez à faire demain. Bonne Saint-Jean-Baptiste !

Et elle lui plaque un baiser sur la joue. Il en est ébranlé.

— Je vais vous trouver une chambre. Parce que je pense pas que ça va être une bonne idée de vous présenter où vous allez tout de suite après le gros party de ce soir…

— Oui, mais je pensais partir avant…

— Laissez-moi faire !

« Dans quoi je m'embarque, encore ? T'as assez de tes filles, de ton ex, des membres du cocon à marde, des plaintes accumulées contre toi au travail, t'as pas besoin de t'occuper d'un gars qui va entrer en religion. Penses-y même pas! Un saint descendu des cieux. Un saint Jean Baptiste! Il y ressemble comme deux gouttes d'eau, en moins frisé et en plus beau. C'est bien ma chance... tomber sur quelqu'un qui a un autre amour dans sa vie, et pas n'importe lequel : le Christ! Je suis pas de taille pour lui faire manger du foin à celui-là. »

Elle décroche le récepteur du téléphone et compose le numéro de Blanche.

— M'ame Blanche! C'est Nicole! Êtes-vous là? J'ai quelque chose de spécial à vous demander... Merci, j'arrive...

13

Blanche est une vraie chipie qui peut, d'un coup de langue, trancher une réputation en rondelles. À la moindre contradiction, elle prétexte son grand âge pour se donner raison. Même Nicole, qui a du front tout le tour de la tête, tremble quand elle frappe à sa porte.

— Qu'est-ce tu veux? Je suis dans mon programme de tévé…

D'un hochement de tête agacé, Blanche la somme d'entrer sans néanmoins quitter l'écran des yeux. Nicole en profite pour jeter un coup d'œil autour d'elle: que des antiquités, des vieilleries! Il y en a partout et toutes sont couvertes de poussière grasse. Des bouquets de fleurs artificielles ternies par le temps, des objets disparates qui semblent venir d'une vente de garage. C'est le jardin secret de Blanche. Nicole réprime une envie d'éternuer: elle est allergique à la poussière et le lieu en est couvert. Elle détaille la vieille dame. Elle a dû être une belle femme avec ses traits fins, son port de tête de ballerine, ses cheveux maintenant poivre et sel (les deux tiers poivre et le reste sel) qu'elle porte en tresse autour de sa tête. Elle est mince, maigre plutôt. On devine sous sa robe de coton fleurie ses seins toujours haut perchés et son ventre plat. Ses jambes longues pour une si petite silhouette devaient être aguichantes avant qu'elles ne se transforment en cure-dents. Et ses pieds ! Ils sont petits et fins, étonnamment jeunes. L'ostéoporose lui a fait perdre de la hauteur, mais elle se tient droite comme une barre et son regard est comme une lame de poignard.

— Veux-tu mon portrait, chose ?

— Euh… je venais juste prendre de vos nouvelles…

— J'ai mal dans les osselets, l'estomac me brûle pis j'ai des gaz…

— Des nouvelles du cocon ?

— La femme de Guillaume a sacré le camp. Elle lui a laissé la petite. Ta Myriam est rentrée juste avant toi, gelée ben dur en plein mois de juin. La Simone s'est essayée sur Roméo, qui a tout raconté à sa défunte. Puis toi, oui, toi, mère de deux filles, t'as couché avec un gars que t'as ramassé dans la rue, un itinérant. J'ai des yeux tout le tour de la tête, puis des oreilles fines comme des micros. Vous pouvez pas m'en passer une.

« J'ai envie de l'assommer avec des paroles dures comme des balles de revolver. Elle profite de notre respect pour la vieillesse pour terroriser le cocon. La vieille torrieuse ! N'empêche que du temps de son "Monsieur", du temps qu'elle espérait qu'il quitte sa femme, il paraît qu'elle était très aimable. C'est ce que dit Roméo, qui, avec sa défunte, est le seul à avoir connu son "Monsieur". Astheure, c'est un porc-épic. Son "Monsieur" l'a fait poireauter en lui promettant le mariage et l'héritage qui vient avec et, comme elle a rien eu de ça, elle se venge sur nous autres. S'il fallait que je me venge, moi, de tous les hommes qui ont levé le nez sur moi parce que j'étais grassette… Jeune, j'étais pas grosse : j'étais ronde, rondelette, enveloppée… plantureuse ! Il a fallu que je me rabatte sur Gerry, le seul homme au monde qui se vante d'aimer tout ce qui est énorme. Il ment quand il prétend que baiser une fille qu'on peut lui voir les côtes, ça le fait débander. Il m'a toujours trompée avec des cure-dents ! »

— André, il s'appelle André, c'est pas un sans-abri, vous saurez, c'est un futur prêtre.

« J'y vois les yeux pâlir puis scintiller comme des boules de Noël. Elle est de celles qui croient encore qu'un prêtre dans son entourage est un passeport pour le ciel. »

— Il s'est payé la traite avant de rentrer dans les ordres ? Comme on prend une brosse la veille d'entrer chez les AA ?

— Non ! Il m'a parlé toute la nuit de sa vocation, de Dieu. Je lui ai parlé de moi, des filles, de Gerry. C'était comme si j'étais à la confesse dans ma propre chambre… porte ouverte. Un prêtre, Blanche ! On a pas vu ça souvent dans le cocon.

— T'inventes pas ça pour m'en mettre plein la vue ?

— Il entre au séminaire… demain.

— Lâche-moi donc ! Il y a plus personne qui veut se faire prêtre.

— Eh ben, il y a lui…

— Tu m'en diras tant…

— J'ai tout de suite su en le voyant qu'il faisait ses adieux au monde. J'ai un don pour fouiller les âmes. Pas avoir été chauffeuse d'autobus, j'aurais été psychologue. Je lui ai dit que, ce soir, il pouvait pas dormir chez moi, que c'était pas convenable – pis en plus il y a pas de place –, mais que je connaissais une dame généreuse, le cœur sur la main, qui serait heureuse de l'héberger jusqu'à demain parce qu'elle a deux chambres qui servent à rien… et que si ça se savait à la Centrale d'hypothèque, cette pauvre madame serait obligée de donner son logement à Jessica, qui a trois enfants dans un trois et demie…

« Je soutiens son regard. J'en ai pas peur. Si je voulais, d'une pichenotte, je l'enverrais rejoindre son Octave. »

— Bien oui, bien oui, envoye-le moi, chère. J'ai de la place pour les fins pis les fous, je dois bien en avoir pour un prêtre, d'autant plus que, la fois où ça m'a tenté de tromper Octave, ç'a été avec le vicaire de la paroisse, le grand blond, le père Gaspard, celui qui était tellement beau qu'on l'appelait Père Gaspillage…

— Blanche, je sais plus si je veux vous le laisser, des plans pour que vous lui fassiez changer de vocation…

Blanche marche sur l'erre d'aller, mais ça lui fait quand même un petit velours de croire qu'elle pourrait encore séduire.

— Je sais. Si je voulais… Mais je veux pas. Donne-moi une petite heure pour que je me mette des frisettes, un peu de fard sur les joues pis une goutte de sent-bon derrière les oreilles.

— C'est un prêtre, Blanche !

— Ma petite fille, c'est pas parce qu'il y a de la cendre sur ma tête que le feu est éteint là où je pense.

14

Nicole s'attarde quelque peu sur sa galerie avant de rentrer chez elle. Elle est assaillie par de mauvaises pensées. Et elle, pourrait-elle le séduire, le beau prêtre, si distingué, si noble… un prince de l'Église ?

« Nous autres, les femmes, c'est pas qu'on soit aveugles, non : quand on se regarde dans le miroir, on se voit telles qu'on est, en pire même, mais entre deux miroirs, on est toutes atteintes d'une déformation du cerveau : on a vingt ans, le ventre plat, pas une once de graisse sur la carcasse, des seins gros comme des melons, des cheveux blonds jusqu'aux reins, des cils comme des éventails espagnols et des lèvres charnues comme des quartiers d'orange sanguine. En tout cas, cette image de moi me permet de draguer quand je sors avec mes collègues chauffeuses pis de danser comme une mince et jeune. Ça me permet aussi de faire l'amour sans éteindre la lumière. Ça me permet de m'imaginer sur la première page d'un magazine de mode… Mais pas de danger que je m'enfle trop longtemps la tête : mon miroir me remet vite à ma place. Une chance qu'on peut rêver. Une chance qu'on m'entend pas penser ! »

Par la fenêtre, elle voit André qui étend sa confiture de fraises maison sur une toast.

«C'est plate pareil que les plus beaux hommes, les plus gentils, les plus doux, ceux qui savent écouter, ceux qui nous respectent, ou bien ils sont fifis, ou bien ils sont prêtres. »

Sitôt rentrée, Nicole s'assoit face à André. Elle rayonne.

— C'est tout arrangé ! Blanche vous attend. Je sais que vous voulez juste passer une nuit chez elle, mais elle serait prête à vous prendre une autre journée, si ça peut se remettre là où vous allez.

— Cela ne se remet pas… Nicole.

« Ni-co-le ! Il a dit mon nom comme si j'étais sa blonde. Je fige. Mon sang quitte mes membres pour se concentrer dans mes joues. Elles sont en feu. Ça y est, ça va paraître qu'il me fait de l'effet. Capable de contrôler un autobus, incapable de contrôler une paire de joues. Dites encore mon nom de votre belle voix de confesseur, je vous en supplie. Il prononce mon nom, Nicole, en étirant le "ol" et en prononçant le "e" comme on donne l'abso-lution : "Allez, et ne pêchez plus !" Maudite marde, pour une fois que je trouve un gars qui a de l'allure, faut qu'il dédaigne les plaisirs de ma chair, euh… les plaisirs de la chair. Il sait pas ce qu'il perd ! Les femmes en manque de sexe sont peut-être pas les meilleures baiseuses, mais elles sont tellement reconnaissantes. »

— Merci, Nicole ! Mais je ne peux vraiment pas rester. Je vais dormir une couple d'heures chez votre voisine. Après, je vous aiderai pour votre fête. Mais je vais partir en fin de journée.

— Vous allez pas manquer notre party de la Saint-Jean ce soir, c'est sacré, pour le cocon, la fête nationale. Et il va y avoir de la bonne bouffe, de la boisson et Simone qui joue de l'accordéon… Il arrive même qu'on danse jusqu'à tard.

— Je n'irai pas à votre party. Je n'ai pas le cœur à fêter.

— Ça va vous changer les idées… Pis une autre fête de la Saint-Jean toute seule comme un coton, je passerai pas au travers. Si vous m'accompagnez, mon ex va voir que je pogne encore. Il me dit tout le temps qu'il y a personne qui peut vouloir d'un agrès pareil. Ayez pas peur, vous seriez pas avec moi comme chum, vous feriez semblant d'être avec moi, juste faire semblant de vous intéresser à moi. Comme là, je parle, vous m'écoutez. Juste ça, faire semblant de m'écouter. Juste ça. Hein ? S'il vous plaît ? Pour un soir.

— Vous êtes délicieuse. Bon, d'accord, je vous accompagne au party, je dors une nuit, mais je repars tout de suite après.

« Délicieuse ! Moi, ça ? Je suis délicieuse ! Bonne à lécher comme une grosse boule de crème à glace à l'érable. Je fonds. Je suis après fondre. Chaque fois qu'un homme est fin avec moi, je me colle à lui comme une sangsue. Je veux tellement qu'il m'aime que je lui fais peur. C'est peut-être moi qui suis pas correcte à toujours m'amouracher de quelqu'un qui veut pas de moi. Je dis qu'il veut pas de moi, mais il me trouve quand même délicieuse… Mais la vraie raison doit être qu'il s'est promis au Christ et que c'est un homme fidèle. Qu'est-ce que je fais ? Je me mets à genoux devant lui, je lui dis qu'avec moi il va être bien plus heureux qu'avec Dieu, qu'on est même pas sûr qu'il existe ? Moi, j'existe ! Hé que j'existe ! J'ai beau être pas trop croyante, disputer un homme à Dieu, je vais encore rester sur le carreau. Je le veux, bon ! J'ai jamais tant voulu quelqu'un de ma vie. Un homme plein de mystères qu'on sait pas d'où il vient ni où il va. Un beau survenant qui parle comme un livre, que je comprends pas la moitié de ce qu'il dit.

«Avec lui, je voudrais qu'on commence par le commencement: se courtiser, se désirer, se confier nos moindres secrets et après, longtemps après, faire l'amour pendant des heures et des heures, pis recommencer, recommencer toute la vie comme si c'était la première fois.

«Bon, qu'est-ce qu'il me veut, lui?»

Sur la galerie d'en face, Roméo lui fait de grands signes. Elle sort et le rejoint au milieu de la cour.

— Nicole… As-tu pensé…

— Je peux pas penser à toutte! Il est bon, lui! Tout va être prêt pour ce soir, si c'est ça qui t'achale. J'ai pas été nommée organisatrice en chef de la fête dix années d'affilée pour rien. Tout est presque prêt de toute façon…

— Grimpe pas dans les rideaux. Je veux juste savoir si t'as pensé à un remplaçant pour Pascale. Elle est partie pour trois mois ou plus – avec les maudites féministes, on sait jamais – et là on se retrouve sans président au conseil. Moi, je veux rester trésorier et responsable du bon voisinage. Simone veut pas d'autre fonction que secrétaire générale et responsable du bâtiment et de l'entretien. Il nous faut absolument un président et j'ai pensé à… toi.

— Je veux pas être présidente, j'ai assez de troubles comme c'est là!

— C'est ton tour!

— Compte pas sur moi!

— Ma femme dit que tu ferais une bonne job. Et elle est bien placée d'où elle est pour voir ce qui se passe dans le cocon.

— Ben oui, ben oui…

— On est branchés jour et nuit, elle et moi. C'est comme si on avait chacun dans notre oreille un implant de cellulaire. Excepté que je peux pas y raccrocher la ligne au nez.

— Ça fait cent fois que tu me racontes ça.

— Ma femme m'a dit que ce serait toi, la prochaine présidente. Elle se trompe jamais. Les morts peuvent pas se tromper.

— Moi, je suis ben vivante pis c'est non ! Ah bien, mon pensionnaire qui est prêt à changer de logement. Excuse-moi, Roméo... André, avez-vous besoin d'aide ?

— Non, merci... C'est le logement voisin ?

— Oui. Un instant ! Roméo aurait quelque chose à vous demander. Hein, Roméo ? Lui, il ferait un bon président. Un homme instruit qui parle comme un pape pourrait bien nous représenter à la Centrale d'hypothèque. Demandes-y, il est bien humain. Roméo vous le demande. Je vous le demande !

— Je suis très touché, mais j'ai d'autres plans.

— Roméo, j'ai une idée géniale. Ce soir à la fête, comme le cocon va être au complet, on va tenir une assemblée générale... Hein, Roméo ?

— Je ne veux pas... De plus, je n'habite pas ici...

— C'est peut-être un homme instruit, mais icitte, c'est un touriste. Il a pas d'affaire à être sur le conseil d'administration.

— On a pas besoin de vieux radoteux non plus !

Gêné, André met fin à l'échange abruptement.

— Je ne suis que de passage ici.

« Je vais pas m'accrocher à ses pans de pantalon, quand même, j'ai ma fierté de femme et puis je l'ai déjà fait, avec Gerry ; ça l'a jamais empêché de partir retrouver ses gédailles même quand je restais avec ses boxers dans les mains. »

Nicole et Roméo suivent du regard André qui frappe à la porte de Blanche.

— Passe-moi ton cellulaire intime, la patente, là, que je parle à ta femme, que j'y demande si André va partir pour tout le temps ou bien…

— Ma femme communique qu'avec moi.

— Parles-y de ma part !

— Faut y croire, tu y crois pas.

— Bâtard !

15

Blanche s'est douchée au parfum de muguet des bois. Elle sent bon, mais fort. Sa vue baissant, elle a un peu forcé sur le fard à joues et, avec son visage poudré de blanc, elle ressemble à Fanfreluche. Des boules à mites, elle a sorti une robe rose très Jacqueline Kennedy, qui pendouille sur sa frêle ossature. Elle s'empresse de mettre la dernière main au sucre à la crème qui bout sur la cuisinière.

« Le sucre à la crème est la grande faiblesse des hommes. C'était celle d'Octave, et je vois pas pourquoi que le petit curé serait différent. »

Blanche reçoit André de façon cérémonieuse. Il hume la bonne odeur, mais se sent intimidé quand elle lui offre de lécher la cuillère de bois trempée dans le divin mélange. Néanmoins, il goûte, apprécie poliment. Blanche est ravie.

— Je mets une tasse de sirop d'érable à la place de la cassonade, puis pour le rendre mou comme un ventre de femme, j'ajoute une poignée de guimauves à la fin. Votre mère le faisait comment, son sucre à la crème ?

— Je vais essayer de dormir. Ma nuit a été courte. Si vous me le permettez, madame Blanche.

— Bien chanceux de dormir. Moi, je dors jamais. Je me fatigue pas, ça fait que je dors pas. La chambre est à gauche, juste après la salle de bain. Au cas où vous voudriez prendre un bain, j'ai sorti mes serviettes en ratine des States. Ça, il faut leur donner ça, aux Américains : ils font de la meilleure ratine que nous autres. Faut dire que c'est le pays du coton et que...

— Il se peut que Nicole vienne me chercher, je dois l'aider à préparer le party. J'apprécie hautement votre hospitalité, mais je veux juste dormir un peu.

« C'est ça, rendez-leur service en les abritant chez vous, ils vous dorment dans la face. Ils sont pas intéressés de savoir si vous avez peur de mourir toute seule comme un chien ou si vous avez des regrets d'avoir perdu votre vie à tirer sur une ligne à pêche pour vous apercevoir au bout de trente-sept ans que c'était pas un poisson que vous aviez au bout, mais une claque... en pleine face. »

— J'en aurais tellement à vous conter. Ma vie, puis la vie de tout le monde dans le cocon, des esseulés comme moi qui manquent de monde nouveau à qui raconter leurs histoires. Vous entendez ce que je vous dis ? Bon, il est déjà dans la chambre. Pis après on accuse les vieux de parler tout seuls !

André enlève ses chaussures et s'allonge sur le couvre-lit en chenille bleu délavé. Il fixe le plafonnier : une horreur entourée d'angelots obèses et sans sexe. Sa femme et ses filles sont-elles au ciel avec les anges, comme on le lui a appris à la petite école, ou se préparent-elles à vivre une nouvelle vie sous forme de vaches ou de fourmis, comme ses études sur le bouddhisme lui ont laissé croire ? Il ne croit plus à ce ciel où vivraient pour l'éternité les justes et les bons, ni à cet enfer où brûleraient éternellement les méchants. Dieu qui a fait l'homme à son image, peut-il départager les bons des méchants, gratifier les uns, punir les autres ? Dieu qui veut le bien de ses créatures, comment a-t-il pu lui enlever sa femme et ses filles et le laisser vivre, lui ? Il sait qu'il ne trouvera pas de réponses à ces questions ici, sur terre. Seule la mort peut le rapprocher de la vérité et de ses chères disparues. Il espère les retrouver toutes les trois, mais où et comment ? Il n'arrive pas à évoquer l'âme de sa femme et de ses filles flottant dans le ciel. Il ne sait même pas si elles avaient une âme. Il imagine très bien le corps de Sophie, un corps de chair, chaud, vibrant sous ses mains. Il imagine facilement ses filles aux corps en pleine transformation, si puérils et si sexuels à la fois qu'il ne s'autorisait à les regarder que de biais quand elles étaient dévêtues.

« Sophie était-elle seulement un corps, ou avait-elle une âme ? Et une âme, est-ce une fabrication du cerveau ou une manigance de la religion pour nous faire endurer les pires douleurs en nous promettant un au-delà de rêve appelé Paradis ? »

Quand il a étudié l'acupuncture avec un médecin chinois bouddhiste, il a longtemps jonglé avec l'idée de la réincarnation. Aujourd'hui, il refuse de croire que sa femme et ses filles peuvent vivre une nouvelle vie, même animale, une vie sans lui.

Son désespoir est aussi profond que sa souffrance. Il n'en peut plus.

16

En début de soirée, dans la cour du cocon, c'est la pagaille. Dans sa poussette, la petite Kia hurle pendant que son père dispose les tables et les chaises. Juchée sur une échelle, Jessica accroche aux galeries des décorations plus asiatiques que québécoises tout en criant après ses fils, qui se chamaillent pour grimper derrière elle. Blanche sort de son logement, l'index perpendiculaire à sa bouche. Elle est furieuse : on va réveiller son protégé. Élodie et Myriam transportent une glacière de sandwichs, hors-d'œuvre et autres bouchées. Nicole en dépose sur la table une autre qui contient entre autres son fameux pain sandwich dont tout le monde raffole. Elle ne le sert qu'à la Saint-Jean ; il s'agit de tranches de pain blanc coupées sur le long, garnies de pâtés de jambon, de poulet et d'œufs durs hachés, le tout recouvert de fromage à la crème bleu on ne sait pas par quoi... et décoré de languettes d'oignons blancs en forme de fleurs de lys.

Nicole est aimable avec Blanche, car elle espère qu'elle réveillera André afin qu'il l'aide comme promis. Mais cette dernière, forte de son statut privilégié, lui tourne ostensiblement le dos. Roméo apparaît en bermudas fleuris, sandales neuves et bas golf à carreaux, œuvre de sa défunte. Qu'on gèle ou qu'on crève, il sort son accoutrement d'été le 24 juin pour le ranger à la fête du Travail. Il transporte une cuve remplie de bières et de glaçons. Sylvain s'est chargé de louer un système de karaoké. Simone, qui fournissait habituellement la musique, boude et maudit ceux qui ont voté pour la proposition de Sylvain, la « grande folle », comme elle l'appelle bien qu'il ne soit pas du tout efféminé. Les deux lesbiennes, Samira, l'Arabe, et Alanis, l'Amérindienne, observeront la fête de leur galerie en buvant du thé glacé au miel. Elles ne parlent à personne, ou plutôt personne ne leur parle.

Elles s'étaient présentées devant le conseil d'administration comme des colocataires. Pascale, alors présidente, avait persuadé tous les membres que des coopérantes femmes seraient « plus de service » que des hommes. Mais, par la suite, elles avaient été vues s'embrassant à pleine bouche. Stupéfaction dans le cocon : elles étaient des fraudeuses ! Depuis, les hommes les méprisent parce qu'elles se passent d'eux, et les femmes en ont peur, peur de leurs avances ou peur d'être elles-mêmes attirées par elles. Même Sylvain est agacé par le couple… jaloux peut-être.

Des cris stridents réveillent André en sursaut. Il s'agite, ne sachant ni où il est ni l'heure qu'il est. Il se redresse péniblement, se lève, cherche le commutateur et atteint finalement la lourde draperie de velours qui couvre la fenêtre, qu'il entrouvre. Le soleil est déjà couché. Des lampions jettent une lumière de bar malfamé sur les tables couvertes de nappes en papier ornées de fleurdelisés avec leurs serviettes de table assorties, et de sandwichs bleu et blanc. Des sons perçants se précisent. C'est Jessica qui hurle. C'est à se demander comment un si petit corps peut produire autant de décibels. André s'inquiète de ce qui peut bien causer la peur de cette jeune femme lorsqu'il aperçoit Nicole tirant par l'oreille un garçon qu'il devine être l'un des fils de la femme épouvantée. Ce dernier tient un rat par la queue, un rat mort. André s'en amuse, se remémorant les tours qu'il jouait à sa mère pour le plaisir de la voir effrayée. La fois où il avait mis une grenouille dans son tiroir à sous-vêtements… Les mêmes cris !

La première fois qu'il a pensé au suicide, il avait l'âge de cet enfant joueur de tours. Sa mère venait de mourir. Quand on l'avait tirée de la mer sur une plage, à Plattsburgh, boursouflée par les heures passées dans l'eau, il avait voulu mourir lui aussi. Pour vrai ! Il avait voulu partir avec elle, aller au ciel avec elle. À onze ans, il croyait mordicus à l'existence du paradis, et il voulait à tout prix y aller avec sa mère. Mais il était resté sur terre. Et depuis, il détestait l'eau et avait développé une phobie de la mer.

« Mais cette fois, je vais avoir le courage de mettre fin à mes souffrances. Je ne vois pas le jour où ça va s'arrêter. »

Un coup à sa porte le tire de son obsession.

— C'est Blanche !

Il hésite, puis entrebâille la porte.

— Je venais voir si vous étiez réveillé. On vous attend pour fêter.

— Je ne fête pas.

— Ah, ben ça, mon garçon, c'est pas patriotique. S'il y a une fête pour mettre de côté nos disputes, nos rancœurs et même nos peines, c'est bien celle de la Saint-Jean.

— Je ne peux pas.

— Si vous aimez pas la bière, j'ai du vin de messe. Un petit verre.

— Je ne peux vraiment pas. Merci. Je dois partir.

— Vous pourriez au moins être poli ! Je vous ouvre la porte de ma maison, vous couchez dans mes draps… pis maintenant que vous avez eu ce que vous voulez, goodbye ! C'est bien un homme, ça !

André se sent pris au piège, et un brin coupable.

— Juste une petite minute alors, le temps de dire adieu à Nicole.

17

Une heure plus tard, André n'a toujours pas trouvé le moyen de s'esquiver. Chaque fois qu'il a ouvert la bouche pour s'excuser de partir avant la fin du party, quelqu'un l'a fait taire d'un sandwich bleu, d'une olive verte ou d'un radis rouge. Il éprouve quand même une satisfaction à avaler une bière fraîche tout en observant les résidents du cocon.

Le festival du cellulaire bat son plein. Guillaume, sa petite Kia sur les genoux, tente de joindre ses copains, les chanceux qui ont des femmes pour garder les petits. Pour attirer l'attention de son père, l'enfant lui arrache son cellulaire et le lance dans le bac à bières. Guillaume le récupère en vitesse, l'essuie et, à son grand soulagement, arrive à continuer sa complainte téléphonique. Simone boude toujours parce qu'on a préféré une vulgaire machine à chanter à son traditionnel concert d'accordéon. Elle grignote des bâtonnets de fromage, une bière à la main, un cellulaire de l'autre. Trouver un homme libre la nuit de la Saint-Jean tient du miracle. Les filles de Nicole se disputent le cellulaire de leur mère, prises du besoin pressant de savoir où sont leurs amies: «T'es où là?» Élodie, la raisonnable, laisse le téléphone à Myriam, l'énervée, pour éviter qu'elle chiale. Et aussi parce qu'elle a peu d'amies à qui téléphoner.

Sylvain, cellulaire à l'oreille, essaie, lui, de se trouver un copain pour terminer la soirée en beauté. Même s'il vit dans le village gai, il se cherche désespérément une âme sœur. Son rêve est de vivre un grand amour conjugal. Jessica, elle, se cache pour utiliser son cellulaire. C'est son luxe, son vice caché, avec la cigarette. Le hic, c'est qu'elle n'a ni ami ni parent qui en ont, alors elle parle à une bénévole de Tel-Aide comme tous les soirs ou presque. Elle parle, parle, et ne voit pas que ses fils se jettent sur la nourriture comme si ça faisait trois jours qu'ils n'avaient pas mangé. Nicole, qui a repris le téléphone de sa plus jeune, marche de long en large, visiblement très contrariée. Non, elle ne veut pas, absolument pas, que son Gerry la rejoigne au party pour lui présenter sa nouvelle pitoune. Non! Trop tard, Gerry fait son entrée, cellulaire au poing, au bras d'une jeune femme décolletée jusqu'au nombril. Toutes les têtes se tournent vers eux. Enfin, il va y avoir de l'action!

— Salut, les cocons! Bonne Saint-Jean. Je vous présente ma nouvelle blonde, Magali. Dérangez-vous pas, continuez à avoir du fun. Je venais juste goûter au pain sandwich de Nicole. The best in the West!

Encouragée par Gerry, Magali défie Nicole d'un regard insolent. La moutarde monte au nez de Nicole. Elle ne peut plus se contenir. Elle piétine le gazon tel un bélier prêt à charger. Tous croient qu'elle va attaquer Gerry. Mais non, c'est une feinte… et c'est Magali qu'elle vise. Pas bête, la Nicole! Connaissant la force de son ex, elle ne s'attaque jamais à plus costaud qu'elle. Surprise, Magali rit nerveusement et, un moment, se laisse faire. Puis, excédée, elle se met à rendre ses coups à son assaillante. Certains applaudissent. Personne ne va les séparer. On a les distractions qu'on peut dans le cocon. Les deux femmes en viennent à rouler par terre, leurs sacres se joignant aux coups.

Gerry savoure son œuvre : deux femmes qui se battent pour lui ! Il ne va tout de même pas arrêter le spectacle à sa gloire. Roméo voudrait bien venir au secours de Nicole, mais du haut du ciel sa femme lui conseille de se tenir loin, s'il s'en mêle, il pourrait apercevoir l'entrejambe de la nouvelle blonde, ou un sein qui déborde de son décolleté. Simone ne bronche pas. Nicole n'a jamais été son amie. Outre la météo, elles n'ont pas de sujet de conversation. Simone trouve que Nicole est commune, qu'elle manque de classe. Nicole a toujours considéré Simone comme une insignifiante. Tenant Kia sur sa hanche, plutôt indifférent au spectacle, Guillaume quitte le ring pour poursuivre ses appels. Les filles de Nicole sont clouées sur place, plutôt gênées du comportement de leur mère. Blanche s'excite et crie à Nicole de crever les yeux de « cette salope ».

Nicole prend le dessus et plaque Magali au sol. Mais, par sa seule présence, André en impose à Nicole, qui lâche prise, se relève, rajuste son pantalon et reboutonne sa blouse. Elle essuie la terre sur son visage en sueur du revers de la main. André lui tend une serviette de table. Elle lui sourit de ses belles dents blanches.

— Je vous présente André, mon sauveur.

Nicole, comme si de rien n'était, se met à raconter l'histoire de l'accident, une histoire brodée, embellie, où André devient un chevalier qui sauve sa belle d'une mort certaine. Elle a l'imagination fertile des auteures de téléromans. Pour elle, la réalité est tellement ennuyante qu'elle en rajoute, dramatisant tel ou tel épisode, au grand plaisir de l'assistance. André rougit, n'osant pas remettre les pendules à l'heure. Nicole veut tellement faire croire aux autres – et à elle surtout – que sa vie est pleine d'aventures tragi-comiques. Plus elle parle d'André comme d'un héros, moins il sait où se mettre. Pour tenter une diversion, il goûte à l'affreux sandwich fleurdelisé, admet que c'est meilleur que ç'en a l'air. C'est alors que Blanche se met à chanter à tue-tête, à tournoyer, jusqu'à tomber raide sur le gazon.

18

Dans la salle d'attente de l'urgence, Nicole et André poussent le fauteuil roulant où Blanche s'agite, excitée comme une puce.

— Plus vite! C'est le fun! Un autre whealer!

Elle chante à tue-tête:

— «J'aurais voulu danser, j'aurais voulu chanter!» Hey, la fois que j'avais chanté ça au parc Dominion à un concours d'amateurs…

Elle passe à la Bolduc:

— «J'ai un bouton sur le bout de la langue qui m'empêche de turluter…»

— Blanche, faites-moi pas honte.

— Elle est drôle, souligne André.

Elle passe ensuite à Trenet.

— «Je chante, je chante soir et matin, je chante sur mon chemin…»

— Blanche, câline, arrêtez de faire tourner la chaise, c'est pas un avion!

— J'essaie de décoller. Je vais flyer. Un coup dans les airs et je peux me rendre au ciel comme rien. J'aurais deux mots à lui dire, à Lui en haut.

Blanche tente de faire sauter le fauteuil roulant. André l'en empêche.

— Il y a personne qui la guette quand elle prend ses pilules, elle peut bien les mélanger. Pire, elle oublie de les prendre un jour ou deux, pis le lendemain elle en prend une poignée pour compenser. Ce soir, elle a pris une bière par-dessus. Elle crache pas sur la bière, la Blanche. Elle dit que c'est un tonique.

Une infirmière, visiblement éreintée, vient les informer, un dossier en main.

— On va lui faire un lavage d'estomac. Suivez-moi.

— Je veux pas de lavage, je suis trop bien comme ça...

— Vous ne pouvez pas rester dans cet état, madame...

— Pourquoi? Je suis bien, j'ai jamais été aussi bien. Je suis bien de partout. C'est comme si j'avais un orgasme généralisé. Orgasme! Orgasme!

— Pas si fort, Blanche, tout le monde nous regarde!

— Orgasme! Je me roule ce mot-là dans la gorge comme un caramel. Orgasme! C'est comme la mort en plus petit. Tu meurs pis tu te retiens de mourir, pis tu te laisses aller, pis là tu tombes dans le plaisir comme si tu tombais dans une spirale, pis tu fais «ahhhhh»... Je suis au bord de l'orgasme.

André ne peut s'empêcher de rire. L'infirmière leur demande d'attendre dans le corridor. On viendra la chercher.

— Riez pas, vous, André, vous l'encouragez!

— Comme c'est là, il y a pas une place sur mon corps que je sens pas. Ça fait pas mal, c'est bon. Je suis comme un gros abcès de plaisir. Les docteurs soignent juste les blessures, ils soignent pas les plaisirs. J'aime ça être bien à ce point-là. J'ai des sensations partout partout. «Je ne suis qu'une sensation.» Faut pas me lâcher lousse, heureuse de même, je vais faire peur au monde. Le monde aime ça, la tristesse et les malheurs. Ils ont peur de ça, le plaisir. « Y a de la joie, bonjour, bonjour les hirondelles, y a de la joie… »

— Blanche, si vous tenez absolument à chanter, chantez tout bas.

— Nicole, laissez-la faire, elle est inoffensive…

— Je trouve pas, moi. Qu'est-ce qu'ils ont à nous faire attendre ! Il faut lui laver l'estomac au plus sacrant !

— Ça doit être les jaunes, parce que les bleues, elles me calment, pis les blanches, elles m'endorment. Les lilas, c'est pour les gaz, puis les rouge vin… C'est pour quoi, les rouge vin, donc ? Ah oui, c'est pour la bonne humeur pis ça garde le désir fringant. C'est le fun, encore ! J'ai le désir, et les hommes de mon âge l'ont pas. Ça fait que j'ai le désir qui me ronge en dedans comme un cancer. « Je me meurs de désir », ça se dit-tu, ça, à mon âge ? C'est pas une attaque de pilules mélangées, que j'ai, c'est une attaque de désirs refoulés. Moi là, Octave, j'ai fait l'amour avec lui pendant des années sans discontinuer. J'avais un amant très porté sur la chose. C'est toujours comme ça, un amant, ça fait plus souvent l'amour qu'un mari. C'est ma théorie appuyée par plus de trente-cinq ans de pratique assidue. J'ai essayé le vice solitaire. J'ai beau frotter, frotter en pensant fort que Tom Cruise me cruise, ça marche pas. Pis j'ai besoin aussi de présence masculine dans ma maison, dans mon salon, dans mon lit si ça adonne. Ça fait que je prends des pilules pour guérir mon cancer de l'amour. J'en prends tellement qu'au lieu de faire le tour des petites bouteilles je sacre ça dans le plat à bonbons en verre taillé de chez Birks qu'Octave m'avait donné pour remplacer celui que je lui avais pitché par la tête la fois qu'il m'avait laissée seule le jour d'un anniversaire de couchette… pis je mange ça comme des Smarties. Aujourd'hui, j'avais mon voyage… Mes lunettes ! J'ai perdu mes lunettes ! Je suis perdue pis personne me cherche…

— Ça y est, tout le monde nous regarde, câline de binne, Blanche !

— Vous ne les avez pas dans vos poches, vos lunettes ?

— Jaquette pas de poches ! Ils font tellement de coupures dans les hôpitaux qu'ils ont coupé les poches. Ça coûte cher, des poches ! Le gouvernement a pas assez de venir chercher l'argent dans nos poches, ils coupent les poches. Vous êtes ben beau, vous !

Nicole, qui trouve qu'elle dépasse les bornes, s'impatiente. Blanche fixe André, l'air espiègle. Il lui sourit.

— André, baissez-vous. Encore un ti peu, ti peu, ti peu. Encore…

Et Blanche de lui plaquer un baiser sur la bouche. Nicole en est scandalisée, surtout jalouse.

— Hey, on se garde une petite gêne !

— Dès que je vous ai vu, André, j'ai eu envie de vous embrasser. Une envie… comme une envie de pipi. On a envie de pipi, on se retient et puis, tout à coup, on peut plus se retenir. Penchez-vous, j'ai encore envie.

— Blanche, ça fera, les folies !

Nicole les sépare d'un geste brusque. Sa réaction étonne André.

— Blanche, câline, restez tranquille, là ! Qu'est-ce qu'ils font donc qu'ils viennent pas la chercher ?

— Ça doit être la petite pilule vert pâle. Cette pilule-là, c'est une petite maudite, elle agit directement sur le clitoris. Clitoris ! Clitoris !

— Chut ou bien on sacre notre camp ! Elle me fait honte…

André sourit. La candeur, la franchise de Blanche sont arrivées à le distraire de son idée fixe.

— Blanche, pour l'amour du saint ciel, faites-moi plaisir : fermez-la !

— Je suis tannée de me la fermer. Je suis tellement pleine de mots que, si ça sort pas, je vais éclater et vous allez recevoir mes morceaux de colère en pleine face. Je veux plus être fine : être fine, ça donne rien, tout le monde te marche dessus comme si t'étais un tapis. Hein, Nicole, tu le sais, toi, ce que c'est, être un tapis ?

— Le monde nous regarde de travers…

— Je sais pas si ce sont les pilules ou vous, André, mais c'est plus fort que moi : faut que ça sorte. J'oppresse, avec tout ce poids que j'ai sur le cœur. Je suis une empileuse, j'empile, mais quand ça sort c'est un volcan qui éclate.

Une infirmière s'empare du fauteuil roulant et passe la porte 23, qui se referme aussitôt. On entend Blanche chanter : « Non, rien de rien, non, je ne regrette rien ! »

— Je l'ai jamais vue de même. Picosseuse, téteuse, oui, mais désespérée, jamais.

— Elle a tout simplement besoin de parler, diagnostique André avec indulgence.

Nicole proteste :

— Elle parle tout le temps !

— Oui, mais personne ne l'écoute. Personne n'écoute jamais personne…

« "Personne écoute jamais personne." Je comprends ! On a assez de nos troubles. S'il fallait qu'en plus on écoute les troubles des autres. Ça va faire un bon confesseur, mon curé. C'est quand même triste qu'il parte demain. J'avais enfin trouvé mon genre d'homme. Quand j'ai vu Blanche l'embrasser, je me voyais à sa place. Les poils des bras m'ont viré de bord. Quand le docteur à l'urgence m'a demandé si André était mon mari, je me suis vue mariée avec cet homme-là, mais j'ai dit "non" assez fort que le docteur s'est excusé. André, je sais pas ce que ça lui a fait qu'on nous prenne pour un couple marié. Moi, en tout cas, je me vois très bien avec un homme comme lui. Bon, je suis encore partie sur la go, à me faire des accroires de contes de fées. Reviens sur terre, Nicole, cet homme-là est pas pour toi. »

Deux heures plus tard, ils ramènent Blanche qui, assise sur la banquette arrière, totalement lessivée, dodeline de la tête. Au volant de sa vieille Jetta, Nicole se sent lasse aussi. La journée a été longue, éprouvante. André chuchote :

— Le docteur a conseillé de surveiller de près sa consommation de pilules…

— Vous allez la surveiller, vous…

— Demain, je ne serai plus là.

Puis la voix caverneuse de Blanche se fait entendre, comme sortie d'un film de vampire :

— Je veux qu'André s'occupe de mes pilules !

— Ben non, Blanche, il peut pas, pis moi non plus. On va demander à Simone ou ben à Roméo…

— Je veux André !

Dans son rétroviseur, Nicole guette Blanche. Elle connaît sa façon d'obtenir ce qu'elle veut : retenir sa respiration. Au bout d'une minute, elle devient violette, ses yeux sortent de leurs orbites, et chacun doit se précipiter pour obéir à ses désirs. Nicole ne marche plus dans ce chantage. Étant mère, elle sait résister à la manipulation. Elle stoppe net, se range sur l'accotement, descend de l'auto et ouvre la portière arrière. De ses deux mains, elle donne de bonnes claques sur les joues de Blanche, l'obligeant à respirer. Celle-ci éclate en sanglots, de vraies larmes de vraie tristesse. Si le truc de la respiration ne marche plus, que va-t-il lui falloir inventer pour qu'on s'occupe d'elle? André se tourne vers Blanche et lui dit, juste assez fort pour que Nicole l'entende:

— Je vais rester avec vous…

Ragaillardie par cette promesse, Blanche se redresse.

— Merci, t'es ben fin!

Nicole fait mine de n'avoir rien entendu, mais elle jubile intérieurement. Donc il ne partira pas, donc son chat n'est pas encore mort. Surpris par sa propre faiblesse, André remet sa mort, encore une fois, aux calendes grecques.

« Quelques jours, sans plus. Le temps de trouver une corde assez solide pour faire un nœud coulant qui puisse supporter mon poids. Il y a une cave dans le logement de Blanche. Une corde, un petit banc et fini, mon calvaire. Quelques jours, pas plus. Trois jours! J'ai attendu un an, je peux bien attendre encore trois petits jours. »

19

Le cocon s'est entassé sur les galeries à l'étage pour admirer le feu d'artifices, clou de la soirée de la fête nationale, provenant du Vieux-Port. On fait des « oh » et des « ah » à chaque détonation. Plus tôt, on a chanté du Charlebois, du Ferland, du Dubois et surtout du Vigneault. Une fois le devoir patriotique accompli, on est passé au karaoké façon disco. Mais le cœur n'y était pas : il manquait Blanche, Nicole et le mystérieux étranger. On a avalé les sandwichs fleurdelisés plus par rituel que par goût. On a bu de la bière, mais pas pour se soûler. Chacun était inquiet de la santé de Blanche : à son âge, elle peut « lever les pattes » à tout moment.

En apercevant l'auto de Nicole dans la ruelle, tout le monde oublie les feux d'artifices et descend vite dans la cour pour aller à leur rencontre. On craint une mauvaise nouvelle, mais on est vite rassuré en voyant Blanche faire son entrée au bras d'André. C'est la joie la plus totale. André se sent léger, comme si le sumo qu'il a sur la poitrine depuis un an venait de l'abandonner.

« Voyons, qu'est-ce que j'ai à sourire comme ça ? Comme si j'étais heureux… »

La honte le taraude : il ne peut pas être heureux alors que sa femme et ses filles sont mortes.

«Je reste trois jours et, au troisième, je débarrasse la planète. Que trois jours à attendre avant ma libération. Finalement, ça me donnera plus de temps pour me préparer. Et je n'ai pas l'intention de me rater, cette fois-ci.»

Des applaudissements nourris le tirent de sa souffrance. Perchée sur une chaise, Nicole salue de façon théâtrale.

— Merci, merci, merci! J'accepte d'être votre présidente jusqu'au retour de Pascale, mais à une condition: je rajeunis le conseil d'administration et je vais proposer des changements.

Ces simples mots mettent le feu à l'assemblée générale. Dans la balançoire, Blanche, menacée, se berce avec plus de vigueur. Il y va de son cinq et demie rempli à craquer de babioles, témoins de sa vie, et dont elle serait incapable de se départir.

Jessica, qui convoite le logement de Blanche, rugit comme une lionne:

— C'est pas juste qu'on soit quatre dans un trois et demie alors que Blanche est toute seule dans un cinq et demie.

— Je suis pas toute seule. On est deux: André et moi! Parce que André reste chez moi, maintenant.

S'ensuit un silence lourd d'étonnement et de scepticisme. Pour une nouvelle, c'est une nouvelle! Sans doute influencé par sa défunte, Roméo s'objecte:

— C'est le conseil qui va décider!

Il vient de jeter de l'huile sur le feu. Blanche, Nicole et Jessica se déchaînent. On se croirait dans *Les Belles-Sœurs*. Blanche tente d'expliquer qu'André reste chez elle parce que le docteur l'a exigé. Mais personne ne l'écoute.

Nicole jette des « Silence ! » à la ronde. Rien à faire. Se chamailler est le sport national du cocon. Après le jeu de poches, les fers et la pétanque, ses membres aiment revenir à la bonne vieille chicane. Ici, on lave son linge sale entre voisins. Simone propose de remplacer Roméo à titre de responsable du bon voisinage et de secrétaire générale. Roméo, qui tient mordicus à son statut, grimpe dans les rideaux.

— T'es pas capable de faire ça ! Ça prend beaucoup de diplomatie.

— Dis tout de suite, Méo, que t'as plus de diplomatie que moi.

Elle l'a appelé Méo. Lui qui aime tant se faire appeler Roméo, comme dans *Roméo et Juliette*. Il considère que le diminutif l'humilie.

— C'est pas juste de la diplomatie qu'il faut pour faire respecter les lois, c'est des couilles, et ça, vous m'avez pas encore volé ça !

André les regarde tour à tour se parler sans s'écouter. Tous ces gens qui ne peuvent se passer les uns des autres et qui se lancent des insultes au visage au lieu de se dire qu'ils s'aiment… Et puis, quelle ignorance des lois de la démocratie ! Il a envie de leur expliquer qu'on ne fait pas une assemblée générale quand la bière coule à flots, qu'on ne propose pas ainsi sa candidature, que ce sont les autres membres qui doivent le faire, et ainsi de suite… Il est ébahi qu'ils prennent autant de libertés avec les règles de la coopérative. Mais il se tait. Cela ne le concerne pas.

Et, soudain, il en a marre de les voir donner de l'importance aux choses qui en ont si peu. Il décide de rentrer chez Blanche pour s'emmitoufler dans le sommeil, là où la vie lui est encore tolérable. Il n'a pas fait un pas qu'il se fait apostropher par Gerry, revenu au party boire les bières qui restent. Passablement ivre, il s'en prend à André :

— Hey, le cave ! Qu'est-ce que t'as à rôder autour de ma femme ?

— Je ne rôde pas.

— Je vous ai vus dans le char avec la vieille folle : un vrai petit couple d'amoureux.

— Je ne suis pas, mais pas du tout, amoureux de Nicole !

L'affirmation d'André est tranchante comme un couteau de boucher. Elle va droit au cœur de Nicole. Elle n'est pas idiote, elle sait bien qu'André et elle ne sont pas du même monde et que, elle et lui, c'est impossible, mais l'entendre dire si clairement qu'il n'est pas amoureux d'elle la blesse profondément, surtout en présence de Gerry et de sa jeune pouffiasse.

— Il peut pas être amoureux de moi, c'est un futur prêtre !

Stupeur dans le cocon. Un prêtre ! Ébahi, André sent bien qu'ils sont tous suspendus à ses lèvres. Il hésite. Tous le fixent tel un phénomène de cirque : entrer en religion est d'une telle rareté de nos jours. Il ne sait plus s'il doit rétablir la vérité, tout leur raconter : le raz-de-marée, la perte de sa femme et de ses filles, sa résolution inébranlable de mourir. Non, il ne veut pas de leur pitié, il ne saurait qu'en faire. Qu'ils le croient prêtre ou en voie de le devenir l'arrange, au fond, mais s'engager dans une série de mensonges lui répugne également. Finalement, il opte pour le mystère :

— Bonne nuit, tout le monde !

Et il rentre en vitesse chez Blanche, les laissant tout pantois. Derrière la porte, André n'en revient pas de la situation.

« Trois jours à guetter cette pauvre femme, et puis la paix, enfin, la sainte paix. »

20

Les commentaires sur le fait que Nicole a ramené chez elle un prêtre qui, maintenant, cohabite avec Blanche ont remplacé les sempiternels problèmes du cocon. On se jette sur ce ragot comme sur un sac de chips fraîchement ouvert. Cela change des cyberconquêtes de Simone, du départ précipité de Pascale, des histoires de fantômes de Roméo, du sort de cette pauvre Jessica (la BS-avec-trois-enfants-de-trois-pères-différents). Pour se soustraire aux questions indiscrètes, Nicole, aidée d'Élodie, ramasse les restes de la fête. Gerry s'est isolé avec sa fille Myriam.

— Quand est-ce que tu viens vivre avec moi, ma chouette ? Je m'ennuie de ma meilleure, moi…

— J'aimerais ça, mais maman veut pas.

— Ta mère, t'es pas obligée de l'écouter, t'sais.

Nicole, qui se méfie des messes basses de son ex, attrape Myriam par un bras pour l'entraîner vers le logement. Gerry l'interpelle :

— Nicole, attends, y a pas le feu. Je t'ai pas présenté officiellement ma nouvelle blonde. Magali, Nicole ! Nicole, Magali !

— Là, Gerry, tu vas me lâcher ! On est séparés, tu fais ce que tu veux, je fais ce que je veux. Salut !

— Tu peux être polie.

Les filles – comme tous les enfants quand leurs parents séparés s'engueulent – se terrent dans un coin comme des petits chiens battus pour ne pas aggraver la situation.

— Nicole, je te parle!

Nicole rentre avec ses filles et lui claque la porte au nez. Magali en a marre et veut décamper. Gerry marmonne que d'habitude sa Nicole tremble devant lui. Ce qui ne fait qu'irriter davantage sa nouvelle blonde.

— Tu fais chier, avec ton ex. « Nicole est comme ci. Nicole est comme ça. » Si elle est si formidable reste donc avec… Franchement! Tu sors avec un divorcé, il parle de son ex. Tu sors avec un célibataire, il parle de ses anciennes blondes. Je suis quoi, moi, une poubelle à ex?

Elle le regarde droit dans les yeux, lui tire une langue percée d'une bille de métal et lui fait le doigt d'honneur. Elle sort de la cour à toute vitesse.

— Magali, attends-moi!

Les derniers fêtards, Guillaume et Sylvain, se rendent compte qu'il ne reste plus qu'une seule bière et qu'ils ont épuisé le sujet hot du jour : la présence d'un prêtre dans le cocon. Ils rentrent chacun chez soi, alourdis par l'alcool. Guillaume, qui devient sentimental après la sixième bière, tend la main à Sylvain qui, étonné, l'accepte. Ils se regardent un court instant. Sylvain lui demande en souriant :

— Amis?

— Qu'est-ce que tu veux dire par là?

« C'est ça, il va me faire une avance! Tout pareils! Dès qu'ils voient un homme, faut qu'ils lui sautent dessus. C'est pas que je sois homophile… phobe… contre les homos, mais j'y fais-tu des avances, moi? »

— Je pourrais t'aider avec ta petite, la garder, des fois que tu serais mal pris. Je viens d'une grosse famille de la Gaspésie. J'ai pris soin de mes frères et sœurs longtemps. J'ai le tour. J'aime ça, les enfants.

« Un pédophobe… phile ! Il manquait plus rien que ça ! »

— Euh, je sais pas, là…

— L'homosexualité, t'sais, ça s'attrape pas.

— Je vais y penser. Salut !

— C'est ça, penses-y !

Guillaume soulève la poussette, où Kia dort profondément, et monte vite l'escalier vers son logement.

« Un homo, garder ma petite fille : jamais dans cent ans ! »

Une fois Kia déposée dans son petit lit, Guillaume s'affale sur le sofa de faux cuir et se met à chialer comme un veau.

« Pas capable ! Je suis pas capable de vivre sans femme. Je suis pas capable d'attendre les courriels de Pascale qui arrivent jamais. Je suis pas capable de m'occuper de ma fille. Pas capable ! Juste pas capable ! J'arrive pas à travailler et à prendre soin d'une maison pis d'un enfant en même temps. C'est pas humain. C'est pas mon père qui aurait torché un petit pis une maison. Lui, il aurait mis son pied à terre, lui, il aurait empêché sa femme de partir. Mon père, c'était un vrai homme, c'était pas un braillard comme moi. J'ai beau avoir des muscles d'acier, en dedans, je suis rien qu'un mou ! Mais si je suis pas un homme, qu'est-ce que je suis ? »

Il se traîne jusqu'au frigo et prend une autre bière avant de s'enfoncer à nouveau dans le fauteuil devant la télévision, vers l'anesthésie totale.

21

Chez Nicole, les lumières sont éteintes, mais les filles, qui partagent la même chambre, se font des confidences d'un lit à l'autre.

— T'as pas fait ça, Myriam ? Pas ça !

— En tout cas, tu tombes pas enceinte… de même.

— Le cœur t'a pas levé ?

— Un peu, mais toutes les filles à l'école le font.

— Moi, jamais je ferais ça. Plutôt mourir ! Juste à l'imaginer le cœur me lève ben raide.

— Ben, t'auras jamais de gars.

— J'en veux pas, non plus.

— T'es lesbienne ?

— Non !

— T'es quoi, d'abord ?

— Abstinente.

— Hein ?

— Je m'abstiens de faire le sexe.

— Pourquoi ?

— Tu comprendrais pas. T'es trop jeune…

Myriam, qui a deux ans de moins que sa sœur, déteste qu'on lui rappelle cette différence.

— Pourquoi tu veux savoir, d'abord ?

— Parce que…

— Je te plains… Tu peux attraper une MTS.

— Peut-être, mais je suis populaire, moi, les gars m'aiment. T'as jamais, jamais fait une pipe à un gars ?

— Je te dis que je suis abstinente.

— Je sais même pas ce que ça veut dire.

— Ça veut dire que j'ai fait un pacte avec moi-même. Je coucherai pas avant d'être certaine de passer un bon bout de temps avec le gars. Avant d'avoir trouvé l'homme de ma vie. Ben… pas toute la vie, parce qu'on vit trop longtemps, mais un bon bout de temps, assez pour faire des enfants…

Myriam émet un petit rire méprisant. Élodie hausse les épaules et lui tourne le dos.

— Sucer, c'est pas coucher. Sucer, c'est même pas tromper.

— Je veux pas donner mon… âme pour rien.

— C'est pas ton âme, que tu donnes !

— Je veux pas faire les gestes de l'amour sans aimer. Je veux pas m'embarquer dans des relations qui mènent nulle part et qui risquent de me blesser. Je veux pas changer de chum chaque mois comme tu fais. Je me protège.

— Moi aussi… J'ai toujours des condoms au cas où.

— Je me protège des blessures de l'amour, nounoune. Tu te vois pas quand tu te fais flusher. Même quand toi tu flushes, tu capotes.

— Tu peux bien lever le nez sur le chocolat, tu y as jamais goûté !

— À mon avis, les désavantages sont dix fois pires.

— T'auras jamais de chum.

— J'attends le grand amour.

— Moi aussi, mais je vois pas comment tu vas le trouver si tu magasines pas avant.

— Je me réserve pour le grand amour.

— Puis si tu le trouves pas?

— J'aurai gardé ma dignité.

— Quand je vais dire ça à mes amies…

— Si tu le dis, je te tue!

— Maman! Élodie veut me tuer!

— Tais-toi! OK, dis-le, ça me fait rien, je sais que j'ai raison. Sur internet, ils disent que le quart des adolescents ont eu ou vont avoir une maladie transmise sexuellement, comme le sida. Hey, un quart, c'est vingt-cinq pour cent.

— Ceux qui disent ça sont jaloux des jeunes: on peut faire ce qu'ils avaient pas le droit de faire dans leur temps.

— Internet est jaloux?

— Ah! pis laisse-moi dormir. Bonne nuit.

— Bonne nuit… Myriam?

— Quoi?

— Je pense que je vais fonder un club d'abstinents pour promouvoir mon idée. Je serais présidente, tu serais la vice-présidente.

— Jamais! Lodie, pas un mot à maman. Si elle savait ce que je fais aux gars, elle me ferait enfermer. Tu sais comment elle comprend rien.

— Maman comprend beaucoup de choses…

— Oui, que t'es son chouchou pis moi sa plaie…

— Maman pense pas ça du tout.

— Maman, elle peut pas me sentir.

— C'est pas vrai! Elle t'aime.

— Juste quand je dis comme elle, juste quand je lui obéis.

— Elle t'aime autant que moi. Une mère, ça aime ses enfants égal.

— Pas elle ! Maudit que t'es naïve.
— Je le suis moins que toi.
De la cuisine, la voix de Nicole :
— Élodie, tais-toi, t'empêches ta sœur de dormir.

22

André n'arrive pas à dormir, fatigué de planifier sa pendaison. Il se lève et, à la cuisine, se verse un verre d'eau qu'il va boire sur la galerie. Le cocon sommeille. Au loin résonnent en écho les cris à réveiller les morts de quelques soûlards et la sirène d'une ambulance. Il s'assoit dans la chaise berçante de sa logeuse.

« La berceuse sur la galerie. Ma mère et moi perdus dans nos pensées. Moi, le petit gars qui voulait la consoler de la mort de son mari et de mes frères, et qui n'y arrivait pas. J'avais juste dix ans. "T'as de la peine, maman?" "Laisse-moi, André. Va jouer!"

« Maman m'avait gardé avec elle cette journée-là. Papa était aux foins avec Henri et Charles, mes frères aînés. Je devais aider maman aux confitures. Selon elle, j'étais un expert équeuteur de fraises. Elle savait que je détestais travailler de mes bras avec mes frères. Eux étaient plus forts que moi, et elle trouvait toujours des raisons pour me garder à la maison. J'aimais rester avec elle. Jamais elle ne me critiquait. Avec le recul, je pense que je remplaçais la fille qu'elle avait tant espérée. Mon père, lui, aurait voulu que je sois aussi fort que mes frères qui, eux, étaient bâtis comme des bûcherons. Moi, j'étais maigre comme une échalote. C'était d'ailleurs mon surnom : l'Échalote. J'avais grandi si vite que j'étais pâle et faible. Mes frères, des bronzés rustauds, se destinaient à prendre la relève de la ferme familiale. Ils n'avaient que du mépris envers moi. Ma mère répétait sans cesse à mon père qu'elle ignorait où elle m'avait pris. Mon père me détestait. Ce qui l'agressait, en plus du fait que je ne lui ressemblais pas, c'était mon dédain pour tout effort physique, mon côté féminin, disons le mot. Mon père, comme les hommes de son temps, était persuadé que la virilité passait par la force physique, les sacres, le mépris des femmes. Je n'étais pas fort, je ne sacrais pas et j'admirais les femmes : ma mère, mes tantes, ma maîtresse d'école et toutes les filles de l'école. Je les trouvais chanceuses d'avoir le droit de pleurer et d'exprimer en mots leurs joies et leurs tristesses.

« Il était onze heures du matin et j'attaquais le troisième crate de fraises quand un roulement lointain s'est fait entendre. Ma mère, qui a l'oreille fine, s'est levée d'un bond pour fermer en vitesse toutes les fenêtres. Puis elle a sorti son eau de sainte Anne, rapportée de la basilique, et en a aspergé les portes et les fenêtres. J'ai pris des chandelles et des allumettes, au cas où nous manquerions d'électricité. Elle avait une peur maladive du tonnerre et savait rien qu'au son où en était rendu l'orage. Comme la peur est aussi communicative que le rire, j'angoissais également. Le roulement se rapprochait et, bientôt, une pluie torrentielle s'est abattue. Maman s'est mise à réciter des "Je vous salue Marie". Soudain, une bombe a semblé s'abattre à deux pas de la maison. C'en était trop ! Maman m'a attrapé le bras pour me tirer avec elle dans la dépense. Elle a vite refermé la porte, qu'elle a aspergée d'eau bénite. Avec elle, je me sentais à l'abri de la foudre et je savourais cette intimité. Je n'avais pas souvent l'occasion d'être aussi proche d'elle. Nous n'étions pas une famille de toucheux, ni d'embrasseux, ni de parleux. La chaleur était accablante et je respirais l'odeur de sa transpiration, son seul parfum. Un coup de tonnerre! "Donne-moi la main, André!"

« J'étais trop heureux de cette rare caresse. Elle me serrait la main si fort que j'ai eu peur qu'elle me brise les os. Un autre coup de tonnerre foudroyant et, cette fois, elle m'a pris dans ses bras à m'étouffer. Elle pleurait et je me laissais aller à pleurer aussi; la tête nichée dans ses seins, ça ne se voyait pas. C'était doux et mou comme un oreiller de plumes. Je me suis mouché discrètement sur son tablier à fleurs. Une chance que mon père ne nous voyait pas, lui qui détestait autant les colleux que les peureux. Jamais je ne l'avais vu embrasser ma mère. Jamais il ne m'avait embrassé. Même à mon anniversaire, même au jour de l'An; je n'avais droit qu'à sa main m'ébouriffant les cheveux. L'orage électrique s'est peu à peu calmé. Ma mère m'a repoussé à mesure que le tonnerre s'éloignait. Puis, c'est lentement qu'elle a ouvert la porte en disant: "Si on veut finir nos confitures à soir…" Je me demande aujourd'hui si les orages ne servaient pas de prétexte à ma mère pour faire provision de câlins.

« Elle a fait comme si rien ne s'était passé entre elle et moi. J'ai fait pareil. Chez nous, montrer ses émotions, c'était comme se promener tout nu. Ça ne se faisait pas! On s'est remis au travail en silence. À cinq heures, elle a mis le bouilli de la veille à chauffer et a arrosé de sirop d'érable les fraises mises à part pour le dessert. Elle a repris son tricot de bas de laine pour l'hiver prochain en attendant le retour des hommes. À cinq heures vingt, elle m'a envoyé leur dire que s'ils n'arrivaient pas ils allaient "passer en dessous de la table", expression qui les menaçait d'être privés de souper. J'ai mis un pied dehors, puis l'autre : je ne voulais pas salir mes souliers de course flambant neufs. J'ai pris le sentier des vaches en tentant d'éviter les bouses et en chantant fort *Ô Canada* pour éloigner le taureau, dont je n'aimais pas le regard noir. J'étais soulagé que l'orage soit passé, j'avais eu un bon moment avec ma mère et le souper sentait bon.

« J'ai trouvé mon père et mes frères sous le gros chêne du champ de foin. Morts ! Tous les trois ! Électrocutés ! J'ai couru comme un fou jusqu'à la maison et, ayant perdu la parole, j'ai mimé l'électrocution, puis j'ai vomi les fraises que j'avais gobées toute la journée. Je ne me souviens pas du triple enterrement, juste de maman, son visage de marbre, ses yeux secs. Une statue de plâtre ! Quand j'y repense, j'ai honte, car si j'avais de la peine d'avoir perdu mon père et mes frères j'étais fier d'être devenu en l'espace d'un éclair le fils unique, le remplaçant de mon père, le seul maintenant à prendre soin de ma mère. J'étais si content que je n'ai pas vu la détresse de ma mère. Un an plus tard, elle a pris une "petite vacance pour se changer les idées". On l'a retrouvée à Plattsburgh, noyée. J'ai appris beaucoup plus tard qu'elle s'était suicidée, convaincue qu'elle allait retrouver ses amours disparus au Ciel. Et moi ? J'étais vivant, moi ! J'avais juste onze ans et j'étais seul au monde… »

Une lumière s'allume chez Guillaume, puis s'éteint. André pressent que Kia doit réclamer sa mère.

« J'ai envie de lui crier : "Prends-la dans tes bras, dis-lui que tu es là pour elle. Dis-lui que tu l'aimes !" Mes filles, mes amours, je regrette tant d'avoir reçu des patients à l'heure de vos devoirs, de vos jeux. Je regrette de ne pas vous avoir dit plus souvent que je vous aimais. Je regrette d'avoir trop souvent pensé à autre chose qu'à vous. Je vous demande pardon. Avoir su que je vous perdrais si vite, je vous aurais consacré tellement plus de temps...

« Comment faire comprendre à Guillaume que sa fille n'est pas un fardeau, mais un cadeau ? Comment dire aux parents du monde entier que leurs enfants peuvent leur être enlevés ? Ça ne me regarde pas. Qu'ils s'arrangent, tous... Je suis fatigué de penser, fatigué de souffrir. Acheter une corde et vite ! Plus que deux autres jours de torture. »

23

Le lendemain de la Saint-Jean, la cour a retrouvé son aspect de tous les jours et les locataires, leur train-train quotidien. S'il n'y avait ici et là des fourchettes en plastique et des reliefs de nourriture et d'assiettes en carton, on pourrait croire que le party n'a pas eu lieu. Les poignées de main et les bisous ont été remisés avec les drapeaux. L'animosité s'est réinstallée. Jessica quitte son logement pour aller inscrire ses fils au camp de jour du quartier. Elle espère ainsi dégager du temps pour se trouver un travail qui serait payé sous la table, pour ne pas nuire à ses allocations familiales et à son BS.

Guillaume a pris congé du gym où il travaille et espère trouver une garderie pour sa fille. Pas facile! Comme ses muscles manquent d'exercice depuis le départ de Pascale, il a installé ses poids et ses haltères dans la cour et surveille Kia, qui s'amuse dans le carré de sable. Celle-ci attire sans cesse son attention, elle aimerait bien jouer avec son papa, mais il ne sait pas jouer avec un enfant, encore moins avec une petite fille. Un garçon, il aurait pu l'initier aux sports, mais une fille… Il se souvient de sa déception à l'accouchement, déception qu'il avait été incapable de dissimuler. Il constate qu'il ne s'en est pas encore remis.

Perchée sur un escabeau, Simone arrose les jardinières tour à tour. C'est une maniaque des fleurs. Elle est vêtue d'une courte jupe plissée qui laisse entrevoir, tel un rayon de soleil dans un ciel nuageux, ses belles cuisses encore rondes et crémeuses. Assis dans sa chaise de jardin en plastique blanc, sudoku et crayon à mine en main, Roméo zieute, derrière ses larges lunettes de soleil, le spectacle offert gratuitement par sa voisine. Ses lunettes lui permettent de se soustraire à l'espionnage surnaturel de sa défunte, croit-il.

Personne n'a vu Sylvain qui, habituellement, dort le jour et travaille la nuit comme plongeur dans un club du quartier gay. Il est né dans un petit village gaspésien qu'il a dû quitter à cause de son orientation sexuelle. Son père, un pêcheur, l'a mis dehors. Il ne pourra y revenir que s'il « se réforme ». Comme bien d'autres, son père croit que l'homosexualité est un caprice et que, s'il le voulait, son fils pourrait changer. Sa mère a finalement pris le parti de son mari, même si Sylvain est son préféré. Pour elle, l'homosexualité est une infirmité et, comme elle l'aimerait bossu, elle l'aime homo. Mais elle ne remet jamais en question les décisions du chef de la famille. Elle fait partie d'une race en voie d'extinction : les femmes dépendantes financièrement de leur mari. Dans son patelin, Sylvain a toujours caché sa différence. Il en a encore honte comme d'une tare et sa démarche en porte tout le poids. Le cocon a longuement hésité avant d'accepter un gay dans son giron. Mais les femmes ont voté pour lui, et elles étaient en plus grand nombre. Sylvain croyait qu'il se ferait facilement des amis dans le quartier gay, mais il est toujours seul, ou presque. Comme il a de l'acné, un début de calvitie et un embonpoint de taille, il n'est pas très attirant. Il est étonnant que les gays, qui souffrent tant des préjugés, lèvent le nez sur ceux qui sont gros, laids ou vieux.

Il y a un mois, il avait pourtant ramené du club où il travaille le travesti vedette spécialisé dans les imitations de Madonna. Il était très fier de le présenter au cocon, mais ses faux ongles vernis et le restant de fond de teint qui auréolait son beau visage l'ont tout de suite trahi, et personne ne lui a adressé la parole de la soirée. Pas d'hostilité – « on n'est pas homophobes » – mais une indifférence glaciale. C'était comme si le travesti était devenu transparent. Madonna est repartie tôt, insultée. Sylvain en a été triste à mourir. Lui qui pensait qu'à Montréal on avait l'esprit ouvert.

24

La présence d'André dans le cocon en chambarde la dynamique. Comme si une bibitte à patates s'installait dans un nid de fourmis. Le logement de Blanche est constamment envahi par tous et chacun qui, sous différents prétextes, viennent flairer le beau futur prêtre. Et Nicole n'a de cesse de lui offrir des petits plats de sa création. C'est les yeux ensommeillés que Blanche ouvre à sa voisine de palier.

— Je vous réveille pas, toujours?

— Oui, tu me réveilles.

— Je m'excuse. J'ai fait un macaroni à la viande pour un régiment pis je me suis dit…

— Ça fait dix ans que je mange juste des toasts…

— Je me suis dit que si vous, vous mangez juste de toasts, peut-être que lui…

— Il mange pas, il boit pas, il fume pas, il parle pas. Et il reste dans sa chambre à la journée longue…

— Il prie!

— Il est même pas prêtre! Oups! Ça m'a sorti de la bouche tout seul. Que je suis commère… Je l'étais pas avant. C'est quand t'as pas de vie que tu t'empares de celle des autres.

— Il est pas prêtre, mais c'est tout comme… Il va rentrer chez les prêtres.

— Il rentre pas pantoute chez les prêtres.

— Comment vous savez ça, vous?

— Il me l'a dit. Il s'en va pour plus revenir.

— Il s'en va où?

— Je le sais pas.

— Demandez-y.

— Je veux pas le savoir.

— Il est pas prêtre… J'en reviens pas!

— Où c'est que t'avais pris ça, toi, qu'il était prêtre?

— Mon instinct.

— Va te le faire ramancher, il est tout dérinché.

— C'est une bonne nouvelle… qu'il soit pas prêtre.

— Tu te fais pas d'idées, toujours?

— Jamais dans cent ans!

— Il est pas de ta classe.

— Je le sais.

— Lui, il perle quand il parle.

— Je le sais. Il a un beau langage.

— Et il sait tellement d'affaires que tu sais pas.

— Je pourrais toujours apprendre.

— Nicole, penses-y pas, c'est pas un homme pour toi.

— Une femme a ben le droit de rêver.

— Viens pas me bâdrer avec tes rêves! Moi, j'ai rêvé qu'Octave laisse sa femme, pis…

Sans terminer sa phrase, Blanche retourne à sa sieste. Nicole range son macaroni dans le frigo presque vide quand apparaît André, qui la salue timidement. Nicole l'apostrophe:

— J'ai tu l'air d'une valise? Vous avez beau être plus instruit que moi, c'est pas une raison pour me faire accroire des histoires.

— Le frigo.

— Je vais avoir l'air fine, moi, encore… J'ai dit à tout le monde que vous entriez en religion. Même Gerry, qui me croit jamais, là m'a crue.

André avance un bras vers elle. Elle recule.

— Touchez-moi pas !

— J'ai horreur des portes de frigo ouvertes…

Il la contourne et ferme la porte du réfrigérateur. De ses mains ouvertes, Nicole le frappe, frappe, frappe. Blanche entrebâille la porte de sa chambre.

— C'est meilleur qu'à la télé.

André attrape les poignets de Nicole. Blanche les observe.

— Je vous en prie, Nicole…

— Vous aviez pas le droit de me dire des menteries. Il y a assez de Gerry…

— Jamais, au grand jamais je ne vous ai laissé entendre que j'étais prêtre.

— C'est ça, je suis folle ?

— Non, pas folle… plutôt pleine d'imagination.

— J'ai pas imaginé ça !

— Je ne peux pas me faire prêtre, je ne crois pas en Dieu.

Cet argument surprend Nicole, qui recule d'un pas.

— Où vous allez, d'abord ?

— Retrouver ceux que j'aime…

— Ah ! Bon ! Ben allez-y. Bon voyage !

La tête haute mais le cœur en charpie, Nicole aurait réussi une sortie théâtrale si ce n'était sa sandale perdue en chemin. Elle claque la porte.

« Va-t-il falloir que je lui raconte mon drame pour qu'elle comprenne ? Non, mon histoire m'appartient, c'est tout ce qu'il me reste. »

Il veut se retirer dans sa chambre, mais Blanche pose sa main sur son bras.

— Je m'excuse pour l'autre fois, à l'hôpital. Je savais pas que tu étais marié.

— Aucune importance.

— Aie pas peur, je recommencerai pas à t'embrasser. Ç'a été plus fort que moi. Je pensais que mes sens étaient morts de leur belle mort. Pantoute! Ils guettaient l'occasion...

— Ne me parlez plus de ça!

Le ton sévère d'André exaspère Blanche, qui change son approche.

— Pour qui tu te prends, le jeune? Pour Octave? C'est plus la mode, l'obéissance! Les femmes obéissent plus! J'accepte pas les ordres d'un homme que je sais même pas d'où il vient, ni où il va...

— Je vous demande pardon.

— J'endure plus les excuses non plus. Les maudites excuses d'Octave! « Les enfants sont malades... Ma femme va pas bien... » Il avait un talent fou pour trouver des excuses pour pas venir me voir.

Et Blanche de lui raconter sa vie perdue à attendre que son amant divorce. Et sa frustration de n'avoir même pas été couchée sur le testament.

— Je le sais pas, un petit magot pour services rendus pendant trente-sept ans... Ça vaut combien la baise sur le marché des guidounes? Ça vaut combien une pipe? Oh! Je te scandalise! Dire que je l'idolâtrais, cet homme-là. J'ai perdu mon temps et tu me fais perdre le mien.

André a honte d'avoir été dur envers une vieille femme, mais la vie de Blanche n'arrive pas à l'apitoyer. Elle vit, alors que sa Sophie est morte dans la fleur de l'âge.

— Je suis désolée de t'ennuyer avec Octave. Ici, j'ai plus le droit d'en parler. Je les ai écœurés ben raide. Il y a juste Jessica qui m'écoute un peu, des fois, on casse du sucre sur le dos des hommes, ça lui fait du bien. Mais je pensais que toi, un petit nouveau, tu serais intéressé par mes histoires. Mais non, t'es comme tous les hommes : en amour avec ton nombril. Dans le fond, je peux bien te le dire puisque je te reverrai pas : si je raconte tout le temps mon histoire d'amour, c'est parce que j'ai rien d'autre à raconter. Il m'est rien arrivé d'intéressant à part ça. Il m'arrive jamais rien ! Si j'avais des enfants, au moins, je pourrais me plaindre d'eux autres. La brosse de pilules, c'était pas un accident, c'était pour avoir de l'attention. Il y a pas que les enfants qui font des mauvais coups pour attirer l'attention, les vieux aussi. Les vieux, je devrais dire les vieilles : on meurt plus tard que les hommes, personne nous parle, personne nous demande notre avis, encore moins des conseils. Pour qu'on s'occupe de nous, on n'a pas d'autre choix, faut être haïssables. Je pensais que toi… Je me suis trompée, t'es comme les autres, tu penses rien qu'à toi.

André, presque honteux mais pressé d'en finir, attrape son sac à dos et, la mine basse, se dirige vers la porte.

« Et dire que si Nicole avait mis le pied sur l'accélérateur, je ne serais pas ici à me faire traiter d'égoïste. »

Une fois dans la cour, il s'arrête. Nicole l'a hébergé, il ne peut décemment partir sans la saluer. Il frappe à sa porte. C'est une Nicole encore irritée qui lui ouvre.

— J'ai quelque chose qui cuit.

Pendant une seconde, André veut se jeter dans ses bras et tout lui raconter : le raz-de-marée, son espoir de retrouver ses femmes vivantes, son désespoir et sa détermination d'en finir. Mais il laisse la porte se refermer parce qu'il sait que Nicole, qui aime tant la vie, si elle connaît ses plans, va s'acharner à lui faire changer d'idée. Comme il passe la porte cochère, un grand cri le fige, puis d'autres encore. En un instant, Blanche, Nicole, Simone, Roméo, Sylvain, Alanis et Samira sont en alerte sur leurs galeries, s'interrogeant mutuellement du regard. Puis Nicole pointe son index vers le logement de Guillaume.

C'est bientôt la cohue devant la porte de ce dernier. Roméo suggère de la défoncer. Nicole, qui prend ses nouvelles fonctions de présidente au sérieux, propose plutôt d'appeler un serrurier. Les portes, ça coûte cher. Calme, André les bouscule pour tourner la poignée de la porte, qui s'ouvre… Ils entrent tous.

Dans la cuisine enfumée, Guillaume tente avec une petite casserole pleine d'eau d'éteindre les flammes qui sortent du four. Dans sa chaise, Kia pleure à fendre l'âme. André éteint le four et en extirpe le plat pour vite le déposer dans l'évier et l'arroser. Le feu éteint, André ouvre les fenêtres. Guillaume éclate en sanglots. André prend Kia dans ses bras et l'amène sur la galerie, loin de la fumée qui la fait tousser. Ce n'est qu'une fois dans la balançoire qu'elle se calme, alors que les autres s'affairent à réconforter Guillaume. Nicole descend en vitesse du deuxième, se dirige vers André et lui arrache Kia des bras.

— C'est le père qui a besoin de vous. Il chiale comme un veau. Faites quelque chose. Nous autres, il nous écoute pas pantoute. Vous avez des mots savants, vous, ben c'est le temps de vous en servir.

À contrecœur, André remonte chez Guillaume qui, déprimé, repousse les approches amicales de ses voisins.

— Laissez-moi seul avec lui!

Curieusement, tous lui obéissent. Effondré sur les tuiles brunes, le jeune père sanglote de plus belle. André s'accroupit près de lui, pose sa main sur son bras, que Guillaume retire aussitôt:

« Un autre qui va me dire qu'un homme, ça pleure pas. »

— Pleure, pleure tout ton soûl. Te gêne pas pour moi. Vas-y! J'ai tout mon temps.

La peine de Guillaume devient étonnement: il peut donc chialer! André poursuit:

— Pleurer, c'est se laver le cœur de toutes les peines, de toutes les déceptions accumulées.

André se demande pourquoi il lui conseille de pleurer alors que lui n'a jamais versé une larme depuis la mort de ses femmes.

— Je veux mourir…

— Aimes-tu ta femme?

— Ben oui!

— Aimes-tu ta fille?

— Ben oui.

— C'est quand on a personne à aimer que la vie ne vaut pas la peine d'être vécue.

Guillaume se mouche à grand bruit, se racle la gorge comme pour s'arracher le reste de sa déception. Il s'essuie les yeux et le nez avec la manche de son coton ouaté.

— Je voulais tellement faire plaisir à Kia. Le pâté chinois, elle aime ça. J'ai trouvé une recette sur internet. C'était sans me vanter un petit chef-d'œuvre. J'étais aussi fier que quand je marque un but au soccer. Ça disait dans la recette de le passer sous le gril pour le faire dorer. Je mets la table, j'installe la petite dans sa chaise, je mets le pâté au four. Après, je suis allé vérifier mes courriels. Il y en avait un de Pascale, un tout-petit, « Ici tout va bien », pis j'y en ai envoyé un long… Tu sais ce que c'est ! Le temps a dû passer… Kia s'est mise à crier, j'ai couru à la cuisine, le feu était pogné dans le four. Chus même pas capable de faire un pâté chinois !

— T'es capable.

— La cuisine, c'est pas une affaire de gars.

— Je fais la cuisine, moi.

— Toi ? T'as pas l'air de ça.

— Ça quoi ?

— Ben, d'un homme qui fait la cuisine.

— Je suis même assez talentueux…

— Tu vas me montrer ?

— Blanche va t'enseigner ça mieux que moi. Justement, elle se cherche des services à rendre.

— Les femmes ont pas de patience avec moi. Parce que je cultive mes muscles, elles pensent que j'ai pas de tête.

— Comme les hommes pensent que les blondes sont idiotes.

— C'est pas pareil… les femmes c'est vrai !

André, que tant de bêtise décourage, abdique.

— J'ai d'autres choses à faire…

— Tu les feras après. Je te demande pas un cours de six mois. Une semaine, juste une petite semaine, la base, comme comment faire une omelette. Hein ? Je suis certain que si je faisais des bons repas à ma fille, elle s'ennuierait moins de sa mère. Et j'aimerais ça pouvoir écrire à Pascale que je cuisine. Le partage des tâches, c'est sa lubie. Je comprends pas ce qu'elle entend par là au juste. Quand on s'est mariés, c'était elle qui faisait la cuisine. Moi, je sortais les vidanges. On l'avait, le partage. Là, ce qu'elle veut, c'est que je fasse la cuisine pis que je descende les vidanges. J'appelle plus ça du partage.

— Je peux pas te montrer à cuisiner… J'ai une chose importante à faire.

— Moi, je suis pas important? Je suis pas capable de nourrir ma fille comme du monde, me semble que je suis une bonne cause. C'est sûr qu'on pourrait toujours manger au restaurant, mais ça coûte un bras et je travaille pas, pendant que Pascale est partie. Sans compter que j'ai pas encore trouvé de garderie… ça fait que je m'entraîne presque plus. Quand elle va revenir, Pascale va retrouver un gros tas et elle va me laisser parce que je serai pas regardable. Pas important! Faut-tu que je te supplie à genoux pour que tu me donnes une petite semaine? Juste une!

— Une semaine, c'est passer de la vie à la mort… des fois.

— Je suis mort si je nourris pas ma fille correctement. Quand Pascale va revenir, elle va me tuer si j'en ai pas pris soin. Sauve-moi la vie!

«Mais moi, qui me sauve la vie? Ça fait un an que je donne des signes de ma désespérance, et qui m'a entendu, qui m'entend?»

— Écoute, Guillaume… j'ai une proposition à te faire. Tu vas retourner travailler, recommencer à t'entraîner et, en attendant de trouver une garderie, je vais m'occuper de Kia le jour. Je te donnerai des cours de cuisine chaque soir pendant une semaine. Après, tu pourras te débrouiller seul et moi je pourrai… faire ce que j'ai à faire.

— Merci! Merci! Merci!

Guillaume lui tend une main si virile qu'André en grimace de douleur. Et il croit bon préciser à nouveau :

— Une semaine ! Pas plus !

« Je suis un lâche. Je donne du temps à qui m'en demande alors que j'ai un projet personnel. Chaque instant de ma vie creuse ma blessure et la fait saigner. Je vais partir ce soir ! Non, tout de suite ! Que Guillaume se débrouille. Il est définitivement trop con. Je ne vais pas encore tergiverser. »

Dans la cour, Nicole lui remet d'autorité Kia dans les bras. Son autobus l'attend.

— Andé. Manger !

L'enfant lui décoche un sourire à faire fondre une banquise. Du doigt, elle désigne la fossette au creux de sa joue. André y dépose les lèvres. Elle entoure son cou de ses deux petits bras. Et le serre fort.

« Un suicide, ça peut être remis à plus tard, mais le repas d'une petite fille qui donne des bisous divins, non. »

25

Dans la balançoire, le lendemain, Nicole lit son journal, comme tous les midis d'été où elle ne travaille pas. Blanche, comme toutes les fois où Nicole lit son quotidien, se hâte de la rejoindre pour lui chiper la dernière section.

— Non !

— Juste les morts !

— Non ! Si vous voulez lire le journal, abonnez-vous. Puis je vois pas le plaisir que vous pouvez avoir à checker les morts.

— Plus il y a de morts, plus je suis contente.

— C'est fin, ça, encore.

— Je regarde la face du mort puis j'y dis : « Hein, hein, toi t'es mort, moi je suis vivante ! » Ça me fait un petit velours. À mon âge, on a les petits velours qu'on peut.

— C'est pas égoïste, ça ?

— Oui, mais c'est le fun. J'ai découvert les plaisirs de l'égoïsme quand je m'en allais sur mes quatre-vingts. Un beau matin, je me suis dit : « Ma vieille, t'as fini de penser aux autres, là, tu penses à toi, tu dis ce qui te passe par la tête, tu fais ce que tu veux. Au diable les autres ! »

Sur ce, Blanche lui arrache la section Nécrologie. Nicole la fusille du regard.

— Moi, mon plaisir, c'est pas de me réjouir du décès des autres, c'est de lire mon journal avec toutes les sections dans l'ordre !

— Ah ben, le garçon de Rolande Céré a levé les pattes. Tu l'as connue, Rolande, celle dans le rang de la Chaloupe ?

— Je sais même pas où c'est, le rang de la Chaloupe.

— Tu dis ça pour m'étriver. Irénée, on jouait ensemble tous les trois. On sautait dans le foin. Même que t'avais un œil sur lui.

— J'ai juste trente-neuf ans, je peux pas avoir joué avec vous… pis lui.

— Ah ben, dis donc !

— Si vous tenez à ce que j'aie sauté dans le foin avec vous, ça me dérange pas, mais prendre mon journal, ça…

— Ah ben, dis donc !

— Rendez-moi la section…

— Ah ben, dis donc ! Marcel Boileau !

À l'entendre, on jurerait que les morts du jour sont tous des connaissances. Nicole réussit à lui arracher la section et la remet en place.

— Je veux juste savoir si je connais quelqu'un qui a trépassé ; j'irai prier au corps. Ça, c'est une belle sortie à mon goût. Tu rencontres du monde que t'avais oublié, puis il y a toujours des petits sandwichs pas de croûte et un farceur pas loin qui raconte des histoires cochonnes…

— Blanche, je lis !

— Ben lis… Quand je serai morte, tu regretteras d'avoir été méchante avec moi et ce sera tant pis pour toi si le remords t'empêche de dormir. Franchement, il y a plus de respect pour les vieux !

Exaspérée, Nicole lui lance le journal entier sur les genoux et retourne chez elle. Roméo, qui écorniflait de sa fenêtre, descend en sifflotant.

— Il fait-tu chaud en monde? Il y a pas d'air.

— Enlève tes bas! Des bas dans des sandales, c'est chaud et c'est laid, laid comme un péché mortel.

— C'est ma femme qui les a tricotés, cent pour cent coton. Je peux pas faire ça, elle serait pas contente.

— Elle est morte!

— Chut! Pas si fort, elle pourrait vous entendre. Quoique, dehors, je la perds, des fois. Trop d'interférences.

— Mon Octave, il est-tu mort?

— Bien oui, il est mort. C'est ce que vous dites tout le temps.

— Ça veut dire que je peux me matcher?

— Vous pouvez toujours, faudrait trouver…

Elle le regarde sans équivoque. Il se penche vers elle, lui glisse à l'oreille:

— Je pourrais être votre garçon!

«Mon garçon! Les autres, c'étaient des filles, je le sentais. Celui-là, je savais que c'était un garçon. J'ai demandé à voir le fœtus qui pendait entre mes jambes, la faiseuse d'ange a jamais voulu. Elle m'a dit que c'était mieux de pas savoir, puis elle a tiré la chaîne des toilettes. La nuit, j'entends encore ce bruit-là. L'eau qui emporte mon garçon.»

Roméo ne bronche pas. Blanche est dans une séance de réminiscence profonde. Ça lui arrive de plus en plus souvent.

— Me passeriez-vous la section Finances? Je comprends rien, mais ma femme trouve ça chic, un homme qui lit ces pages-là!

Blanche lui tend la section et, tous les deux, par cette belle journée d'été, se bercent doucement. Mi-ombre, mi-soleil : la perfection. Blanche se complaît dans ses souvenirs.

« Mon fils aurait l'âge de Roméo. Il serait assis avec moi, il me dirait : "T'es bien, maman ?" Je lui répondrais… »

— Je suis bien avec toi.

— Me parlez-vous à moi ?

— À moi. Je me parle toute seule ! Je suis pas comme j'en connais qui parlent aux morts.

« Je devrais pas être bête avec lui, je le trouve chanceux de faire la conversation avec sa morte. Qu'est-ce qu'on dit à un fœtus qu'on a flushé comme une merde ? »

26

Le soleil est couché depuis belle lurette. La lune amochée joue à la cachette avec les nuages. Le cocon somnole. Dans la balançoire, André berce Kia lorsque Nicole, en robe de chambre, un Pepsi Diet à la main, le rejoint.

— Il est presque deux heures du matin…

— Dès que je me lève pour aller la coucher, elle se réveille et pleure. Je veux pas réveiller Blanche. Elle fait déjà de l'insomnie.

— Qu'elle nous dit…

— C'est vrai, je suis passé devant sa chambre, elle ronflait…

— C'est une comédienne.

— Non !

— Oui !

Ils rient, partageant une accalmie.

— Je suis contente que vous restiez une semaine de plus.

— Ah oui ?

— Pas pour moi, pour Kia. C'te pauvre tite fille pognée avec un père sans allure…

— Il était tellement fatigué après sa leçon de cuisine qu'il m'a demandé de la garder. Il avait besoin de se distraire avec ses amis. Je l'attends…

— Vous êtes bon pour un homme.

— Je sais.

Il a dit «Je sais» comme on dit «Hélas». Nicole le fixe, perplexe. L'ambiance est soyeuse. Décidément, cet homme est différent de ceux qu'elle côtoie habituellement. Un long silence s'installe. Elle, profitant de sa présence, de son odeur; lui, profitant du petit corps chaud de Kia abandonnée dans ses bras.

«Pas bon, bonasse. Si j'avais eu du cran, j'aurais loué un chalet en pleine montagne et elles seraient encore vivantes. C'est ce besoin de faire plaisir qui m'a perdu. Je ne me pardonnerai jamais d'avoir été trop bon. Et me voilà à prendre soin d'une enfant et de son con de père. Une chance, il ne reste que quelques jours avant que je me libère à jamais de ce besoin que j'ai de penser aux autres.»

— À quoi vous pensez?

— Sartre a dit: «L'enfer, c'est les autres.» Moi je dis: «L'enfer, c'est soi-même…»

«Qui c'est, Sartre? S'il me parlait pour que je comprenne! C'est son seul défaut, comme un défaut de langue. Il parle, mais je comprends pas toujours, même si sa voix est sucrée comme de la tire d'érable. Il s'est même pas aperçu que j'étais défâchée. Je compte pas pour lui. On sait ben, il est instruit, je le suis pas. Mais un chien regarde ben un évêque, hein? Qu'est-ce que je ferais pour qu'il me remarque? Ouvrir ma robe de chambre, lui montrer ce que j'ai de beau? J'ai rien de beau. Ben… rien de ce que les magazines trouvent beau. C'est pas vrai, j'ai des affaires de belles, mais en trop. Je suis une femme copieuse. Si mon moi-même est abondant, mon désir de le donner est cent fois plus gros. C'est ça qui fait fuir les hommes, le trop. Être un gars, me semble que j'aimerais ça en avoir plus à aimer et à explorer. Au siècle des mégas et des supras, pourquoi il y aurait pas de "femmes… plus" ?

« Je regarde son beau visage penché sur Kia, ses yeux fermés, ses longs cils recourbés, sa bouche charnue faite pour les baisers. C'est le plus bel homme que j'ai vu de ma vie. Un vrai Jésus. On se balance doucement et je nous imagine en gondole à Venise. Il me chante des airs d'opéra en italien et moi, je laisse traîner ma main dans l'eau, et là ma main tombe sur un rat mort. C'est bien moi, ça ! Je tue mes rêves à coup de réalités. Je suis pas née pour un petit pain, je suis née pour un Gerry, c'est pire ! Astheure qu'André est pas un prêtre, mais rien qu'un acupuncteur en chômage, j'ai pas de raisons de m'en priver. Faut que je passe à l'action ! Catastrophe, Guillaume qui arrive ! »

— Eh bien ! Tu as eu une bonne soirée ?

— Pantoute ! J'ai juste pensé à la recette qu'on va faire demain. Un sauté de veau ! J'ai hâte…

Nicole, témoin du miracle, s'exclame :

— C'est pas Jésus, c'est sainte Anne en personne !

— Quoi ?

Sans s'expliquer, Nicole laisse les deux hommes discuter sauté de veau. Elle adresse une prière à la lune :

« Faites qu'il m'aime, faites qu'il m'aime ! »

Comme pour la narguer, la lune disparaît derrière un immense cumulus noir.

27

Il tombe des clous. Cela fait six jours que le ciel arrose le cocon. La balançoire est vide, le gazon détrempé, le carré de sable boueux. Les géraniums de Simone penchent la tête, ils ont trop bu. Soudain, un parapluie traverse la cour, suivi de trois petits parapluies. C'est Jessica et sa progéniture qui viennent se réfugier chez Nicole. Elle frappe à la porte, refrappe. Personne. Elle tente sa chance chez Blanche. La porte s'ouvre sur André frais rasé, sac à dos en main, prêt à partir.

— Oui?

— Ôte-moi les enfants de devant ma vue ou bien il va y avoir trois meurtres!

— Entrez…

Du fond de la cuisine, une voix nasillarde s'élève:

— Non! On a assez eu de la braillarde de Guillaume.

— Madame Blanche!

— Il y a pas de «madame Blanche». J'aime pas les enfants, c'est pas à mon âge que je vais commencer. C'est pas une garderie, ici.

— Entrez au moins pour vous sécher.

— Moi, c'est ben simple, si je prends pas un break de mère, le sang va couler! Peux-tu me les garder une petite heure que j'aille me décrinquer quelque part? Celui qui nous envoie la pluie, il a pas trois petits gars à la maison, c'est certain, sans ça il nous enverrait un peu de soleil icitte et là pour qu'ils aillent jouer dehors.

— Je vais les garder le temps que tu ailles voir un film. Il y a rien comme un bon film pour se changer les idées.

« C'est faux ce que je dis là. Après la catastrophe, j'ai passé deux mois au cinéma pensant oublier mon cauchemar. Chaque couple, chaque enfant que je rencontrais me replongeait dans ma souffrance. »

— André, je veux pas de ces enfants-là chez moi !

— Blanche, je vous en prie. Je vais capoter… J'en peux plus d'eux autres. J'ai mon voyage !

Sans élever la voix, André regarde Blanche avec un sourire désarmant.

— Blanche et moi, on va les garder… deux heures.

— Merci !

Et Jessica de lui sauter au cou, de l'embrasser sur les deux joues.

— Pourquoi t'es fin de même, toi ?

Apaisée, Jessica bécote vite ses petits monstres et file. La pluie a cessé, un rayon de soleil timide semble vouloir se pointer. André entraîne les garçons à la cuisine.

— On va jouer au restaurant. On est tous des cuisiniers, et Blanche est la cliente. Que désirez-vous, madame la cliente ?

Blanche porte bien son nom : elle est blanche de rage, et c'est tout de go qu'elle va se cloîtrer dans sa chambre.

28

Dans l'érable de la cour, André a construit une cabane avec des planches et des vieilles couvertures. Il a aussi fabriqué des jeux de pistes. Les petits monstres de Jessica y jouent les pirates et les cow-boys à la journée longue. On ne les entend plus. Kia ne veut plus quitter les bras enveloppants d'André, qui passe beaucoup de temps à lui raconter des histoires. Blanche soliloque dans la balançoire et, à voir sa mine ombrageuse et ses yeux dans le crin, on devine qu'elle est récalcitrante aux initiatives de son colocataire.

Puis, un beau matin :

— Blanche, j'ai quelque chose à vous dire : je pars. Demain.

— Pour aller où ?

— Ça ne regarde que moi.

— T'es ben bête !

— Après mon départ, je voudrais… enfin, j'aimerais que vous soyez la grand-mère de Kia.

— Je peux pas être grand-mère, je suis même pas mère.

— Vous avez de la tendresse à donner, donnez-la à la petite.

— Je n'ai pas de tendresse à donner à personne. Y en ont-tu pour moi, eux autres ?

— Dommage.

— Dommage ?

— C'est dommage que vous vous priviez de l'amour d'une petite fille de deux ans.

— Elle m'aime pas.

— Parce que vous ne vous occupez pas d'elle. Parlez-lui, racontez-lui une histoire et elle va vous aimer. Les enfants aiment ceux qui les aiment.

— Je connais pas ça, les enfants, et puis il est trop tard…

— Il n'est pas trop tard pour grappiller un peu du bonheur pendant qu'il est là, tout près.

— Je suis trop vieille, pis… J'en ai pas eu, d'enfants, je vais pas m'occuper de ceux des autres. Puis je me connais, je vais l'aimer et après elle va me dire : « Je pars demain », et je vais être encore plus seule qu'avant. J'ai ma chatte et ça me suffit. Elle, elle reste avec moi au moins.

André est touché par sa déclaration d'amour à peine masquée, mais sa décision est prise, rien ne pourra l'arrêter. Un moment, il fixe la pluie qui tombe et hésite : faut-il attendre le beau temps pour se pendre ? Pris en flagrant délit de procrastination, il sourit. Remettre son suicide pour cause de pluie, c'est d'un ridicule ! Il sera à l'abri dans la cave de Blanche, où il a repéré une poutre solide et un vieux banc de piano. Il a acheté deux mètres de corde à linge qu'il a dissimulés au sous-sol. Ne reste plus qu'à attendre que sa logeuse sorte faire l'épicerie pour mettre son plan à exécution. Mais Blanche, en robe d'intérieur et pantoufles, lui parle sans arrêt. André hoche la tête à ses propos, lui laissant croire qu'il est attentif. Il doit absolument trouver un prétexte pour la faire sortir.

— Il manque de beurre et de lait. Vous m'avez demandé de vous le rappeler.

— Es-tu fou? Il mouille trop pour sortir.

— Avec un bon parapluie… Et l'été, la pluie est chaude. S'il faut attendre le soleil pour sortir… surtout avec l'été qu'on a…

— Si c'est si le fun que ça, vas-y, toi.

— Vous m'avez dit que vous vous faisiez un devoir de sortir beau temps mauvais temps… pour empêcher vos os de rouiller.

— Demain, j'irai demain… s'il fait beau.

Blanche a enfin un auditoire et elle ne va pas le lâcher si facilement. Elle voudrait reprendre le récit de sa vie avec son Octave, mais André y coupe court et insiste:

— Vous détestez boire votre café sans lait.

— Veux-tu me sacrer dehors, coudon?

— Non, non, je veux seulement…

— Ça fait depuis le matin que tu frétilles.

— Je ne frétille pas…

— Tu frétilles!

— Bon, je frétille. Je m'excuse.

Un silence tombe entre eux, lourd comme une tonne de briques.

— Tu me fais penser à lui.

— À qui?

— J'ai pas eu deux «lui», j'en ai eu un.

— Ah, lui!

— Quand un de ses enfants était malade ou que sa femme lui demandait de rentrer tôt, il frétillait, comme toi.

— J'avais dit que je restais une semaine… Je suis resté pratiquement deux semaines. Il faut absolument…

— Je te demande pas pourquoi t'as si hâte de partir ni où tu vas, je le sais, où tu vas…

— Vous savez quoi?

— Tu veux en finir avec ta vie.

«Cette vieille folle a lu en moi comme dans un livre ouvert. Que faire? Lui raconter mon histoire pour qu'elle comprenne que je n'ai pas d'autre issue? Non, elle ne comprendrait pas. Personne ne peut comprendre.»

— Quand Octave est mort… j'ai voulu mourir aussi, et puis…

«Ah non, elle ne va pas me servir le sermon aux désespérés: la vie est belle, on n'a que la vie, etc. Je le connais par cœur, ce sermon, je l'ai servi moi-même à mes patients déprimés. Non, je vais nier, l'accuser même d'inventer des drames pour se distraire.»

— Vous dites ça pour rien. Ce n'est pas vrai.

— … j'ai trouvé la corde!

— La corde, c'est pour vous poser une corde à linge neuve. Je voulais vous en faire la surprise.

— Mon garçon, je vois au travers de toi comme si ta peau était en papier Saran Wrap. C'est pas de la sorcellerie ni même de la voyance, c'est de l'expérience. Ça, à mon âge, j'en ai de l'expérience! Il me manque tout le reste, mais l'expérience, ça, j'en ai à la tonne. Je veux en donner aux autres, personne en veut, ça fait que ça s'accumule…

— Je ne peux pas traîner ma peine toute ma vie, faut que ça cesse.

— Ben chose, va faire ça ailleurs!

Il en est totalement déstabilisé. Elle accepte son geste!

— La pendaison, c'est salissant puis c'est pas ragoûtant. Et ça me tente pas, moi, de te voir la langue pendante, la face bleue avec tes jambes qui tournicotent dans le vide. Pis il paraît que les hommes qui se pendent bandent… et que c'est pas joli joli à voir.

— Je ne vous ferai pas cet affront…

« Je prends ma corde. Je trouverai bien un arbre quelque part. »

— Ah oui, ta corde, je l'ai mise aux vidanges cette nuit. Ils sont passés à matin.

« Mais de quoi elle se mêle, celle-là ! Je fous le camp ! J'étais mieux dans la rue que dans ce cocon de fous ! »

— Où tu vas ?

— Je m'en vais.

— Tu peux pas partir.

— Pourquoi ?

— Parce que si tu pars…

Blanche ouvre le plat de bonbons et prend une grosse poignée de pilules de toutes les couleurs dans sa main. André fige net.

— Si tu pars, je les avale d'un trait. Tu vas être obligé de m'amener à l'urgence.

— C'est du chantage !

— Je suis prête à mourir pour que tu restes en vie. Tu comprends, moi, je suis usée à la corde, alors un jour de plus ou de moins… Toi, t'as encore la moitié de ta vie devant toi.

— La vie comme je la vis, ce n'est pas une vie !

— Vis-la autrement.

— Je ne peux pas.

— Il y a pas d'autres avenues que tu pourrais prendre ?

— Je suis dans un cul-de-sac.

— T'as personne pour t'aider? Un docteur, un prêtre, un psychologue?

— Personne ne peut m'aider.

— Moi, je peux.

— Non, vous ne pouvez rien pour moi. Rien.

— Tout un chacun doit payer en larmes et en angoisses pour son existence.

— J'ai payé, déjà…

— Eh bien vas-y!

— Vas-y où?

— Te tuer. Lâcheur!

— Comment ça, «lâcheur»?

— On abandonne pas la vie parce qu'on est pas heureux ou parce qu'on est seul au monde. On vit parce que la vie, c'est tout ce qu'on a. Moi qui suis sur le petit bord de la mort, je pourrais vouloir qu'elle finisse, ma vie ennuyante pis douloureuse. Ben non, je suis une toffeuse, et la vie, je vais la toffer jusqu'au bout, au cas qu'en cours de route j'attrape un petit plaisir ou deux.

— Comme quoi?

— Comme un mystérieux monsieur qui entre dans ma vie.

Et elle se lève, remet les pilules dans le plat à bonbons et, la tête haute, sort terminer son thé sur la galerie.

«Je ne me laisserai pas attendrir par une vieille femme qui veut quelqu'un à qui se confesser. Et puis, au diable les adieux! Ce qui est plus pressant, c'est l'achat d'une autre corde pour en finir au plus vite.»

— Aaaaaah!

«C'est quoi, ce cri-là, encore?»

C'est celui de Guillaume qui, du haut de sa galerie, regarde Kia débouler les marches et atterrir sur le gazon, heureusement ! Blanche se précipite, enfin dans la mesure du possible. André accourt vers Kia alors que son père dévale l'escalier à sa rescousse. André examine l'enfant, qui semble avoir subi plus de peur que de mal.

— Elle jouait avec sa poupée sur la galerie. Le téléphone a sonné… Je suis entré trois petites secondes… Je l'ai tuée !

André suggère d'appeler une ambulance.

— Je l'ai tuée !

— Appelle le 9-1-1 au lieu de rester planté là.

Bientôt, la cour se remplit de voisins qui décrivent l'accident qu'ils n'ont pas vu et commentent chacun à sa façon la conduite du père. Il est vite jugé : un sans-cœur, un sans-allure, voire un dangereux. Il a provoqué deux accidents en l'espace d'un seul mois ! Face aux propos cinglants, Guillaume est pris d'un va-vite impératif.

À l'arrivée de l'ambulance, le préposé, croyant que le père de la blessée est André, lui demande d'accompagner l'enfant. Guillaume, vert pâle et en sueur, hurle du haut de l'escalier :

— C'est moi, le père !

29

C'est la nuit. À l'hôpital Sainte-Justine, André et Guillaume veillent une toute petite fille qui dort en gémissant. Leurs regards d'hommes impuissants se croisent.

— André?

— Elle n'a rien. Elle a roulé comme une balle dans l'escalier.

— Je veux juste te dire…

— Chut, elle dort.

— Jamais de ma vie j'ai rencontré un homme comme toi.

— C'est réciproque, crois-moi…

— Tu me trouves incompétent comme père?

— Tu as une merveilleuse fille et tu ne te donnes pas la peine d'en prendre soin. Cette enfant-là devrait t'être enlevée et remise à ceux qui sauraient l'apprécier. Va-t-il falloir qu'elle meure pour que tu te rendes compte de la chance que tu as? Je m'excuse, mais je ne peux pas supporter ceux qui ne savent pas apprécier la chance qu'ils ont d'avoir des enfants. C'est trop con!

La sortie d'André surprend Guillaume, qui tente une justification molle comme de la guimauve.

— Mais je l'aime…

— Quand elle ne pleure pas, quand elle ne bouscule pas tes plans, quand elle joue tranquillement pendant que tu regardes ton sport à la télévision, quand elle dort...

— Un homme, ç'a pas le tour avec les filles...

— Belle excuse pour ne pas t'occuper de la tienne !

Guillaume, qui ne s'attendait pas à se faire critiquer aussi vertement, choisit de contre-attaquer :

— Coudon, de quoi tu te mêles ?

— Chut !

— Chut-moi pas, elle dort pis je parle tout bas ! Non mais, on sait rien de lui pis il se mêle de me dire que je ne suis pas un bon père.

— Je dis seulement qu'il ne faut pas attendre que nos proches soient morts pour leur démontrer qu'on tient à eux...

— Tu m'as vu quand elle est tombée. Tu m'as vu quand il y a eu le feu. Si je l'aimais pas, j'aurais pas braillé.

— Il fallait pas brailler, il fallait agir.

André se rappelle que lui-même, lors du raz-de-marée, est resté agrippé à son poteau ; et il a soudain honte de faire la leçon à Guillaume. Il se lève.

— Tu t'en vas pas, toujours.

— Faut t'habituer à te passer de moi...

— Oui, mais Kia, t'es son idole.

— Une petite fille, c'est son père, son idole.

— Tu comprends pas...

— Je ne comprends pas quoi ?

— Rassis-toi, donne-moi deux petites minutes.

« Dire que je pourrais déjà être en paix, et me revoilà à écouter cet innocent. »

— Deux petites minutes !

— Je voulais pas me marier. J'étais bien dans ma vie de garçon : sport, femmes et bière comme dans les annonces à la télé. Je gagnais ma vie à entraîner des belles filles, je faisais du sport, pis le soir je buvais de la bière en draguant tout ce qui a des boules. Pas de responsabilités ! Sur le party sept jours sur sept ! Un jour, une fille vient s'entraîner… le coup de foudre ! De son bord, pas du mien ! La fille – Pascale – se jette sur moi. Elle vient au gym cent fois par semaine et elle s'arrange pour que ce soit moi qui m'occupe d'elle. Elle me lâche pas. Une sangsue ! Je déteste pas ça ! Elle a une grosse job, un char de l'année. Comme beauté, c'est pas une danseuse de chez Parée, mais elle est intelligente. Une fille intelligente, c'est le fun, c'est un défi. Quand tu dis aux chums que t'as couché avec un cerveau, ils te regardent avec respect. Mais une fois que tu l'as eue, l'intelligente, t'es pogné avec.

André a beau savoir que ce spécimen d'homme existe encore, c'est la première fois qu'il en rencontre un en chair et en os. Il a honte pour son sexe.

— Toujours est-il qu'elle s'est mise après moi pour qu'on sorte ensemble. Le fait qu'elle ait un char, qu'elle soit instruite et qu'elle fasse de l'argent, ça me dérangeait au début. Dans mon livre à moi, c'est les gars qui doivent être les pourvoyeurs… Entéka ! Mais après, ça m'a comme flatté, c'était comme gagner le jackpot. Ça se refuse pas le jackpot. De fil en aiguille, de baise en baise, elle a fini par me demander en mariage. Moi, j'y aurais pas pensé. C'est pas que je voulais pas me caser un jour, mais j'avais pas encore trente ans, ma vie de garçon était pas finie. Elle a mis de la pression, elle entendait sonner son horloge biologique, tout le kit. Elle a trouvé le logement dans le cocon. Elle l'a peinturé, meublé. Elle m'a gâté pourri. J'ai fini par me prendre dans sa toile et là, j'ai étouffé ben raide. Plus de chums, plus de sport, plus de party, juste elle, nuit et jour, jour et nuit. On s'est accotés, pas mariés. Ça, j'avais gagné ça! On se déprend plus vite d'une union libre que d'un mariage. Petit à petit, j'ai repris mon sport, j'ai revu mes chums de gars et là, là, elle est tombée enceinte, parce que ses chums de filles avaient toutes des bébés pis qu'elle pensait qu'une fois père je resterais plus à la maison. Je me suis fait avoir au cube! Je suis pas un cave, je le sais, ce qu'elle veut : m'empêcher d'être libre. Me tenir en prison. Partir comme ça pour au diable le vert, c'est pas pour l'argent, c'est pour que je reste avec Kia, que je m'attache pis qu'après je puisse plus m'en détacher. Je l'aime, Kia, mais en père, pas en mère. Les maudites femmes tombent en amour avec nous parce qu'on est des gars, mais elles veulent nous transformer en doubles d'elles-mêmes, en moumounes! Mais je me laisserai pas faire. Pis je l'ai pas voulue, cette enfant-là. C'est pas à moi d'en prendre soin…

— Papa! De l'eau! S'i' te plaît!

Guillaume s'empresse de faire boire sa fille. André les observe : il y a une belle tendresse chez ce jeune père, et ce, malgré son discours.

— Cet amour-là, c'est ce qui peut t'arriver de meilleur dans la vie. Attends pas qu'elle soit plus là…

— Elle est là!

— … qu'elle soit partie, mariée, je sais pas, qu'elle meure pour lui montrer que tu tiens à elle.

Guillaume fixe André, puis son regard se porte au loin, là où les possibilités se terrent. Il pose ses yeux sur sa fille, lui sourit longuement. Vient-il de prendre conscience de sa paternité? André choisit de se retirer en douce.

Dans la salle d'attente, un café de la distributrice en main, André réfléchit à une autre façon de mettre fin à sa vie. Blanche a raison, la pendaison est une méthode sale et agressive. Pire que le fusil, une méthode qu'il a mise de côté parce qu'il est contre le port d'armes. Et puis, où trouver un fusil ? En plus, il est si maladroit qu'il risquerait de se manquer et de se blesser gravement.

« Le monoxyde de carbone ! Pourquoi je n'y ai pas pensé avant ! Pas de sang, pas de langue verte qui pend, pas de cervelle qui coule sur le plancher. De la douceur. Je trafique le tuyau d'échappement d'une auto dans le garage, je me couche sur le siège arrière, je pense fort à mes filles, à ma femme, et j'attends la délivrance. »

— Merci, mon chum. T'as raison. Il est temps que je sorte de l'adolescence. C'est pas facile, je suis dedans depuis que j'ai quatorze ans. Vas-tu m'aider ?

— Tu es parfaitement capable tout seul.

— Non. Les responsabilités, moi, je capote. Je fuis dans les sports pis ma gang de chums.

— Regarder les choses en face, c'est déjà un pas vers le changement.

— Va falloir que tu m'aides. Je suis willing.

— Je pars demain.

— Quoi ?

— Je pars demain pour toujours.

— Tu peux pas me faire ça ! Je me déboutonne pour la première fois de ma vie et il me crache comme une chique de gomme qui goûte plus rien. J'ai besoin de toi ! Kia a besoin que tu fasses un homme de son père. Pense un peu à elle !

— Je pars demain. À propos, connais-tu quelqu'un qui pourrait me prêter une automobile ? Pas longtemps…

— Oui !

— Qui ?

— Nicole a un char. Tu le sais, d'ailleurs…

— Tu en connais d'autres, j'en suis certain.

— Ma gang pis moi, on est bicycle au cube. Je peux te prêter le mien, si tu veux. Je le prête à personne, mais toi, c'est pas pareil. Prends-le !

— Non ! Merci !

Un peu plus et André éclaterait de rire. Si Guillaume savait ! Et soudain, il se rappelle que Blanche connaît ses velléités suicidaires. Il ne se souvient plus s'il lui a fait promettre le secret. Le cocon est un nid de commérages. Il devient impératif qu'il mette son plan à exécution avant que le bruit ne se répande.

— L'auto, j'en ai besoin juste une journée, mais j'ai aussi besoin d'un garage. T'es sûr que tu connais personne qui ait une auto et un garage ?

— Nicole ! Elle a son garage dans la ruelle. Elle va te le prêter, son char aussi. Elle a le cœur sur la main. Pis je pense ben que tu lui es tombé dans l'œil. Qu'est-ce que tu veux faire avec un char et un garage ?

André regrette de s'être jeté sous l'autobus, regrette de s'être laissé embobiner par Nicole, par Blanche, par Guillaume ! Sa vie était si simple avant !

— Une expérience scientifique ! Mais je ne peux pas encore en parler, c'est top secret.

Guillaume fait une croix sur ses lèvres, flatté d'être dans le secret des dieux.

— Je vais t'arranger ça !

30

Dans sa chaise longue, Blanche se fait « chauffer la couenne » au soleil. Elle est vêtue d'une robe à volants et d'un chapeau de paille, reliques d'une figuration naguère obtenue grâce à Octave, qui jouait dans une pièce espagnole. De loin, on dirait une publicité de boisson gazeuse mais, de près, c'est juste une petite vieille qui prend sa dose de vitamine D. En juillet, Blanche sort sa chaise et son parasol et s'installe au milieu de la cour avec un verre de thé glacé garni d'une tranche d'orange. Cela lui rappelle le temps où elle suivait Octave dans les théâtres d'été. Elle louait un chalet à proximité de celui où son amant parquait femme et enfants et ainsi elle pouvait profiter de ce dernier quelques minutes par jour.

Elle prend des poses de mannequin. Les yeux fermés, elle arrive parfois à oublier son âge. Les autres du cocon respectent sa manie même s'ils la jugent trop vieille pour s'exposer ainsi au soleil. Elle est déjà si ridée, pourquoi en rajouter ? Le soleil appartient aux jeunes ! Dans le fond, ils détestent avoir sous le nez l'image de ce qu'ils seront plus tard. Oui, le corps vieilli, oui, la peau ratatinée, mais c'est indécent de l'exposer ainsi sans vergogne ! Blanche se doute bien que son corps vieilli dérange, mais elle s'en contrefiche.

« Je veux pas me rendre à cent ans, c'est trop vieux ! Je veux… Qu'est-ce que je veux exactement ? Faire comme André : m'enlever la vie ? Ce serait facile, j'ai qu'à prendre d'un coup mes pilules du mois et me cacher pour éviter le lavement d'estomac. La mort me fait pas peur. Tout au long de ma longue vie, j'ai fait des répétitions pour le grand départ vers l'au-delà. Une appendicite ici, la grande opération, puis mal ici, mal là… À la fin de ta vie, t'en viens quasiment à désirer mourir, tellement c'est pénible.

« Mais j'en suis pas là ! J'ai encore des méchancetés à faire et à dire. Quel grand plaisir que d'être détestable ! On a l'attention qu'on peut et, franchement, nous, les vieux, on a pas le choix : on est mort ou haïssable. Lui, le bel André, que si j'étais plus jeune je mettrais ses bobettes avec les miennes dans mon tiroir… Pourquoi il veut mettre fin à sa vie ? Il est jeune, en santé, et il a toute la vie devant lui. Il a le mal de vivre et ça fait bien mal, y paraît. Il y a rien que le suicide pour guérir ça. S'il pouvait donc me parler… Mais il peut pas placer un mot, je parle tout le temps. Comment lui redonner le goût de vivre ? C'est quoi, ça ? Une main d'homme sur mon bras ? J'ouvre pas les yeux, je vais continuer à rêver au prince charmant qui, d'un baiser, va réveiller la Belle au bois dormant. J'avance les lèvres… »

— Blanche !

— Ah ! c'est toi, André. Excuse la peau plissée, c'est la seule que j'ai. Mais j'ai été belle, tu sais… Il paraît même que j'étais un pétard. C'est de valeur que tu m'aies pas connue à cette époque-là. Je vais te montrer des portraits, je ressemblais à Ava Gardner, la blonde de Frank Sinatra.

— Je veux juste vous dire que… bien, mon suicide, ce n'était pas vrai. Je veux juste partir, pas mourir.

— Attends que j'enlève mes lunettes de soleil et que je te regarde dans les yeux, mon snoreau. Redis-moi donc ça, astheure.

Elle le regarde droit dans les yeux jusqu'à ce qu'il baisse les paupières.

— Tu me prends pour quoi, chose, une valise ?

— Je ne veux pas que ça se sache !

— Je l'avais deviné ! On montre pas à un vieux singe à faire des grimaces.

— Je vous demande de garder le secret.

— Je t'ai dit : si tu veux mourir, meurs, mais fais ça proprement, loin de moi.

— Vous me jurez de garder le secret ?

— Je le jure !

« Coudon, je suis-tu en train de tomber en amour, moi là ? Jurer de garder un secret, c'est pas moi pantoute, ça. »

— Je peux juste te dire une chose avant que tu partes, mon jeune. Quand t'es là, je suis bien, je suis mieux. J'en oublie même mes bobos, puis Dieu sait que j'en ai ! J'en parle pas, parce que je saurais pas par lequel commencer. M'as te dire une autre affaire : t'es le premier homme qui me traite comme son égale. J'aime tellement ça que j'en redemanderais, mais non, toi, t'aimes mieux mourir. Ça te regarde.

— Oui, en effet, ça me regarde.

Il lui prend la main, la colle sur sa joue, puis y dépose ses lèvres, pieusement presque…

— Merci pour tout, madame…

— J'ai rien fait encore. Ça te dirait, des beignes ? Pas des beignes de beignerie que le lendemain ils sont durs comme des roches, non… des vrais beignes avec des trous au milieu, saupoudrés de sucre en poudre.

— Comme les beignes de ma mère…

— Elle mettait-tu de la cannelle, elle, dedans?

— Oui.

— Eh bien, t'en auras au souper…

— Non, merci. J'ai à faire.

— André, mon ti-garçon… Ce que t'as à faire, fais-le pas. Moi aussi des fois je me dis: «Vieille comme je suis, pleine de douleurs comme je suis, je serais aussi bien morte.» Eh bien, je me conte des histoires. Tu vois, quand j'ai fait mon overdose, j'espérais presque en finir… presque, et puis je t'ai connu mieux, et le goût de vivre m'est revenu ben raide. Tu le sais pas ce que demain peut t'apporter.

— Je le sais.

André s'éloigne sans se retourner. Blanche se sent soudain ridicule dans son accoutrement. Elle se lève péniblement, plie sa chaise, arrose le gazon de son thé glacé et rentre chez elle à petits pas.

«Faut que je trouve un moyen de l'empêcher de se tuer. Jeter un beau chou gras de même, c'est du vrai gaspillage!»

31

Sur une rue très achalandée du Plateau, André s'arrête pile devant une terrasse où une jeune femme lui sourit. Il lui renvoie son sourire. Elle l'invite de l'œil à venir se joindre à elle. Il hésite, s'éloigne de quelques pas, puis revient. Elle ressemble tellement à Sophie. C'est elle ! C'est elle !

La jeune femme l'accueille gentiment. Il interpelle aussitôt la serveuse :

— Un pichet de sangria, s'il vous plaît !

— Je déteste la sangria : c'est fait avec de la piquette et des fruits poqués.

— Tu adores la sangria.

Ce n'est pas une question mais une affirmation. La fille le détaille, perplexe.

— Non, je n'aime pas ça du tout !

— Je veux t'épouser. Je pars en Chine étudier l'acupuncture, j'aimerais que tu viennes avec moi. Je ne peux me passer de toi. Je t'aime.

— Tu vas vite en affaires, Jos !

— André… moi, c'est André. Je veux que tu sois la mère de mes enfants… J'en veux deux.

— Là, moi, je comprends plus rien !

— Je ne peux pas vivre sans toi, Sophie !

Il lui tend ses mains ouvertes. Ennuyée, certaine d'avoir affaire à un fou, la jeune femme se lève et entre dans le bistrot. Les yeux hagards, André répète :

— Ne me laisse pas ! Sophie, je t'en prie... Ne me laisse pas !

Un serveur costaud ressort avec la jeune femme et c'est fermement qu'il empoigne André pour l'entraîner vers la rue. Plusieurs clients le dévisagent, d'autres rigolent. Confus, André s'éloigne en vitesse et, ses idées se remettant peu à peu en place, prend conscience qu'il a eu une hallucination.

« Je vois Sophie partout ! Même Blanche sous son parasol, j'ai cru un instant que c'était elle. Je ne peux plus vivre ainsi. Je suis en train de devenir fou ! »

André cherche un garage dans les alentours. Puis, au détour d'une rue, il en repère un. Il doit mesurer un tuyau d'échappement pour ensuite se procurer un boyau qui... il se rend compte qu'il s'apaise dès qu'il se remet à préparer son voyage... le voyage dont on ne revient pas.

32

Il est deux heures du matin. Le cocon transpire. Il fait si chaud que personne n'arrive à dormir. Roméo a sorti sa petite télé sur la galerie. Armé de sa télécommande, il change de poste tout en gueulant contre les Chinois, le gouvernement, les jeunes. Tout y passe…

« Si au moins on me demandait comment empêcher les glaciers de fondre, comment régler le conflit en Irak, comment lutter contre la pollution, comment gérer la ville… Mais non, personne me demande mon avis. Tant pis pour eux! Le monde s'en va chez l'yable. Eh bien, qu'ils y aillent tout seuls! »

En nuisette transparente, Simone se balance dans un hamac coloré. Elle lâche de longs soupirs, véritables appels à la concupiscence. Elle se balance, se balance et, soudain, son soupir devient cri de femelle en rut. Honteuse, elle se redresse et lance innocemment à la ronde:

— Je me suis encore pris les cheveux dans la corde du hamac!

Ses voisins ne sont pas dupes. Ce n'est pas la première fois que Simone crie à la lune comme la femelle caribou appelle son mâle.

Sur sa galerie, Jessica barbote dans la minipiscine des enfants, remplie d'eau tiède et de mousse à l'amande. Elle sirote un Pepsi à l'aide d'une paille. Les enfants dorment enfin.

« Peut-être que je suis malheureuse parce que je crois que le bonheur est dans l'avenir, mais l'avenir est jamais là. L'avenir est comme une anguille : essaie de lui attraper le bout de la queue, toi ! Je le sais que c'est le présent qui est important. Si je profite pas du présent, je vais me faire avoir, parce que le passé est passé et que l'avenir est pas encore arrivé. Je sais pas ce que va être mon avenir. Mais qui le sait ? Personne. Ça fait que je vis l'instant présent. Oups, il est passé ! Je saisis à bras-le-corps l'autre instant, je le savoure, et comme ça, d'instant en instant, je vais peut-être arriver à être heureuse. C'est l'été, c'est la pleine lune – j'ai entendu Simone caller le mâle – et j'ai trois beaux enfants en santé qui dorment pis j'ai moi, moi-même en personne, moi qui vis, moi qui suis là, toute là… vivante, mais j'ai pas un maudit gars dans mon lit ! »

Le logement de Nicole est plongé dans l'obscurité. Dans sa chambre, Élodie guette les minutes qui clignotent sur sa montre numérique. Elle est inquiète. Sa sœur Myriam n'est pas encore rentrée. Que peut-elle bien faire dehors si tard ? Elle lui avait pourtant dit d'arriver au moins cinq minutes avant sa mère, sinon : bonjour cris et grincements de dents ! Nicole pète les plombs dès que Myriam lui désobéit. Élodie a pris le parti d'éviter les éclats d'humeur maternels en agissant comme la fille parfaite. À l'inverse, sa sœur se fout de faire grimper sa mère dans les rideaux. Elle y prend même un malin plaisir.

La chaleur de l'été a modifié quelque peu le rituel de sa mère à son retour du travail. Élodie en connaît le parcours : ses pas sur la galerie, ses clés qu'elle sort de son sac à main, le claquement de la porte. Ensuite, Nicole enlève sa chemise et son pantalon et lance au loin ses souliers. C'est à la salle de bain qu'elle termine son strip-tease. Une fois sous le jet d'eau, elle fredonne des chansons de Céline. Eh oui! Malgré des kilos de différence, Nicole se dandine en se prenant pour la diva nationale.

Ça y est! Nicole sort maintenant de la douche. Élodie sait qu'elle va venir l'embrasser couverte d'une petite serviette qui ne cache rien. Comme d'habitude, Élodie va lui dire «Maman, on te voit toute!», et celle-ci va lui répondre en rigolant: «Qu'est-ce que tu veux, mes charmes débordent!» Puis Nicole va s'asseoir au pied de son lit et lui raconter sa journée. Et Élodie va l'écouter en bâillant.

Mais ce soir, entendant un bruit suspect, Nicole interrompt son récit. Ce n'est pas Myriam puisqu'elle dort, tête couverte, emmitouflée dans son édredon.

— Entends-tu ce que j'entends?

— J'entends rien.

— C'est un voleur.

— Maman, quand même!

Élodie tente à tout prix de faire diversion:

— Il paraît que… André, ton André s'en va.

— Qui t'a dit ça?

— Blanche.

Et soudain, à la vitesse de l'éclair, Nicole se rue vers le corridor pour se retrouver nez à nez avec… Myriam, souliers à la main. Élodie se recroqueville. Ça va barder!

— Belle heure pour arriver!

Et tandis que Myriam débite une série d'excuses, Nicole s'en prend à Élodie.

— Tu savais que ta sœur était dehors pis tu me le disais pas! Moi qui te faisais confiance!

Nicole tire l'édredon et découvre deux oreillers et une couverture entortillée.

— T'es la plus vieille, c'est à toi de la surveiller quand je suis pas là.

Myriam se déshabille à la vitesse de l'éclair pour, aussitôt, se glisser sous les draps.

— Bonne nuit maman !

Ayant déversé sa colère sur la mauvaise personne, Nicole se sent quelque peu honteuse et, pour dédramatiser, a recours à sa phrase passe-partout :

— Vous allez me faire mourir !

Elle sort de la chambre des filles en tenant pudiquement sa serviette sur ses seins, laissant à ses filles la vision très claire de deux grosses fesses rebondies. Frustrée d'être encore le bouc émissaire, Élodie saute sur sa sœur. Myriam la repousse. S'ensuit une bataille où tous les coups sont permis.

Dans son lit, Nicole éteint sa lampe de chevet.

« Je suis tellement déçue ! Déçue de moi, de Gerry, de mes filles. Je suis une grosse déception de deux cents livres. Où sont allés mes rêves de jeune fille ? Je me rappelle qu'à vingt ans je voulais l'amour, le grand amour avec la balançoire tressée de fleurs, le champagne et le chocolat en boîte, et dix petits bébés roses dans des paniers d'osier. Je voulais être soulevée de terre et emportée dans le tourbillon du désir. Scarlett O'Hara dans *Autant en emporte le vent*. Au lieu de ça, j'ai eu Gerry, rien que lui. Mais André, lui, la façon qu'il parle en mettant tous ses "ne" à la bonne place, l'élégance qu'il a, on dirait un mannequin de bobettes ; sa douceur, son petit air de faire pitié, lui… je sens que lui pis moi… Puis ses belles manières, je l'ai pas pris pour un prêtre pour rien. Lui, je l'aime, de cet amour qu'on dit "avec un grand A". Je donnerais mon autobus et mes rêves de dix roues pour qu'il me prenne dans ses bras, qu'il me dise, je sais pas, un mot doux, distingué, que j'ai jamais entendu et qui vient direct d'un livre. Je le sais pas comment ça fait l'amour, un homme comme lui. Sur le bout des pieds ? Avec des gants blancs ? Je me vois couchée avec lui, dans un champ de fraises… non, c'est plein de bibittes ! Dans un champ de roses… non, il y a des épines. Dans un lit à baldaquin, dans mon lit au forcail… C'est quoi, encore, ce bruit-là ? »

Elle se lève d'un bond et court vers la chambre des filles. Elle les découvre par terre, enlacées et mortes de rire.

— Ah, j'aime mieux ça… Je pensais que vous vous battiez !

33

Le lendemain matin, c'est gonflé de détermination qu'André frappe chez Nicole. Plusieurs fois. Puis, derrière la porte, la voix rouillée de Nicole :

— C'est qui ?

— André !

Elle ouvre à demi.

— J'ai un service à vous demander.

— Raide de même ?

— Je vous demande pardon, je vous réveille, on dirait…

— Je finis de travailler à deux heures, je m'endors pas avant trois heures et demie, pis là il est quoi ? Sept heures ! Bâtard, André !

— Je regrette.

— C'est correct.

— Je vais revenir plus tard.

— Vous vouliez quoi ?

— Rien !

— On frappe pas chez le monde à sept heures du matin pour rien. Vous vendez du chocolat ou bien vous êtes converti aux Témoins de Jéhovah ?

— Je vais revenir plus tard.

— C'est ça. Revenez !

Dépité, il décide d'attendre dans la balançoire. De retour à l'intérieur, les idées plus claires, Nicole se flagelle.

«Belle sans dessein, le laisser partir alors qu'il vient frapper à ma porte! C'est bien moi, ça. Je voulais pas qu'il me voie pas maquillée, pas peignée, les jambes pas rasées. Qu'est-ce qu'il voulait? M'avouer qu'il m'aime, peut-être? Il m'aurait dit: "Je vous ai désirée dès la première fois que je vous ai vue. Vous êtes la femme que je cherche depuis toujours. Nicole, je vous aime!"»

Elle replonge dans le sommeil au son imaginaire des «Je t'aime» d'André.

Grincement de la balançoire qui va et vient doucement. André est, de toute évidence, le seul qui soit éveillé dans le cocon. La journée s'annonce chaude et ensoleillée, mais son cœur n'est pas à l'avenant. Il tâte dans sa poche la lettre destinée aux membres de la coop, dans laquelle il les remercie de leur hospitalité sans toutefois expliquer la raison de son départ. Il ferme les yeux et se laisse aller à ses idées macabres quand il sent une petite main lui chatouiller la fesse. Il se retourne et, couche pendante, Kia est là qui lui dit:

— Caca…

Comment a-t-elle pu descendre l'escalier toute seule? Il la soulève de terre, la tient à bout de bras – on ne sait jamais si les couches sont parfaitement étanches – puis grimpe chez Guillaume, qui apparaît sur le seuil, le visage couvert de mousse à raser. André lui tend sa fille.

— Caca, répète-t-il.

— Tu sais où sont les couches. Je suis en retard. Tu me la gardes, hein? J'ai fait le tour du cocon hier: personne peut.

— Je ne peux pas moi non plus.

— C'est la dernière fois que je te le demande. Si je manque une autre journée au gym, je me fais slacker.

— Ça t'inquiète pas que ta fille soit descendue toute seule dans la cour ?

— Elle était pas seule, t'étais là.

— Kia aime pas caca ! Ça pue !

— Merci, André, tu me sauves la vie !

Guillaume retourne à la salle de bain. André allonge l'enfant sur la table à langer et prend une grande inspiration.

« Je me suiciderai cette nuit. Dans un sens, c'est mieux. Se tuer par un si beau jour d'été, c'est un peu morbide. Et puis, je n'ai pas encore d'auto ni de garage. »

— On va être mieux dans une couche propre, hein, ma poussinette ?

« Non. Pas poussinette. Seules mes filles ont eu droit à ce petit mot d'amour. Non, pas poussinette… »

— Oussinette, oussinette !

Kia rit de son rire perlé. André jette la couche sale, essuie et poudre ses fesses, puis lui enfile une couche propre. Ensuite, il choisit dans le panier de linge propre une jupe et une camisole le plus assorties possible. Kia lui désigne ses sandales dorées.

— Tu es la plus belle poussinette du monde !

— Un bisou ?

— Deux bisous…

Et il l'embrasse sur chacune de ses joues satinées rose bonbon.

« J'en profite parce que demain je n'y serai plus. Et cette fois-ci sera la bonne. »

Guillaume réapparaît, frais rasé et aspergé de *Diesel Plus*. Il embrasse sa fille et, d'un geste qu'il veut tendre mais qui est en fait maladroit, il secoue l'épaule d'André comme si c'était un pommier.

— Je sais pas ce que je ferais sans toi, frère !

— Tu te débrouillerais.

— Elle est mieux avec toi. Quand je la couche, sais-tu ce qu'elle dit ?

« Je ne veux pas le savoir. Je ne veux pas aimer cette enfant qui me rappelle trop mes filles. »

— Elle dit : « Andé, où il est, Andé ? Je veux Andé. »

— Si c'était Nicole qui la gardait, elle dirait : « Je veux Nicole. »

— Coudon, toi, as-tu peur qu'elle t'aime ? Elle est forte, celle-là ! Il y a une seule personne au monde qui veut pas être aimé, et c'est le gardien de ma fille. Je commence à me demander si je dois te la confier…

— Je ne veux pas m'attacher.

— Ah, t'es le genre de personne qui veut pas d'animaux parce que t'as peur de souffrir s'ils meurent. Ces gens-là se privent de quinze ans de plaisir de peur d'avoir de la peine au bout du compte. Je trouve ça ben cave, comme raisonnement. Moi, je suis prêt à risquer de souffrir pour que le monde m'aime. Prends Pascale…

— Tu vas être en retard.

André en a marre des confidences des autres, mais Guillaume est en verve.

— Dans le fond, c'est pas si cave, un gars qui refuse l'amour. C'est moins de troubles. J'aimerais ça être capable de me passer de l'amour des autres, être full égoïste comme toi. Moi, j'ai un chum dans le trouble, j'arrive. Une femme dit qu'elle m'aime, je la marie ! Oh, j'oubliais… ce soir, c'est ma partie de soccer pis après on va aller prendre une bière. J'arriverai pas tard. Salut !

Et Guillaume de dévaler l'escalier telle une fusée, puis d'enfourcher son vélo pour aussitôt disparaître. Abasourdi, André regarde Kia qui lui fait des risettes.

— Qu'est-ce que tu dirais si on allait manger des toasts au restaurant du coin?

34

Il est onze heures quand André frappe à nouveau chez Nicole, tenant la poussette où Kia roupille, le bec barbouillé de confiture. C'est une Nicole ébouriffée et rouge comme une tomate qui lui ouvre. Ses deux filles l'encadrent.

— Vous tombez bien, entrez!

Il parque Kia dans le vestibule et enfile le corridor jusqu'à la cuisine.

— Je venais vous demander un petit service…

— Vous allez trancher. À quelle heure Myriam doit rentrer le soir?

— J'ai quatorze ans, quand même…

— Moi, je rentre toujours avant onze heures, et j'ai seize ans!

— Toi, tu rentres pas, tu sors pas.

— André, vous, si vous aviez une fille de quatorze ans…

— Je l'aimerais.

— C'est pas de ça qu'on parle, on parle d'une fille de quatorze ans qui rentre aux petites heures du matin.

— Comme toi, maman.

— Je travaille, moi.

— Ben moi aussi, je travaille. Je travaille à me trouver un gars qui va me sortir du cocon à marde…

— Surveille ton langage !

— Un gars qui va me comprendre, me payer des voyages, des robes qui seront pas les rejets de ma sœur. Ce gars-là aura une auto et me fera vivre comme une princesse. André, ma mère voit pas que je suis pas à ma place dans ce cocon de punaises.

— Et tu penses dénicher ton pourvoyeur entre minuit et deux heures du matin ?

— Toi, maman, t'as trouvé papa à quelle heure ?

— Moi, c'est pas pareil, j'étais grassette, fallait pas que je fasse ma difficile. Pis on parle pas de moi, en ce moment, mais de toi.

Prenant André à témoin :

— Elle a cette manie de toujours me renvoyer les questions par la tête.

— Je suis ton exemple.

— La petite gueuse ! Dites quelque chose, vous, André !

— Pouvez-vous me prêter votre auto ce soir ?

— Bien non, c'est ma fête et mes filles m'amènent manger au resto. Quarante ans, on rit pas. Ça se fête ! Les filles, j'ai une idée. On invite André. Ça va être mon cadeau de fête, OK ?

— Je ne peux pas, je garde la petite.

— On a juste à l'emmener.

Myriam, qui est heureuse de la diversion :

— Il vient ! Il vient ! Il vient !

— On vous prend chez Guillaume à six heures et demie. On va continuer notre conversation au resto. Vous êtes tellement de bon conseil. Mettez-vous beau vous aussi, et vous en faites pas pour l'argent, c'est moi qui paye, c'est ma fête !

« Que faire ? Comment refuser une telle invitation ? Je ne peux quand même pas tirer ma référence le soir de son anniversaire. Ça en ternirait le souvenir pour le reste de ses jours. Je lui emprunterai son auto demain. »

35

C'est un restaurant modeste qui embaume l'ail, la tomate, le basilic et l'origan. On s'y entasse autour de grandes tables de bois recouvertes de la sempiternelle nappe à carreaux rouges et blancs. Les garçons, étudiants en musique pour la plupart, poussent des airs d'opéra pendant le service. Il arrive même que trois ou quatre d'entre eux se réunissent sur une petite estrade pour chanter un air du *Barbier de Séville* ou de *La Traviata*, que les clients entonnent à leur tour. C'est gai, original, et on apporte son vin, ce qui réjouit le portefeuille des « cassés ». Nantie de sa bouteille de chianti, Nicole insiste pour qu'André s'assoie face à elle, de façon à ce que leurs genoux se touchent.

« Quand on ne peut pas avoir l'amour d'un homme, un genou, c'est bon à prendre. »

Refusant comme toujours d'être un objet sexuel, Élodie joue l'invisible, habillée beige des pieds à la tête, sans maquillage. Un peu plus, elle éteindrait les étincelles de ses yeux. Le bruit du restaurant l'effarouche alors que tous ces bellas émoustillent la jeune Myriam. Dans une chaise haute, Kia grignote un bout de pain à l'ail. André se sent comme un poisson sur le gazon. Tant de gaieté l'offense. Tous ces gens heureux, alors que lui crève de tristesse… Il voudrait fuir, mais il a la responsabilité de Kia.

— Je ne me sens pas bien… Je vais prendre un peu d'air.

Il se lève, mais trois serveurs l'entraînent sur l'estrade pour qu'il chante avec eux *La Tarentelle*. André tente de protester mais, plus il résiste, plus les clients chahutent et l'encouragent à se laisser faire. Nicole s'interpose. C'est elle qui va chanter ! Soulagé, André regagne vite sa place.

Sur l'estrade, Nicole chante avec cœur. Puis elle interprète d'autres chansons, pour clore avec *Un peu plus haut, un peu plus loin* à la manière de Ginette Reno. Les clients et les serveurs l'ovationnent. Elle retourne à sa chaise, essoufflée, en sueur, mais fière. Myriam a coulé sur la chaise jusqu'à presque disparaître sous la table. Elle a honte de sa mère. Droite comme une barre, Élodie n'applaudit pas, jugeant sa mère ridicule. Le nez dans le menu, André est resté de glace durant le concert improvisé. L'attitude de ses filles n'étonne pas Nicole. Son exubérance leur déplaît. Elle le sait. Elles voudraient une mère silencieuse et transparente. Ce qui la surprend, c'est André. Pas un seul instant il ne l'a regardée chanter. Il n'a même pas applaudi.

— André, ayez donç du fun, voyons ! Vous avez l'air de quelqu'un qui a perdu un pain de sa fournée.

— J'ai perdu ma fournée.

Nicole ne comprend pas le sens de ses paroles, mais comme elle n'est pas du genre à se poser trop de questions, elle n'insiste pas. Elle attrape le plus beau serveur – c'est sa prérogative de jubilaire – et elle commande pour tous.

Les bruits de vaisselle, les éclats de rire, les voix des cuisiniers qui concoctent pâtes et pizzas derrière un comptoir ouvert sur la salle, les chants, tout ça ne facilite guère la conversation. Deux heures de bruits d'enfer avant qu'un tiramisu pour quatre surmonté d'une chandelle aboutisse sur la table. Kia, barbouillée de sauce tomate, tape des mains. Les serveurs entonnent un *Happy Birthday*. À croire que le « Ma chère Nicole, c'est à ton tour » ne s'est pas rendu dans le quartier. Et sans dire son âge – les voluptueuses n'ont pas d'âge –, les filles présentent leurs cadeaux : des boucles d'oreilles de la part de Myriam, le collier assorti de la part d'Élodie.

— C'est trop ! Vous auriez pas dû ! C'était pas nécessaire.

Nicole verse la larme de circonstance et cale son dernier verre de vin.

Sur le trottoir, pompette, Nicole se dandine en fredonnant des bouts d'airs d'opéra. Myriam traîne derrière pour qu'on ne sache pas que l'excitée est sa mère. Élodie accompagne André, qui pousse Kia.

— Ma mère me fait honte, des fois !

— Ta mère est une brave femme. N'attends pas qu'elle ne soit plus là pour l'apprécier à sa juste valeur.

Froissée, Élodie monte à l'avant de la voiture avec Nicole, laissant André à Myriam, qui boude. Au cocon, les « chut » d'André n'empêchent pas Nicole d'attaquer le répertoire de Garou et de hurler *Belle*. Devant son logement, Nicole hésite. Doit-elle inviter André ?

« Il est dur de comprenure en pas pour rire. Va-tu falloir que je lui chante *Voulez-vous coucher avec moi ce soir ?* pour qu'il comprenne ? Je l'invite à prendre un café, les filles se couchent, et après… Je sens que c'est le genre d'homme qui a besoin que l'autre fasse les premiers pas. Ça me change de Gerry… Lui, ce qu'il préfère dans l'amour astheure, c'est la chasse. Quand il a sa proie, il lève le nez dessus. Ça fait combien de temps que j'ai pas fait l'amour ? C'est ben simple, j'ai le corps en feu. Il s'approche de moi. Il a compris mon message… Envoye, dis-le que tu me désires. »

— Nicole, je peux vous parler un instant seul à seul ?

« C'est un gars à préliminaires, j'aime ça. »

— Dans ma chambre ?

— Si vous voulez.

« L'affaire est tiguidou. »

— Les filles, allez donc promener Kia. Pauvre tite, elle a été enfermée toute la soirée. Un peu d'air lui ferait du bien avant de se coucher.

Les filles, pas idiotes, partent volontiers faire le tour du bloc. Tremblante, Nicole introduit sa clé dans la serrure. Son plan est tout tracé, elle l'emmènera dírectement dans sa chambre, et là…

— Ce que je veux vous demander… c'est très intimidant…

— Je sais et c'est oui ! Venez.

— Oui, mais ce n'est pas tout…

— J'espère bien. On entre ?

— On est bien, dehors.

— On sera mieux dans ma chambre. Là, vous pourrez me demander ce que vous voulez.

— Le garage aussi ?

— Quel garage ?

— Le vôtre.

— Pour quoi faire ?

— Pour y mettre votre auto.

— Je comprends pas.

— C'est pourtant clair : je veux emprunter votre auto et votre garage. Un soir. Ce soir, en fait. C'est la dernière chose que je vous demande. Je vous le jure. Après, je ne vous dérangerai plus.

Nicole le regarde ; elle est si dépitée, si furieuse qu'elle lui claque la porte au nez.

« Niaiseuse, super-niaiseuse ! C'est pas moi qu'il veut, mais mon char pis mon garage. Le niaiseux qui voit pas l'opportunité en or de coucher avec une femme dépareillée... Tant pis pour lui, il est trop cave ! Maudit faux curé de gros bêta aveugle. Mon auto, mon garage ! L'écœurant ! »

36

Cette nuit-là, André n'arrive pas à fermer l'œil. Il se berce à la belle étoile, en se persuadant à chacun des va-et-vient de la balançoire que la mort est le seul remède au mal de vivre qui le ronge. Il n'en doute pas. Il n'en a jamais douté un instant depuis un an.

« Je ne peux plus attendre. Les pilules de Blanche, les avaler toutes ! Mauvaise idée : d'abord, la mort par pilules est un geste trop féminin, et puis il y a le lavage d'estomac, et puis, et puis… je ne veux pas que Blanche se sente responsable de ma mort. Pourquoi ne peut-on pas mourir sans faire de mal aux autres ? Pourquoi faut-il souffrir pour s'enlever la vie alors que c'est pour ne plus souffrir qu'on le fait ? Je pourrais me noyer… J'ai peur de l'eau, je ne réussirai jamais à me mettre le bout de l'orteil à l'eau. Encore moins me jeter du haut du pont Jacques-Cartier ! Et puis, les imbéciles, ils ont construit un garde-fou. Comme si les gens qui ne veulent plus vivre étaient des fous ! Et s'ils étaient plus intelligents, plus lucides que ceux qui veulent vivre à tout prix ? Quand je les vois courir après le bonheur, l'argent, la gloire, alors que le bonheur est à la portée de leur main… Qu'est-ce qui se passe ? »

En petite tenue, Simone se précipite dans la cour et, apercevant André dans la balançoire, se jette dans ses bras.

— Fais quelque chose !

— Calme-toi.

— Il y a un homme capoté… dans ma chambre !

— Il va s'en aller.

— Non !

— Il va finir par s'en aller.

— Non, je te dis ! Il peut pas !

— Comment ça, il ne peut pas ?

— Il est attaché après les poteaux du lit.

— Fais venir la police.

— Non ! Pour l'amour du saint ciel, j'aurais trop honte ! Je suis pas à ça, ben au sado-maso, pas du tout ! Sur le site de rencontre, il avait l'air ben correct : il parlait d'amour et d'amitié. Rendu dans ma chambre, il voulait que je l'attache, je l'ai attaché – il en faut pour tous les goûts – et là… je peux pas le dire… il voulait que je le coupe. Le fouetter, je dis pas, mais lui faire des incisions dans la peau… sur le membre… Va le détacher. Depuis quelque temps, je frappe juste des citrons. Je devrais changer de site de rencontre.

— Ou de vie…

— Si j'avais un homme comme toi, je crisserais mon ordi dans les vidanges !

— Je vais aller voir.

À contrecœur, il entre chez Simone. C'est une première et il en est soufflé. L'appartement est… un souk, un bazar de style marocain ou tunisien, il ne sait trop. Le salon est tendu de tapis persans et de foulards diaphanes. De l'encens brûle et de multiples chandelles sont allumées. Il y a même une fontaine miniature qui coule dans un coin. Des « tabarnack » et autres jurons du même acabit émanent de la chambre du fond.

André pousse la porte et se retient d'éclater de rire. Un gros ventru poilu est couché en croix en travers du lit de style espagnol, sur des draps de satin rouge torero, bras et jambes attachés aux montants avec des ceintures. Sur son corps blanc plâtre, des entailles un peu partout, comme si on avait voulu le larder d'ail. Son pénis, un immense pénis plus large que long, gît au milieu du corps. Surpris, mais surtout gêné, André se demande s'il doit se présenter ou le détacher sans mot dire.

— Ciboire de maudite folle ! Toutes les mêmes ! Elles veulent un homme à tout prix, mais quand t'arrives avec le prix à payer, elles se sauvent. Des folles, je te dis !

— Elles veulent du romantisme, vous leur offrez de la porno. C'est un terrible malentendu.

André n'est pas fier de sa réponse, mais c'est tout ce qu'il a trouvé. Pendant qu'il libère le ventru, il pense pour la première fois depuis la mort de sa femme à sa sexualité à lui, si conventionnelle. Il se demande s'il n'a pas un peu manqué de fantaisie. Leur sexualité, à lui et Sophie, n'était pas une fin en soi, mais une façon de se prouver leur amour.

— Vous êtes qui, vous ? Son mari ?

— Non… un ami…

« Ce n'est pas vrai, je ne suis pas un ami, mais je pourrais le devenir. Elle a un si grand besoin d'amour… Non ! Pas d'attendrissement ! Je n'ai plus d'amour à donner. »

— Vous auriez pas dans vos connaissances quelqu'un que ça excite de couper de la chair fraîche ?

— Je n'ai pas de connaissances.

Le ventru enfile ses vêtements en vitesse alors qu'André l'attend à la porte. Une fois dehors, il l'accompagne jusqu'au trottoir, devant la porte cochère. Le type s'en va sans faire d'histoires. De retour dans la cour intérieure, André constate que la lumière du réverbère rend les vêtements de Simone translucides.

— Rentre chez toi ! Des plans pour attraper le rhume !

Là non plus, il n'est pas fier de lui, mais il n'a pas l'habitude de ces mœurs dites modernes.

— Je te plais pas ? Je sais que je suis pas toute jeune…

— Je vais dormir.

— Juste une petite vite. Ça prendra pas de temps.

— Non, Simone. Je ne veux pas faire l'amour.

Là, il est content de lui.

— Avec moi ?

— Avec personne.

— Dis-moi pas non, je vais le prendre personnel.

— Va dormir, il est tard.

— Dormir avec toi ?

— Avec personne.

— On peut-tu parler, d'abord ?

— D'accord, je t'écoute.

Tous deux s'installent dans la balançoire.

— Le matin de mes cinquante ans, je me suis juré que je mourrais pas niaiseuse. J'avais pas encore trouvé l'amour, tant pis ! Je trouverais ben quelqu'un avec qui faire le sexe. Ç'a pas été long, j'ai surfé sur internet… Wow ! Des hommes en masse…

— Ça te rend heureuse, ces rencontres ?

— Ils sont-tu fatigants, avec le bonheur ! Je crois pas à ça, moi, le bonheur. Je sais même pas comment c'est fait. Petite fille, j'étais pas heureuse. Mes parents adoptifs m'ont prise chez eux suite à une promesse. Si leur fils unique guérissait de sa leucémie, ils lui offriraient un compagnon de jeu. Le fils a guéri, ils sont venus à l'orphelinat et, comme il y avait pas de petit gars, ils m'ont prise moi, m'ont habillée en petit gars pour pas désappointer ce pauvre enfant qui avait failli mourir. Leur fils unique, pourri jusqu'à la moelle – c'est le cas de le dire –, s'est vite tanné de moi. Il voulait un chien. Il a eu un chien. Moi, s'ils avaient pu me faire euthanasier… Mais ils m'ont gardée. Ils avaient signé des papiers. J'ai jamais senti une graine de tendresse de leur part. J'étais un objet encombrant. Un jour, j'ai fugué dans l'espoir qu'ils me cherchent. Ils m'ont même pas cherchée ! Plus tard, je suis partie pour la ville. Sans instruction, j'ai travaillé comme servante dans des maisons privées. D'autres que moi auraient mis une croix sur l'amour. Pas moi. Je l'ai cherché, mais en mettant la barre si haut que, finalement, pas un homme avait les jambes assez longues pour sauter. Peut-être que je voulais pas de l'amour. Peut-être que chat échaudé… On dirait que moins j'ai d'amour, plus j'ai besoin de sexe. Parce qu'au moins pendant qu'on fait le sexe, on fait un peu l'amour… Moi, les caresses du sexe, je prends ça pour du cash.

André pose un doigt sur sa bouche pour la faire taire et, doucement, ils se bercent en silence dans la nuit. L'air chaud caresse leurs visages. C'est réconfortant. Au bout d'un moment :

— À quoi tu penses, André ?

« Je ne peux pas lui dire que je pense à mourir. »

— À rien.

37

Le lendemain, c'est jour de corvée pour Sylvain. Il doit laver toutes les fenêtres. Il a choisi une journée collante et brumeuse. Une ambiance déprimante pour une tâche déprimante. Il faut le voir avec ses seaux d'eau vinaigrée, son linge et son échelle extensible. Roméo le talonne, prêt à détecter la moindre coulisse.

Sur sa galerie, Simone explore le Web sur son ordinateur portable tout en zieutant les deux hommes. Elle prie pour que survienne une chute ou, du moins, qu'une vitre casse, qu'un doigt saigne. Elle se souvient avec délice de Roméo qui, grimpé dans l'érable de la cour, s'était assis sur la branche qu'il devait couper. Crac! la branche et Roméo étaient tombés. Le plus hilarant avait été le pied de Roméo dans le pot de peinture blanche qui devait colmater la blessure de l'arbre. Une entorse, des côtes cassées. Elle avait tellement ri qu'elle en avait pissé dans sa culotte. Superbe souvenir!

À la table de pique-nique, Blanche fouille dans une boîte à chaussure, à la recherche d'on ne sait quoi. André, sur la galerie, assis droit sur une chaise droite, fixe droit devant lui comme s'il regardait de l'autre côté de la vie. Les colocs – c'est ainsi qu'on appelle Alanis et Samira, pour ne pas dire « les lesbiennes » – s'épilent mutuellement les poils des jambes à la pince. Elles doivent y trouver un certain plaisir, si l'on se fie à leurs petits cris de poules pondeuses. Sa machine à coudre sur la galerie, Jessica coud un bikini pour la poupée de Kia. Chez Nicole, c'est désert.

Le lavage des vitres ne va pas vite. Affublé des verres grossissants qu'il portait dans le temps, « à la shop », Roméo fait reprendre à Sylvain les bavures. L'air sombre, celui-ci termine sa tâche et positionne l'échelle afin d'aller nettoyer le rebord blanc de la toiture.

— Je te la tiens, mon homme.

— Je suis pas ton homme.

— Une façon de parler. T'es ben suspect.

— Arrête de me checker !

— Je te checke pas, je t'aide, des fois que tu verrais pas le botchage.

— Je botche pas.

— Je suis le responsable de la bâtisse.

— Ben prends-les, tes responsabilités !

Et Sylvain, du haut de l'échelle, lui lance son torchon par la tête. Vexé, Roméo secoue l'échelle comme on secoue un plant de patates pour en faire tomber les bibittes. Entendant les cris de Sylvain, Nicole sort de sa cuisine, une cuillère à la main. Elle faisait des confitures de fraises.

Du logement de Sylvain sort une femme… ou un homme… ou les deux, qui interpelle Roméo en remontant sa robe à la Barbie en tulle vert amande.

— Mon sacrament ! Lâche l'échelle ou je te mets mes cinq frères dans la face, tabarnak…

Roméo lâche d'un coup l'échelle, qui se met à tanguer. Apeuré, Sylvain hurle. André monte rapidement à l'étage et réussit à attraper Sylvain en plein vol. Le cocon applaudit le sauvetage. Sylvain enlace André avec un brin trop de gratitude.

— Mon sauveur !

Au tour du travesti d'embrasser André, et il propose aux spectateurs de boire une bière chez Sylvain. Tout le monde y va, sauf Roméo, qui tout bas interpelle sa défunte : qu'a-t-il fait de mal encore ? André, Nicole et Jessica acceptent avec enthousiasme l'invitation de l'étrange créature, qui se prénomme Roberto. Alors que Nicole s'extasie sur sa robe de tulle, Jessica confie tout bas à André son rêve de confectionner des robes aussi sophistiquées. André transmet aussitôt au travesti le désir de Jessica, et celui-ci s'en réjouit : sa vieille couturière devra bientôt remettre son aiguille sur la pelote car elle doit être opérée pour ses cataractes. Et Roberto se retrouve sans nouvelles toilettes pour son spectacle en octobre. Cette robe vert amande est spectaculaire, mais elle est défraîchie. Jessica saute de joie, elle a plein d'idées en tête. Roberto l'informe des chanteuses célèbres qu'il a l'intention d'imiter. Jessica remercie chaleureusement André : elle n'aurait jamais osé se proposer elle-même.

En catimini, André demande au travesti Roberto s'il n'aurait pas une voiture.

— Dis-moi « tu », Dédé.

André sursaute – il a en sainte horreur qu'on l'appelle ainsi –, mais pour obtenir l'outil parfait pour mettre fin à ses jours, que ne ferait-il pas ?

— J'ai besoin d'une auto… pas longtemps. Une journée.

— Moi, je vis dans le quartier gay, je travaille dans le quartier gay, j'ai pas besoin d'auto. Mais je peux t'en trouver une easy.

— Il me faudrait aussi un garage…

— Ah ça, je peux te trouver de la marde de pape, mais un garage, icitte… Tu peux te garer sur la rue, dans la ruelle, comme tout un chacun.

Mais le travesti, qui sait renifler le désespoir à six lieues à la ronde, se ravise soudain :

— Fais pas ça, chum ! Je serai pas complice de ça. Jamais ! C'est pas que je trouve que la vie est belle, mais c'est tout ce qu'on a, sacrament !

— Ce n'est pas du tout ce que tu penses.

— Pourquoi tu veux une auto avec un garage, d'abord ?

André réfléchit vite. Il lui faut trouver quelque chose d'intelligent à répliquer.

— Un petit fantasme. J'ai jamais fait l'amour dans une auto…

— Prends un taxi, chum !

— Elle ne voudra pas. Bien… la femme à laquelle je pense. J'ai besoin d'une auto…

— Moi, je veux.

Roberto fixe André comme un affamé la vitrine d'une boulangerie.

— Je ne suis pas gay.

— Moi non plus, je suis pas gay. On ferait l'amour… moi en femme, toi en gars : il y a pas plus hétéro que ça.

— Merci. Peut-être plus tard…

— As-tu mal au cœur de moi ?

Roberto le coince entre la table et le comptoir de cuisine.

— Non ! Ce n'est pas ça… c'est juste que…

Nicole, qui a l'ouïe perçante, intervient opportunément.

— Moi, je vais lui prêter mon char pis mon garage. À une condition : je veux être là quand il va réaliser son fantasme.

André veut mourir, là tout de suite, à la minute même ! Plus il vit, plus la vie se complique, et plus il reste dans ce sacré cocon, plus il est pris au piège par la vie. Or, de la vie, il n'en veut plus. Sa décision est ferme et, cette fois-ci, rien ne le fera changer d'idée. Demain sera le dernier jour de sa vie.

38

Le soleil est revenu. Le temps est clair comme les vitres bien propres du cocon. Blanche ouvre grand ses fenêtres. Se croyant à la mode, elle porte une robe en coton qui date des années 1950 et qu'elle a ressortie de ses coffres. Elle a teint ses cheveux blancs en roux, les a enduits d'un gel que lui a prêté Jessica et les a ébouriffés de ses doigts. Un trait de rose tendre souligne ses lèvres en accordéon. Sans ses lunettes en fond de bouteille, elle se trouve belle.

« C'est ça, le secret de la beauté : ne pas voir clair ! »

Au lieu de bougonner contre la vieillesse qui la griffe, la pince et la torture, elle est de fort belle humeur.

« Je ramollis. Je sais pas si c'est à cause du beau temps, mais j'ai juste le goût de prendre le monde dans mes bras et de les embrasser. Je sais pas si c'est à cause du faux curé, mais ça me tente moins de chicaner et de faire la baboune. Pis, j'ai le goût de me mettre belle. "Belle", c'est un bien grand mot, mais je voudrais qu'André me regarde et qu'il lève pas le cœur sur moi. Je sais pas s'il va sentir que j'ai mis de l'odeur. Oh, rien qui porte à la luxure. Un échantillon de la pharmacie. C'est drôle, hein, on dirait que mes os me font moins mal depuis qu'il vit avec moi. Puis Kia rit tout le temps avec lui. Je me sens comme quand Octave vivait, mais en mieux parce que j'attends personne : André est toujours là. Je l'ai-tu attendu, l'animal ! J'ai passé ma vie à ramasser les miettes que sa femme me laissait. En plus, pour ramasser, faut se baisser. J'ai passé ma vie à quatre pattes ! Fallait-tu que je sois niaiseuse… ou amoureuse ! C'est la même maudite affaire. Faut pas que je me monte, il paraît que c'est pas bon pour ma pression. Qu'est-ce qu'il fait, donc ? Il dort, lui, aujourd'hui ? J'ai beau brasser la cafetière, secouer le grille-pain, m'enfarger dans les chaises, il se réveille pas. Je devrais aller voir… »

Blanche frappe à la porte de la chambre d'André. Un coup, deux coups, trois, quatre. Elle hésite à peine un quart de seconde avant d'ouvrir. Le lit est vide. Le sac à dos n'y est plus. Son cœur cogne fort et vite. Sa respiration se fait plus courte.

— Il est parti le faire !

Étourdie, elle vacille.

— Où est André ? Avez-vous vu André ? André est nulle part. André a disparu !

C'est la panique dans le cocon. Revenue de sa défaillance, Blanche a sonné l'alarme en criant à la cantonade : « André est parti pour toujours ! » Bien sûr, personne ne l'a crue, surtout pas Guillaume.

— Il peut pas me faire ça ! Qu'est-ce que je vais faire de Kia ? J'ai une job, moi !

Jessica comptait sur André pour lui dénicher davantage de travail comme couturière.

— Je le savais qu'il me laisserait tomber… C'est bien un homme !

Roméo entend sa défunte lui susurrer à l'oreille : « Faut pas se fier aux étrangers ! Tu vois, si tu m'écoutais, aussi… »

Simone est au bord des larmes. « C'était presque dans le sac, nous deux. André m'adorait, c'est moi qui me décidais pas. Il me regardait souvent avec des yeux de braise. »

Sylvain semble être le seul qui accepte le départ de l'étranger, alors que Roberto donne des coups de pied dans une poubelle. Le cave, il l'a vraiment fait ! Il s'en veut terriblement de n'avoir pas su l'en dissuader. Curieusement, Alanis et Samira, qui jamais ne se mêlent des histoires du cocon, se joignent à l'émoi général. Nicole est sans mots. Cette femme réputée pour sa grande gueule perd la parole dès qu'elle est triste, comme si l'émotion se logeait dans la gorge et bloquait le passage des mots. Perdre André est pour elle une énorme défaite. Non, il ne l'a jamais regardée avec des yeux amoureux, mais elle croit dur comme fer que l'amour, c'est comme le rhume, ça s'attrape. Et elle en est atteinte.

« Il va revenir ! Bonne sainte Anne, faites qu'il revienne. Si vous le faites revenir, je reste un mois sans manger de sucre ! Faites ça, et je vous l'amène à votre fête à Sainte-Anne-de-Beaupré. Pas cette année, l'année prochaine. OK ? Me semble que je suis due pour un peu de bonheur. Je demande pas qu'il me marie, juste qu'il me parle un peu, qu'il me tienne les mains, une main. Moi, ses mains longues et fines, avec des ongles roses et propres, je trouve ça sexé, plus sexé en tout cas que les sales pattes poilues de Gerry. Me souvenir de plus me ronger les ongles… À moins qu'il aime pas les rondes. Je vais y demander quand je vais le revoir, là, direct. Je vais lui dire : "Coudon, lui, aimes-tu les grosses ?" »

«Ben non, j'y demanderai pas ça, j'ai bien que trop peur de la réponse. Je vais m'acheter un body en lycra qui rentre le ventre et qui remonte la devanture. Le problème, c'est que, le body, arrive un moment où il faut l'enlever, et là le bourrelet rebondit, les seins retombent. Mais si tu l'enlèves couchée, le body... une femme couchée, la graisse s'étale. Puis pour pas qu'il s'aperçoive que mes seins tombent, j'ai juste à me tenir les bras au-dessus de la tête... Rentre ton ventre, lève tes bras, éteins la lampe, remonte le drap, puis essaie de jouir, toi!»

Soudain, des cris de joie. De retour, André s'étonne de leurs yeux anxieux fixés sur lui.

— Je m'excuse, Guillaume, je suis en retard.

Et, sans donner plus d'explications, il prend Kia dans ses bras et file chez Blanche.

— Où c'est que vous étiez, pour l'amour du saint ciel?

C'est Nicole qui l'interpelle. Tous sont curieux de la réponse.

— Le cocon n'est pas une prison, que je sache, j'ai le droit d'aller voir le lever du soleil dans le port.

— Mon auto, vous pouvez l'avoir quand vous voulez. Et le garage aussi... Et j'irai pas vous bâdrer, ayez pas peur. Tenez, je vous donne tout de suite les clés.

— NON!

Ce cri vient du ventre de Blanche. André la darde d'un regard sévère.

— Merci, Nicole, mais je n'en ai plus besoin. J'ai besoin de déjeuner, par contre. J'avais une pomme et une poire, mais elles sont déjà dans mes talons. Je peux me faire des œufs, Blanche?

Ils entrent dans le logement et, juste avant de refermer la porte, Blanche lance un regard à ses voisins, un regard vainqueur qui a l'air de dire : « Vous voudriez tous l'avoir, mais c'est moi qui l'ai. Ha ! Ha ! »

Dans sa chaise haute, apaisée par la présence d'André, Kia somnole sur son biberon. Et bientôt sa petite tête tombe sur son bras droit. Une photo à prendre ! André se prépare des œufs et du bacon alors que Blanche attend une explication. Mais il ne parle pas.

— Ç'a pas marché ?

— Qu'est-ce qui n'a pas marché ?

— Fais pas l'innocent. T'es pas allé voir le lever du soleil, t'as tenté de t'enlever la vie, puis ç'a foiré.

— Oui.

— Oui quoi ?

— Cette nuit, j'ai fait le bilan des moyens mis à la disposition de ceux qui veulent quitter ce monde et je me suis rendu compte que, finalement, l'eau était à ma portée tout autour de l'île de Montréal, et que ça vous dérangerait moins que je me noie que si je mourais... disons-le : dans le garage de Nicole, à côté.

— Merci, t'es ben délicat.

— J'ai passé par-dessus ma peur de l'eau et je suis allé au bord du canal Lachine.

— Tes œufs, surveille-les si tu veux tes jaunes coulants...

André met son bacon dans une assiette et retire le poêlon du feu ; il a soudain davantage envie de parler que de manger.

— Le soleil se levait sur le canal. C'était si beau que je suis resté à admirer ce que je croyais voir pour la dernière fois. Et puis j'ai endossé mon sac à dos que j'avais rempli de briques, et comme j'allais me jeter à l'eau en me pinçant le nez, un cycliste est passé, et un autre, et un autre. Blanche, ce n'est pas croyable, toutes ces personnes en vélo très tôt le matin. Plus l'heure avançait, plus il y avait de cyclistes, de patineurs, de planchistes. Je suis bêtement revenu.

— T'as pas grande allure, mon gars. Même pas capable de te suicider! Ce serait-tu le goût de vivre qui te mettrait des bâtons dans les roues?

— Pas du tout. Je vais me reprendre cette nuit, et cette fois-ci…

— Manque-toi pas parce qu'à force de te croire mort c'est moi qui vais crever. Quand j'ai vu que t'étais pas dans ta chambre, je suis presque tombée sans connaissance.

— En quoi mon départ définitif peut-il vous causer tant d'émotions? Je ne vois pas…

— Tu peux pas voir, certain, t'as les yeux sur ton nombril. De là, on voit que sa petite personne.

— Je ne comprends pas…

— Ben non, tu comprends pas, t'es tourné vers toi-même. Pour comprendre, il faut s'ouvrir, et pas juste les oreilles.

— Vous n'avez pas vécu ce que j'ai vécu.

— Toi non plus t'as pas vécu ce que j'ai vécu, ça m'empêche pas de t'écouter, quand tu me parles.

André se sert ses œufs et place deux tranches de pain dans le grille-pain. Il ne parlera pas davantage. Son drame est sa seule possession, il ne va pas le partager. Il s'installe pour manger.

— J'en aurais, moi aussi, des raisons de me suicider. J'ai mal partout, la vie s'écoule de moi goutte à goutte. Je vis seule, j'ai personne au monde. Mourir tout de suite ou demain ou après-demain ou dans une semaine, un mois, un an, deux, trois, quelle différence? Et pourtant, tu vois… je vis.

Elle attend quelques secondes une remarque, un aveu. Même un soupir ferait l'affaire. Mais rien ne vient.

— Veux-tu savoir ce qui me tient en vie?

André mange de bon appétit, le regard fixe, sans répondre.

— Ce qui me tient en vie, c'est le cocon. Pas le cocon pour le cocon, mais le monde qu'il y a dedans. Quand j'ai décidé d'être l'autre femme dans la vie d'Octave, ma mère, mon père, mes frères, mes sœurs, toute ma famille a rompu avec moi. Pense donc, toi, je vivais avec un acteur, un suppôt de Satan, un débauché, et j'étais même pas mariée avec lui, j'étais sa maîtresse, sa concubine. « Concubine »! Ce mot-là, pour ma mère, c'était pire qu'un crachat en pleine face. C'était avant la Révolution tranquille. Mon père, c'était un homme. Quelque part, il le comprenait, Octave. Même que j'ai toujours pensé qu'il l'enviait d'avoir deux femmes, lui qui en avait juste une qui était pas trop portée sur la chose. Mais il avait peur de ma mère, ça fait qu'il disait comme elle. Mes frères et mes sœurs m'ont jeté l'anathème. Ils savaient pas, les pauvres, que plus ils me rejetaient plus j'allais me coller sur mon amant. Au début, quand Octave m'a installée ici, je me suis pas occupée des autres. Je vivais que pour lui. J'avais que lui dans la pensée. Je vivais pour les petites fois qu'il venait se tremper le pinceau.

André lève les yeux, un peu choqué par ce langage cru.

— C'était ça qu'il venait faire, baiser. Avant, je pensais qu'il venait pour mes beaux yeux. Sais-tu comment il m'appelait, son petit mot d'amour préféré? Mon condor ! Moi, niaiseuse, je pensais que j'étais un grand oiseau majestueux pour lui. Ben non, j'étais pour lui rien qu'un con… d'or. L'or, c'était parce que je lui coûtais de l'argent. Il me l'a-tu assez dit, que je lui coûtais cher, mais quand je parlais d'aller travailler, c'était toujours non, il fallait que je sois là quand il avait une demi-heure à me donner. Il m'offrait un moment d'intimité comme on jette un trente sous à un quêteux. Quand il est mort – plus que dans mes bras, dans moi –, j'ai aussi voulu mourir. À quoi ça me servait de vivre si ma raison de vivre n'existait plus ? Je me suis ouvert les veines, ici dedans, dans la cuisine, au-dessus du lavabo, là, mais une voisine qui est morte aujourd'hui, la défunte à Roméo, est venue me porter une lasagne. Elle savait que je mangeais plus depuis la mort d'Octave. Quand elle m'a vue, elle a appelé les secours…

Blanche retrousse une manche pour montrer à André la fine ligne sur son poignet.

— Je suis bien contente de pas être morte. Qu'est-ce que je ferais, morte ? Je continuerais à attendre qu'il ait fini de jouer de la harpe avec sa légitime pour me gratifier d'une petite attention. C'est la plus belle chose qui pouvait m'arriver, être vivante pour profiter des petits plaisirs de la vie, tranquille. Des toasts le matin. Juste ça, manger mes toasts, ça frise l'orgasme. Je me réveille la nuit pour penser au moment où je vais me faire des toasts. Et là je me demande ce que je vais mettre dessus. De la confiture ? C'est bien beau, mais de la confiture à quoi ? J'en ai aux framboises, aux fraises, aux prunes, j'ai de la marmelade. Ou bien je mets du miel, ou bien du beurre de peanuts – pas le croquant, le mou – ou bien du sirop d'érable, ou bien rien, rien que du bon beurre qui fond dans le toasté des toasts. J'ai tant de désir pour mes toasts que ça me tient réveillée la nuit… comme l'amour. Et je me lève et là, c'est l'acte. Je me fais des toasts, des fois rapidement – une petite vite, c'est pas à dédaigner –, la plupart de temps lentement pour savourer chaque instant. Et puis, orgasme des orgasmes, je déguste ou je m'empiffre… c'est selon, mais c'est toujours bon.

André se lève, lave et range sa vaisselle, et alors qu'il se dirige à sa chambre, Blanche lui bloque le passage.

— T'es en quoi, en béton?

— Les toasts ne peuvent pas me guérir. Rien ne peut me guérir.

— Eh ben arrange-toi! Moi, je m'occupe plus de toi.

— Vous avez tout compris.

Blanche se met à ranger pour occuper ses mains, trop tentée d'étrangler cet homme qui a la vie devant lui et pourtant veut mourir. Ah! si comme lui elle avait quarante ans devant elle… Et elle se met à imaginer tout ce qu'elle pourrait faire pour être heureuse.

« D'abord, je cesse de brailler sur moi-même, j'arrête de me prendre pour une victime. Ce que j'ai eu, je l'ai voulu. Brailler ramène pas les morts et donne des rides aux survivants. Agir: le bonheur est dans l'action. Au lieu de faire pitié comme je l'ai fait, trouver une job, changer de job, m'investir dans une carrière, aider les autres… Je me suis repliée sur moi-même, j'ai poireauté et j'ai emmerdé tout le monde avec mon deuil, et là que j'ai pas de futur, il est trop tard, trop tard. »

Elle lui crie à tue-tête:

— André, donne-moi les quarante ans que t'as devant toi! Puisque tu en veux pas, m'a les prendre, moi!

39

Grâce à sa longue-vue, Roméo inspecte la propreté des logements. Il l'utilise non pas par curiosité, mais par pure paresse. Ne se fiant plus à sa mémoire, il note ses commentaires avant de se caler dans sa chaise de jardin, de pencher son menton sur sa poitrine fleurie de bananiers et de palmiers, et de s'offrir le roupillon du travailleur consciencieux.

— Roméo, tu ronfles !

— Hein ?

— Tu ronfles !

— Oui, pis ?

— Ça me choque quand tu me réponds « oui, pis » !

— Ça me choque quand tu me réveilles pour me dire que je ronfle ! Dors donc au lieu de me guetter. Ça dort jamais, les défunts ?

— Je te guette pas pour voir si tu ronfles. Tu ronfles !

— Qu'est-ce que tu veux que je fasse ?

— Tu le sais.

— C'est non !

— Viens me rejoindre. Les âmes ronflent pas.

— Je reste ici. Si je surveille pas, ça prend pas de temps que le cocon devient une soue à cochons.

— On a un contrat : toujours rester ensemble… Tu te rappelles, au pied de l'autel tu m'avais juré…

— … jusqu'à ce que la mort nous sépare ! Pas plus !

Thérèse opte pour une autre tactique.

— Je m'ennuie de toi.

— Sais-tu que… quand t'as défuntisé, j'ai trouvé ça l'fun qu'on continue de se parler, mais je pensais pas que ce serait tout le temps, jour et nuit, même l'après-midi quand je fais mon somme. Du temps de ton vivant, ça s'endurait : je travaillais à' shop, et le soir j'allais à la taverne avec mes chums. Là, c'est tout le temps, toi pis moi, moi pis toi ! Et tu me dis qu'on va être collés de même pour l'éternité ? Sais-tu, sa vieille, je le sais pas si je veux ça, toi sur mon dos pour l'éternité. Des fois, je pense que je vais me mettre à la débauche, je vais brûler la chandelle par les deux bouts pour aller en enfer… tout seul.

— Le petit Jésus sera pas content.

— Le pire, c'est qu'avant que tu flottes autour de moi comme une teigne je pouvais te cacher des affaires. Ah ! pas grand-chose…

— Tes revues cochonnes qui t'aident à te donner des petits plaisirs, par exemple ?

— Tu vois ? Tu sais toutte ! C'est pas vivable sur terre, alors au paradis qu'est-ce que ça va être ?

— Je vais venir te chercher. Je te dis pas quand, mais fais ben attention que je te trouve pas la main où tu sais.

— Je suis pas fou, tu serais capable de me le reprocher pour l'éternité.

Roméo se réveille en sursaut. Avant, il avait la paix quand il dormait. Maintenant, Thérèse habite jusqu'à ses rêves ! Comment s'en débarrasser ? Comment tuer quelqu'un qui est déjà mort ? Entendant le « tututt » de sa défunte, il s'empresse encore de s'excuser, comme il s'est excusé toute sa vie.

André s'installe dans la balançoire. Avec ses vêtements noirs, il a le profil d'un curé. Ce qui rappelle à Roméo les confessions du temps où c'était obligatoire. Il pouvait alors se « décrotter le cœur » à volonté, s'en sentir soulagé comme après une grosse selle. Et s'il invitait André chez lui ?

Dans sa cuisine nickel, Roméo sert à André une bière froide, espérant que sa défunte est en mission au loin, très loin, et qu'elle va lui laisser le temps de se confier. Sa foi est toute simple : l'homme est sur la Terre pour souffrir afin de mériter le paradis. Mais ce qui le dérange, c'est l'éternité. C'est bien long, l'éternité ! Il ne se voit pas passer tout ce temps-là avec sa femme et le père de sa femme, qui le détestait. Il se rappelle aussi son père à lui, son grand-père, deux rustauds qui le traitaient de femmelette. Et si cette idée de retrouver ses morts pour l'éternité était une pure invention de l'Église ?

Les deux hommes boivent d'abord en silence, puis Roméo plonge malgré sa timidité à se raconter :

— Je suis né à la campagne, j'étais le deuxième de deux. Le seul gars. Pas doué pour les études ; en tout cas, c'est ce que mes parents me répétaient à longueur de journée. J'ai quitté l'école à douze ans pour travailler au champ. À seize ans, écœuré de pelleter du fumier, je suis parti pour la grande ville sans une cenne en poche. J'avais un oncle qui habitait rue Poupart. Un débardeur et un grand sacreur devant l'Éternel. Israël de son p'tit nom. Il faisait pas qu'utiliser les accessoires d'église, il les conjuguait, s'en servait chaque fois que le mot précis lui venait pas. Israël avait une fille, une seule, Thérèse, et c'est lui qui l'élevait puisque tante Georgette était morte en couches. Son père la gâtait pourrie. Lui qui faisait peur à tout le monde devenait un mouton dès qu'il passait la porte. Sa fille le faisait tourner autour de son petit doigt. Je suis tombé ben raide en amour avec ma cousine. Faut dire que, dans mon temps, les cousines étaient les seules filles à qui on avait accès. Elles servaient à déniaiser les cousins. J'étais un beau gnochon, j'avais jamais vu de fille comme elle. Contrairement à ma sœur, elle semblait sortir du catalogue d'Eaton. Thérèse, qui avait eu des règles tardives et dont les seins et les fesses commençaient à peine à fleurir, se servait de moi pour évaluer ses charmes. C'était une agace-pissette. Un petit trou dans son chandail, que je la soupçonne d'avoir fait elle-même, à la hauteur de son mamelon, me donnait des sueurs. Un matin, la vois-tu pas qui se met à se promener de la salle de bain à sa chambre en brassière et petite culotte. J'ai sauté sur elle, je lui ai mis ma langue dans la bouche. Je m'attendais à ce qu'elle gigote pour me repousser. Ça aurait été ben facile, j'étais pas gros. Ben non, elle est devenue toute molle, prête à tomber dans les pommes. J'ai continué à toucher aux fruits défendus, à lui laver les dents avec ma langue.

Roméo arrête un moment, goûtant à nouveau ce souvenir. André, mal à l'aise, se demande bien pourquoi il reste là à l'écouter. Roméo sort de sa douce réminiscence et, sans regarder son interlocuteur :

— Son père m'a pogné en flagrant délit d'abuser de sa fille – du haut, pas du bas ! Il m'a pris par le collet et le fond de culotte et y m'a crissé à la porte. Thérèse s'est arrangée pour me revoir. C'est elle qui a voulu qu'on couche. Elle me disait : « Si j'suis en famille, mon père pourra pas s'objecter à notre mariage. » J'avais juste dix-huit ans. Ce qu'on faisait ensemble, c'était ben le fun, mais j'étais pas sûr que c'était ça, l'amour. J'avais pas connu d'autres filles et je pouvais pas savoir si c'était de l'amour ou de la commodité. À cet âge-là, c'est plus commode côté sexe d'avoir une blonde régulière que d'en chercher une et de pas en trouver la plupart du temps. Notre relation a duré jusqu'à ma majorité. Mon oncle est mort d'une crise cardiaque, en train de forcer sur la toilette. Thérèse voulait qu'on se marie. On l'a fait. Elle a trouvé une job de vendeuse chez Dupuis Frères. Son rêve aurait été Eaton, mais elle parlait pas anglais. J'ai fini par me trouver une job dans une shop de réparation d'appareils électriques, une job que j'ai gardée jusqu'à ma retraite. Le soir même des noces, Thérèse a cessé dret là d'aimer ça… ben, les joies de l'acte. Moi, qui en connaissais pas plus sur la chose, j'ai accepté sa froideur comme une chose naturelle et j'ai fini par devenir, moi aussi, frette comme un glaçon.

André montre des signes d'ennuis. Pour lui, la vie privée doit rester privée, on ne doit pas la raconter à tout venant. Lui-même n'aurait pas l'impudeur de raconter ainsi sa vie à quiconque. Il termine sa bière en hâte.

— Pourquoi ces confidences ?

— Parce que j'ai besoin de parler. On a beau être dans une ville remplie de monde, on est fin seul.

— Tu n'es pas seul, tu as ta femme qui est constamment avec toi.

— Justement, on est trop ensemble, elle me tombe sur les rognons. Pis là, si je meurs, ça va être pour l'éternité… Ça fait peur en simonac !

André sourit. Décidément, ce brave homme est malgré tout bien sympathique avec sa franchise.

— André… aide-moi, sans ça je vais virer su' l'top.

— Il faut te distraire.

— J'ai pas une cenne qui m'adore.

— Tu as du temps.

— Oui, ça j'ai ça. Pas marié, pas d'enfants, j'ai du temps à revendre.

— Vends-le pas, donne-le.

— À qui? Je connais personne en dehors du cocon pis j'ai assez travaillé, je suis à la retraite.

— Je ne parle pas de travailler de neuf à cinq, mais de rendre service à des gens plus démunis que toi.

— Rendre service, je suis pas fort là-dessus. On m'a-tu rendu service, à moi?

— Essaie. Il y a trois hôpitaux pas loin d'ici. Va offrir ton temps comme bénévole.

— J'haïs les hôpitaux, ça sent la maladie, c'est plein de microbes. Je vais pas aller attraper un virus là!

— Tu peux servir des repas aux itinérants, leur parler.

— Ma défunte voudra pas, tu la connais pas…

Il se penche à l'oreille d'André, lui murmure, comme si Thérèse pouvait les entendre:

— Elle veut m'avoir à elle toute seule. Et quand elle veut quelque chose…

— Toi, Roméo, toi, qu'est-ce que tu veux?

— Qu'est-ce que je veux? Tu le sais, toi, ce que tu veux?

— Oui.

— T'es bien chanceux!

Roméo sort deux autres bières du frigo. Puis, il écoute le silence, s'agite, l'air émerveillé.

— Ça parle au yable, je l'entends plus.

— Je dois lui faire peur.

— Je te lâche pas ta queue de chemise, d'abord !

— Je quitte le cocon cette nuit, pour toujours.

Roméo n'a pas le temps de réagir à cette nouvelle qu'un grand boum se fait entendre au rez-de-chaussée.

— Bon, Simone qui est sur la brosse !

40

La cuisine est sens dessus dessous. L'armoire de rangement en tôle est renversée. Casseroles, moules à gâteaux et Tupperware sont éparpillés sur le plancher. Bouteille de vodka en main, Simone tente tant bien que mal de redresser l'armoire. La faisant retomber, elle rigole puis s'envoie une grande goulée de vodka derrière la cravate. Façon de parler, puisqu'elle porte une jaquette imitation léopard. Apercevant soudainement les visages intrigués de Roméo et d'André dans la porte vitrée, elle sursaute et s'étale de tout son long. Les deux hommes entrent en vitesse. André aide Simone à se relever, et celle-ci lâche ce rire mou de ceux qui ont trop bu.

— Je suis pas soûle !

— Ça y arrive pas souvent, mais quand ça y arrive, elle est pas belle à voir.

— Toi, Roméo, va retrouver ta défunte. André va prendre soin de moi.

— Je vais t'aider à ramasser et après… aie pas peur, je sacre mon camp.

— Je veux pas te voir, Roméo. Sors d'ici ! Ouste !

Roméo sort sans renchérir. André ôte la bouteille de vodka des mains de Simone, puis l'aide à s'asseoir.

— Tous les mêmes ! Je peux plus en voir un. Je dis pas ça pour toi, André, toi c'est pas pareil… Oh, je pense que je vais être malade !

Les mains sur la bouche, Simone se rue vers la salle de bain. André remet un peu d'ordre dans la cuisine. Le bruit des vomissements lui donne la nausée.

« L'alcool m'a soulagé au début de mon deuil. Moi qui ne buvais que du vin – et encore, un verre le soir en mangeant, et pas tous les jours –, je me suis mis à boire de la vodka à la journée longue. Le premier verre me donnait une bienfaisante hébétude, mais après trois verres, je tombais dans une sorte de torpeur et, curieusement, le quatrième verre, au lieu de m'assommer me rendait dépressif. C'est au fond d'une bouteille que l'idée de mettre fin à ma vie a germé. »

Retour de Simone qui, titubante, reprend d'autorité sa bouteille pour la replacer dans le congélateur avec les autres. André retraite.

— Je peux partir, maintenant, te laisser seule…

— NON !

Le cri sort directement de ses entrailles. André hésite :

— J'ai une mission qui ne peut plus attendre. Il est impératif que…

— Pis moi ?

« C'est un tout petit "pis moi". Celui d'une enfant en manque d'amour, le même que celui de ma plus jeune quand elle croyait que je lui préférais sa sœur. »

— Qu'est-ce que je peux faire pour toi ?

— M'écouter.

— Le cocon est plein de gens à qui tu pourrais te confier.

— C'est ce que tu penses. Ils me méprisent tous parce qu'il m'arrive de manquer à ce point d'amour que j'en commande comme on commande une pizza. Un amour, un ! Je suis tellement seule ! Si tu savais ce que c'est qu'être seule au monde.

— Je le sais.

— Non, tu le sais pas. Un homme est jamais seul. Il a qu'à lever le petit doigt et il peut avoir toutes les femmes, tandis que moi j'en suis rendue à me servir des clubs de rencontre sur internet. J'ai eu beau fréquenter les bars, j'ai jamais rencontré quelqu'un qui s'intéresse à moi. À moi pour vrai, je veux dire, pas à mon cul. Je m'excuse, mais c'est la pure vérité. Ce que je cherche, c'est pas la passe d'un soir – je déteste ça pour tuer –, c'est l'homme de ma vie. Il y en a pas un maudit qui, dépassé le lit, veut me connaître. Ce qu'ils aiment, c'est mes boules. Une chance que je les ai. Je me les fais enlever et y a pas un homme qui veut coucher avec moi. Je sais pas pourquoi je te conte ça… C'est peut-être parce que tu les regardes jamais, toi, mes seins…

André voudrait bien déguerpir. Subrepticement, il avance vers la porte.

— Oui, oui.

— Tu pars pas, là. Pour une fois que j'ai quelqu'un à qui parler.

Et, sans reprendre son souffle, elle enchaîne :

— J'ai été mariée, une fois.

Elle entraîne André vers une chaise, le force à s'y asseoir. Coincé, il n'a d'autre choix que de se mettre en mode écoute.

— Toujours que mon mari, il m'aimait pour mon corps. Moi, je pensais que c'était pour moi… ben, mon esprit, mon charme, ma bonté, des affaires de même… Faut dire que j'étais un pétard : trente-six, vingt-quatre, trente-six. La Bardot était pas mieux faite que moi, qu'il me disait. Il me montrait à ses chums, qui en bavaient de jalousie. Mais si ta shape te fait trouver un mari, le lendemain des noces, il faudrait que la princesse se change en citrouille. Parce que monsieur, il devient possessif. Ça fait qu'il te fait reboutonner ta blouse jusqu'au cou, il te fait rallonger tes jupes, puis porter des robes larges qu'on voit pas trop tes formes. Je pense que s'il y avait eu des burkas sur le marché, il m'en aurait acheté une pour me protéger de la concupiscence des hommes. Me protéger, mon œil ! Il voulait garder tout ça pour lui. Moi, la folle, j'ai pris sa jalousie pour une preuve d'amour et je me suis caché les charmes du mieux que j'ai pu. Mais c'était jamais assez pour lui : « On te voit toute », qu'il disait tout le temps. J'étais vendeuse de maisons quand je l'ai marié. Une fois que j'ai eu l'anneau au doigt, j'allais dire « dans le nez », il a plus voulu que je me maquille, que je me teigne les cheveux. Il m'aimait naturelle ! Oh ya ! J'étais fidèle, je voulais pas le tromper. Mais il m'a poussée à bout. Tu veux savoir comment ?

— Je ne sais pas…

— Je vais te le dire, d'abord. Lui, c'était un quincaillier. Un petit commerce dans une petite ville. Ben, dès qu'il s'apercevait – il fouillait dans mon agenda – que je devais rencontrer un client, il fermait son magasin pour venir m'espionner. J'y voyais la face dans la fenêtre. Une fois, j'ouvre un placard : il était là, accroupi. Je perdais mes acheteurs, qui trouvaient ça pas drôle du tout. Un jour, je l'ai trouvé sous le lavabo presque enroulé autour du tuyau. J'exagère à peine. Mon client était avec sa femme. En guise d'explication, mon mari m'a accusée d'avoir une liaison avec le mari en question. Sa femme l'a cru. Bonjour l'orage ! Ma vente est tombée à l'eau. J'ai laissé mon mari peu de temps après. Il paraît qu'il s'est remarié avec une planche à repasser laide à faire peur aux oiseaux. Grand bien lui fasse !

Elle soupire, les yeux fixés sur la cuisinière. Croyant qu'elle en a terminé, André se lève, confiant de pouvoir s'éclipser. Mais elle l'en empêche.

— C'est pas le pire. Le pire, c'est que je suis pognée avec un corps de déesse et ça me cause que du trouble.

— Ne te plains pas. Bien des femmes doivent recourir à la chirurgie esthétique…

— J'envie celles qui sont mal faites, derrière bas, œufs miroir en guise de poitrine et le reste à l'avenant. Que je les envie donc ! Elles ont trouvé à se marier, elles, leur mari les laisse se décolleter jusqu'au nombril, elles. Maudites chanceuses ! Ah, je trouve des hommes, ça, j'ai pas de misère. J'ai le tour de les attirer. Un sein qui a l'air de vouloir sortir du soutien-gorge, un peu de transparent là où t'es pas supposé regarder, des talons de six pouces pour avoir le derrière en l'air comme les chattes en chaleur… Je les attire comme du miel, mais ils restent pas. Mon corps leur fait peur. Vraiment, André, je comprends pas les hommes…

— Les hommes ne sont pas tous pareils.

— Montre-le-moi, le différent, je le marie demain.

Elle le regarde si intensément qu'il ressent l'urgent besoin de changer le cours de la conversation.

— Pourquoi bois-tu ?

— Je bois pas. Aujourd'hui, c'est une exception.

— Pourquoi avoir bu aujourd'hui ?

— J'ai pas de comptes à te rendre.

— Très bien, alors, je pars vaquer à…

— Vaque pas, je vais te le dire. Sur mon site de rencontre, j'ai choisi un gars parmi des centaines d'autres. Sa photo est floue, mais sa description est parfaite. Tout ce que je veux : bon, aimable, gentil, propre, romantique. Il cherche une femme proportionnée. But sérieux, c'est écrit. Je lui réponds qu'il peut venir ce soir pour une rencontre amicale. Il arrive. Le pichou ! Une dent sur le devant, maigre comme un cure-dent, pas un poil sur la tête et petit, à peine plus grand qu'un nain. Il ouvre la bouche : une haleine de mammouth.

André éclate de rire, s'imaginant la rencontre, la déception. Simone lui lance un regard oblique.

— Je vois pas ce qui est drôle. C'est le cinquième cette semaine qui se présente sous de fausses descriptions.

— Toi, est-ce que tu te présentes sous ton vrai jour ? Est-ce que tu mentionnes à tes conquêtes électroniques qu'en fait c'est l'amour que tu cherches ?

— Il y a jamais moyen de te parler, toi, coudon !

Simone le pousse dehors, prétextant que son repas est à mettre sur le feu. Déçu de ne pas lui avoir rendu service, André tente une approche qui le surprend lui-même :

— Tu m'invites à souper ?

— Moi, ça ?

— Oui, toi.

— Pour quoi faire ?

— Pour parler, juste parler.

— Ils disent tous ça, mais on sait bien ce que les hommes ont dans l'idée.

— Je te jure que je n'ai aucune, mais aucune idée derrière la tête…

— C'est ça, dis tout de suite que tu ne me désires pas.

— Je ne te désire pas.

— Salaud!

Insultée, elle lui pointe la galerie du doigt. André juge qu'il n'est pas doué pour les relations humaines. Il ne lui vient pas à l'esprit que Simone est une de ces femmes dont les exigences sont si grandes qu'aucun homme ne pourra s'y conformer. En s'éloignant, il remarque que quelques voisins écorniflent à leurs fenêtres. Décidément, il n'est pas fait pour vivre dans un tel endroit. Roméo l'attrape au passage.

— Puis?

— Puis quoi?

— Toi puis elle?

— Moi et elle?

— Vous avez fait l'acte?

— Non! On a juste parlé.

— Je te crois pas, ma défunte m'a dit...

André perd patience devant autant de mauvaise foi.

— Ta défunte est morte, elle ne parle pas...

«Suis-je jaloux parce que, moi, je n'arrive pas à parler avec mes mortes?»

— Je le sais que Thérèse me parle pas vraiment. Je le sais...

André est franchement surpris: un aveu tout de même inattendu!

— Je sais que c'est pas catholique, ce qui se passe entre ma défunte et moi, mais je sais pas comment arrêter ça. Quand elle vivait, elle prenait bien de la place, toute la place. Remarque que je lui avais laissé la prendre, la place. Ça faisait mon affaire qu'elle porte les culottes, parce que moi… Ça fait que je l'ai laissée les porter puis, ben, elle l'a fait. Quand tu prends pas de décisions, t'es pas critiqué, et moi, la critique, je suis pas capable, ça me démolit le moral en deux temps trois mouvements. C'est-tu de l'orgueil mal placé, c'est-tu que j'ai aucune estime de moi-même? Mais j'étais heureux de même. On fittait ben ensemble. Elle runnait, je suivais. Quand elle est morte, j'étais perdu comme un moteur hors-bord sans gouvernail. J'ai pleuré et, au bout d'un mois, je me suis secoué, je me suis dit: «Je vais la ressusciter juste pour moi, dans ma tête, et elle va me dire quoi faire.» Je l'ai-tu trop ressuscitée? En tout cas, elle me lâche plus, c'est l'enfer!

— Est-elle présente en ce moment?

— Non, non, c'est juste quand j'ai personne.

— La solution me paraît très simple. Il faut avoir quelqu'un, quelqu'une…

— Elle voudra jamais.

Roméo lui fait signe de se taire au cas où sa défunte viendrait mettre son grain de sel dans leur conversation. Les yeux au ciel, Roméo attend une bonne minute avant de reprendre:

— Le grand amour, j'ai pas connu ça. Toi, tu l'as connu?

Embarras d'André, lui qui jusqu'ici a su se dérober aux questions personnelles.

— Le grand amour, on s'aperçoit qu'on l'a eu quand on ne l'a plus.

— Mais si on est certain qu'on l'a pas eu, on peut le chercher. C'est pas défendu. Ça enlève rien à ma défunte. Mais où c'est que je vais trouver ça? Le grand amour, ça court pas les rues.

André a soudain une idée qui lui paraît géniale.

— Le bonheur est souvent à la portée de la main. On le cherche loin, ailleurs, et il est là, à deux pas. Ici même, dans le cocon…

— Pas Blanche! Elle est ben trop vieille!

— Il y en a d'autres.

— Pas Jessica. Elle est bien que trop jeune, pis ses gars, des terreurs…

— Il y en a d'autres…

— Pas Nicole, elle a des enfants. Je suis trop vieux pour élever des enfants, surtout des ados.

— Il y en a d'autres…

— Les lesbiennes, j'ai pas de chances.

— Et Simone?

— Ben non!

— Pourquoi pas? Vous êtes du même âge, retraités tous les deux. Sans enfants…

— Elle veut pas un homme, mais un régiment.

— Elle te veut toi…

— Depuis quand?

— Depuis toujours.

— Tu veux rire de moi?

— Je ne ris jamais des autres.

— Pourquoi elle me l'a pas fait savoir?

— Avant, tu étais marié, après, t'étais en conversation avec Thérèse. Elle ne voulait pas s'imposer. Simone t'aime, Roméo.

— Je suis sur le cul! Elle m'aime, moi? Pourquoi elle me le dit pas?

— De peur de ne pas être aimée en retour.

André a un peu honte de son mensonge, mais il trouve idiot que ces deux-là vivent chacun de son côté alors qu'ils pourraient vieillir ensemble.

— Qu'est-ce que je fais, astheure que je sais ça ?

— Tu essaies de lui trouver des qualités. Elle en a beaucoup.

— J'en vois pas une seule.

— Elle t'adore, c'en est déjà une.

— T'es ben certain de ça ?

— Elle me l'a dit tout en me faisant jurer de garder le secret.

— Moi qui pensais que j'étais pas aimable. C'est ce que ma défunte me dit toujours : « Il y en a pas une autre qui va vouloir de toi. »

— Il y a Simone.

« Ce mensonge me rappelle ceux que j'ai dits à Sophie pour son bien, à mes filles aussi. La vérité est si crue, si violente, parfois, qu'il faut la maquiller pour la rendre présentable... »

— En passant, André, ça me fait-tu bien, mes bermudas avec mes chemises fleuries ?

— Non.

— C'est ce que je pensais, mais Thérèse trouvait ça beau. Je vais aller magasiner avec Simone. Elle va m'habiller à son goût.

— Pas si vite !

— Avec toi, d'abord.

— Je ne peux pas. J'ai un rendez-vous important. Oh, avant de partir, je veux te dire que je te trouve très bien, comme homme. Je comprends l'attirance de Simone.

— Puis une petite peignure à la mode, me semble que ça me ferait pas de tort. Une teinture peut-être ?

— Adieu !

— C'est ça, au revoir, mon ami ! Merci !

André retourne chez Blanche en se demandant pourquoi il s'est mêlé de ce qui ne le regarde pas, lui qui, depuis un an, est centré sur sa souffrance.

« J'en ai marre de ceux qui passent à côté du bonheur. Simone et Roméo se meurent d'être heureux et ils restent seuls, enveloppés bien serré dans leurs idées préconçues, à attendre que le bonheur leur tombe dessus. Le bonheur ne se gagne pas à la loterie ! Ce n'est pas un bienfait mystérieux accordé à quelques privilégiés. Le bonheur se cultive, et j'allais le récolter moi-même quand ma vie a été vidée de son essence par une vague meurtrière. »

Il se revoit accroché au poteau du balcon, oubliant les siens, ceux qui comptaient plus que sa vie. À nouveau, sa culpabilité refait douloureusement surface.

« Je loue une automobile, je m'emboutis sur un mur de l'autoroute. Tout de suite ! Non… je ferais mieux d'attendre la nuit, je risque moins de provoquer un accident. »

Au milieu de l'escalier, Roméo s'étire le cou vers la fenêtre de Simone, qui habite le rez-de-chaussée. Elle doit s'être couchée pour récupérer de son abus d'alcool. Il remonte, s'assoit sur sa chaise de jardin. Il fait bien quelques centimètres de plus tant son dos s'est redressé. On lui voit même quelques dents. Il est plein d'espoir.

Chez Blanche, André se douche tout en évaluant le meilleur moment pour son suicide.

« Après minuit, les autoroutes sont quasiment désertes. Avant de disparaître, je vais pouvoir terminer ce que j'ai commencé avec Roméo et Simone. »

41

En début de soirée, André frappe à la porte de Simone. Aucune réponse, mais une musique latino qui résonne. Il prend alors l'initiative d'entrer : dans le cocon, les portes sont rarement verrouillées.

— Simone ?

Dans le salon, en boubou, la tête couverte de gros bigoudis, Simone s'exerce à la salsa en suivant les instructions d'un DVD. Elle sursaute en apercevant André et cache de sa main ce qu'il y a de plus obscène chez une femme : les bigoudis. En balbutiant des excuses, elle se rue vers sa chambre. André baisse le son de la musique et se cale dans un fauteuil.

Au bout de dix minutes, Simone revient coiffée, vêtue d'un tailleur gris souris et de ses souliers de sœur. Dans sa liste de pièges à hommes, la fine lingerie sous des vêtements austères est au premier rang.

— Comment ça va, maintenant ?

— Ça va…

André, qui l'a vue pompette il y a quelques heures, s'étonne qu'elle soit en si bon état. Simone se demande si elle n'a pas dit trop de bêtises compromettantes quand elle était soûle.

— Tu apprends la salsa ?

— Il y a une fille que je connais, elle a trouvé l'amour en allant danser la salsa. Alors je me suis dit, je vais l'apprendre, on sait jamais. J'ai mon voyage des cyberclubs de rencontre. Comme si en quatre lignes on pouvait se décrire, comme si en quatre lignes je pouvais trouver l'âme sœur.

— Qu'est-ce que tu entends par « âme sœur » ?

— Bien là…

— Qu'est-ce que tu recherches chez un homme ?

— L'amour, c't'affaire !

— C'est quoi, l'amour, pour toi ?

— Je le sais-tu, moi ? L'amour, c'est l'amour.

— L'amour, c'est être bien avec quelqu'un, être sur la même longueur d'onde, avoir un lien simple et direct fait de bienveillance et de sérénité.

— Oui, tu l'as… c'est bien dit.

— Et tu crois trouver l'amour en dansant la salsa ?

— Non, hein ?

— Non. As-tu essayé de regarder autour de toi, ici même ?

— Il y a pas d'homme, ici, je veux dire pas d'homme à mon goût.

— Comment peux-tu le savoir ?

— Pas Guillaume ! Il est ni aux femmes ni aux hommes, il est à sa petite personne. Son corps, ses muscles, son nombril, c'est tout ce qui l'intéresse.

— Et puis il est marié et trop jeune pour toi.

— Quoique ça, c'est pas un empêchement. Prends Gerry avec ses poupounes. Pourquoi une femme ferait pas pareil ? Il y a Sylvain, mais je pourrais pas le changer de bord même si je faisais une neuvaine à saint Joseph. L'homosexualité, c'est pas une affaire de volonté.

— Il y a Roméo.

— Le fou?

— Il est loin d'être fou.

— Trop vieux.

— Il a ton âge.

— Un homme de soixante ans, c'est dix fois plus vieux qu'une femme du même âge. Pis moi, des bermudas et des chemises fleuries, puis des bas golf dans des sandales… non merci!

— L'habit ne fait pas le moine.

— Jamais dans cent ans! Plutôt mourir montée en graine! Roméo, pouah!

— Il t'aime.

Simone regarde son interlocuteur d'un air éberlué et question de tester le sérieux de cette énormité.

— Répète ça pour voir?

— Il me l'a dit.

— Pourquoi il me le dit pas à moi?

— Il a peur de faire rire de lui. J'aurais peur, moi aussi, tu as tant d'esprit.

«Ne pas aller trop loin, sinon elle pourrait se douter que je lui mens.»

— Seigneur, qu'est-ce qu'il peut bien me trouver?

«Elle va à la pêche. C'est bon. Eh bien, mordons.»

— T'es belle, séduisante, intelligente, spirituelle, drôle, généreuse, douce, et c'est sans parler de ton corps… une vraie déesse!

«Là, j'y vais un peu fort!»

— Tu trouves que j'ai un beau corps?

— Non! Lui! Lui, il trouve ça…

— Et toi?

— Moi, je pars ce soir… pour longtemps.

— Il te reste une petite heure, au moins?

— Même pas. Le temps de saluer tout le monde et je disparais.

— Je suis malchanceuse. Je trouve quelqu'un à mon goût, ou bien il est marié, ou bien il s'en va.

— Roméo est seul, t'es toute seule. Quoi de mieux que d'unir vos deux solitudes?

— Si c'est pour faire comme le Canada et le Québec.

— L'amour est un échange…

— … où la femme perd au change…

— Un couple, c'est deux personnes qui tentent de lier leur existence, de partager leur intimité.

— Pas avec Roméo. Moi, les ménages à trois… Tu nous vois, sa défunte, lui et moi?

— Et s'il n'y avait plus de défunte?

— Il l'a slackée?

— Si on veut. Il ne lui parle plus.

— Ouais… Non, les bas bruns dans les sandales, je peux juste pas.

— Il veut te confier le choix de sa garde-robe.

— Ah oui? T'es sûr de ça?

« Un dernier mensonge et après… terminé. »

— Il t'aime et tu l'aimes aussi. Quelque part en dedans de toi, il y a de la tendresse, de l'affection qui ne demande qu'à se transformer en amour. Laisse émerger l'amour en toi. Et, une fois qu'il est là, laisse-le s'épanouir. Il faut profiter de l'amour quand il passe et bien le cultiver pour qu'il dure.

— Je vais y penser.

42

De retour dans sa chambre, André est content. Pas seulement content : heureux d'avoir fait une bonne action avant la fin.

« Quel plaisir que de penser aux autres, de leur faire du bien. Je vais partir le cœur léger. Où est Blanche ? »

Il lui faut s'assurer qu'elle n'a pas divulgué son secret et surtout que, demain, elle saura se taire. Il la retrouve au salon, endormie dans son fauteuil berçant, recroquevillée telle une poupée de chiffon. Il la regarde avec tendresse, il la remercie dans son cœur de ne pas l'empêcher de partir. Et d'être discrète. Il se penche vers elle, puis effleure sa joue fanée d'un baiser.

— Fais pas ça, mon ti-gars !

— Je ne peux pas vous embrasser ?

— Te suicider. Fais pas ça.

— N'insistez pas.

— Tu vas pas les revoir au ciel ; le ciel existe pas, pas plus que l'enfer. C'est juste une invention pour nous mettre au pas.

— Je ne veux pas nécessairement les retrouver.

— Tu m'en diras tant !

— Je vous le jure. Je veux mourir parce que je n'ai plus de raison de vivre, c'est aussi simple que ça.

— Pis moi?

— Bien… vous, vous vous débrouillez très bien sans moi. Vous êtes le tyran du cocon, et les tyrans ont une raison de vivre : leurs victimes.

— Moi, je suis… un tyran?

— Mais oui, tous les coopérants ont peur de vous, de vos jugements, de vos crises de colère, de vos caprices. Même moi, en ce moment, j'ai peur de vous perdre comme amie parce que j'ose vous dire la vérité.

— Je fais peur, moi?

— Dans la vie, soit on fait peur aux gens, soit on est aimé. Vous avez choisi ce qui vous convient. Vous êtes parfaitement heureuse.

— Non!

— Vous n'êtes pas heureuse de faire peur?

— Non.

— Alors pourquoi le faites-vous?

— Je suis bâtie de même.

— Vous vous êtes faite tyran pour vous protéger du mal qu'on pourrait vous faire. Mordre avant d'être mordu.

— De quel droit tu me dis mes quatre vérités?

— Du droit de celui qui n'a plus rien à perdre. Blanche, il est encore temps de redevenir la jeune femme que vous étiez…

— Je peux pas redevenir jeune. Pis c'est moi la plus vieille, ici dedans. C'est moi qui dois donner les conseils.

Devant une telle mauvaise foi, André éclate de rire.

— Pour un homme qui va se suicider, t'es pas mal de bonne humeur.

— J'aimerais que vous me promettiez…

— Je promets rien. Avec toi pour me coacher, je pourrais peut-être arriver à me conduire comme une vieille dame distinguée et gentille, mais sans toi, je réponds de rien.

— Ce que je dis, c'est pour vous.

— Moi aussi, ce que je dis, c'est pour toi. La vie a encore de bons côtés, comme savourer la victoire d'avoir adouci mon caractère.

— Je regrette, mais mon idée est faite.

— Je vais le dire à tout le monde, ce que t'as l'intention de faire !

— Ça n'empêchera rien.

Ils se mesurent tels des coqs de combat, sachant tous deux qu'ils ont la tête dure. Au bout d'un moment, André bat en retraite vers sa chambre. Il est lui aussi à court d'arguments. Il s'assoit sur le lit, la tête entre les mains. Attendre ainsi jusqu'à minuit, seul. Des coups à sa porte le sortent de ses pensées.

— Quoi, encore ?

— C'est les petites jeunes femmes, tu sais, les amoureuses, ben… les lesbiennes. Elles veulent absolument te parler.

André hésite, mais sa curiosité est grandement titillée. Il ouvre la porte.

— Je voulais vous dire, Blanche, merci de votre écoute. Vous êtes la seule personne au monde à qui j'ai pu parler de ma souffrance.

— Elles sont dans le salon. Mais aie pas peur, je vais dans ma chambre : j'écouterai pas.

« Les lesbiennes. Qu'est-ce qu'elles peuvent bien me vouloir ? »

— Oui?

— Moi, c'est Samira!

— Moi, c'est Alanis. On habite juste là, en face. On vit en couple depuis cinq ans. Samira, parle!

— Non, toi.

— Non, toi.

— Qu'est-ce que je peux faire pour vous?

— Un bébé!

Ce cri à l'unisson embarrasse André, qui s'appuie contre le faux tablier du foyer où trône un chat empaillé, le prédécesseur de Minoune.

«Elles sont complètement folles!»

— Tu dois croire qu'on est détraquées, mais non. On a tout simplement l'envie très forte d'être mères toutes les deux et on est dans notre période fertile…

— Je comprends, mais vous n'avez pas besoin de coucher avec moi ni avec un autre homme. Il y a des banques de sperme pour ça.

— On croit toutes les deux qu'un enfant a besoin et d'un père et d'une mère pour s'épanouir; dans ce cas-ci, l'enfant aurait un père et deux mères. On te déchargerait bien entendu de toutes les responsabilités financières, mais notre bébé saurait que, quelque part, il a un père, un père dont on lui parlerait comme d'un homme tendre, doux et généreux, ce que tu es.

— Je suis flatté de votre offre, mais c'est tellement inattendu…. Ça n'a aucun sens!

— Parle-lui, Samira.

— Non, toi.

— Je suis née petite dernière de treize. J'ai beaucoup de neveux et nièces, c'est dire que j'adore les enfants… Je peux pas imaginer ma vie sans enfants.

— Moi, je suis une fille unique, j'ai pas connu mon père. Je rêve de fonder une famille… la famille que je n'ai pas eue et qui m'a tant manqué.

— On ne peut pas imaginer notre vie de couple sans enfants.

— Il y a l'adoption.

— On veut être mères! Porter un enfant dans notre ventre… et savoir que le père est un homme honnête qu'on connaît.

— Il y a sûrement d'autres moyens…

— On préfère la méthode naturelle.

— Tu choisis l'une ou l'autre selon tes préférences, c'est à ta discrétion. Quant à nous, on considère que ce sera pas pire que de subir un traitement de canal.

« Non, mais je rêve! Pincez-moi, quelqu'un! Je suis dans un vaudeville! »

— On t'a beaucoup étudié depuis ton arrivée dans le cocon et, vraiment, tu as toutes les qualifications pour être le père de notre enfant.

— Je regrette de vous décevoir, mais c'est non…

— On te dégoûte?

— Pas du tout.

— Un homophobe! C'est ça, on est tombées sur un gars qui haït les lesbiennes…

— Une hétéro me proposerait le même marché que je refuserais.

— Tu es gay!

— Non!

— Parle-lui d'argent.

— Non, toi.

— On peut aller jusqu'à cinq mille dollars, s'il y a un résultat, évidemment, et si, toutes les deux, on devient enceintes… Deux, ça double nos chances, et c'est pas impensable pour nous d'avoir deux enfants. Même qu'être enceintes en même temps serait génial.

— Je ne veux pas !

André a crié si fort que les deux jeunes femmes en restent saisies. Elles se consultent du regard : tout n'est pas perdu !

— Qu'est-ce que c'est, pour toi, de nous donner quelques spermatozoïdes ? T'en fabriques des milliers chaque jour. C'est quoi, les déposer dans nos nids pour nous féconder : tu les déposes bien dans des Kleenex… des Kleenex que tu jettes à la poubelle.

André, qui n'en revient toujours pas, opte pour un ton doux mais ferme.

— C'est non.

— Je te l'avais dit, qu'aucun homme serait assez généreux pour nous donner la plus grande joie de notre vie. Pleure pas, Alanis.

Alanis a d'abord claqué des dents, sa bouche s'est plissée et la digue s'est ouverte. Affalée sur le sofa, elle arrose de ses larmes le coussin à franges dorées de Blanche. Samira décoche un regard meurtrier à André. Elles sont si naïves, si pitoyables qu'il est ému.

— Bon, je vais y penser.

Les jeunes femmes sautent sur lui, le bécotent.

— Si… je dis bien si… si jamais je me décidais, je ne veux pas d'argent et je ne fertilise qu'une des deux. À vous de choisir laquelle. Et si mes spermatozoïdes ne font pas leur devoir, je ne recommencerai pas, c'est un one shot ! Mais laissez-moi encore une heure pour y réfléchir.

Il les raccompagne à la porte en évitant de les regarder. D'autant que toutes les deux sont superbes, avec des corps à faire pâmer les hommes. Une fois la porte refermée, la situation le fait crouler de rire. Il se voit en cultivateur en train de fertiliser un champ. Il se souvient de sa mère lui expliquant les mystères de la naissance par l'allégorie de la petite graine.

« C'est absurde ! C'est farfelu ! Rocambolesque ! Et pourtant, je comprends tellement ce désir des femmes d'enfanter. Je suis cruel de les faire poireauter alors que je sais très bien… Mais non, je ne suis pas si certain. Qu'est-ce que ça m'enlève ? Ça ne m'enlève rien, ça m'apporte le bonheur de les rendre heureuses avant de partir. Ça me donne, soyons franc, le plaisir de coucher, euh… de placer dans un nid de quoi fabriquer la vie. Je ne suis pas honnête. S'il s'agissait de deux matrones velues et pansues, la question ne se poserait même pas, alors que deux belles filles, lesbiennes en plus… Tout un défi pour un seul homme.

« J'ai honte de mes pensées. Comme si de ressentir du désir était une trahison envers mes chères disparues. Je ne les trahis pas, je fais une bonne action et, en plus, je m'offre un petit plaisir. Ça, c'est plus honnête. D'un côté, ces deux femmes n'ont pas demandé à être lesbiennes et, à ce que je sache, le désir de maternité et de paternité demeure malgré l'orientation sexuelle. De l'autre côté, il y a moi et mon désir ardent de faire le bien avant d'en finir. Ardent ? Est-ce le bon mot ? Et mon désir de mourir, lui, est-il toujours aussi ardent ? C'était clair et simple quand je me suis jeté devant l'autobus, mais maintenant tout se complique. On dirait que le cocon m'est maléfique, qu'il m'empêche de mettre mes plans à exécution. On jurerait que les membres du cocon se liguent tous contre moi pour que je vive. Non ! Je ne vais pas vivre ! Mais je peux bien rendre deux femmes heureuses avant de partir. »

Derrière la tenture, Blanche hésite avant de sortir de sa cachette. Puis, n'y tenant plus, elle se fait voir à André, qui n'en est nullement surpris.

— Puis ?

— Ça ne vous regarde pas.

— Sois poli, jeune homme. Je suis une vieille femme.

— Belle excuse pour espionner, cachée derrière la draperie. Vous ne deviez pas essayer de vous améliorer ?

— Je pouvais pas manquer ça ! Pis ?

— La curiosité vous rajeunit. Vous ne vous voyez pas les yeux en points d'interrogation.

— Entre toi pis moi pis la boîte à bois, c'est mieux faire l'amour à trois que de se tirer une balle dans la tête, non ?

Il rit et, en même temps, il a honte. Honte de s'amuser alors que les trois femmes de sa vie sont mortes. Honte de trouver un peu de goût à la vie. Honte de toujours remettre son suicide comme s'il ne croyait plus à son absolue nécessité.

— Blanche, je ne sais plus quoi faire. Je suis mêlé.

— Veux-tu un câlin ?

Elle lui ouvre les bras. André se blottit comme il peut dans les bras si frêles de Blanche. Elle lui fait des « ah, ah, ah » et le berce tout doucement en lui tapotant le dos.

— Pauvre ti-gars ! Tout le monde l'aime et lui, il trouve ça dur.

André n'entend pas le sarcasme, trop obnubilé par son dilemme.

43

Chez Alanis et Samira, la tapisserie est semée de fleurs, la nappe en plastique est à fleurs, les tasses, les assiettes ont des motifs floraux. Au centre de la table, des pivoines artificielles. Dans le salon, encore des fleurs sur les murs, le divan, et même le tapis. Pour racheter le tout, une lampe Berger diffuse l'odeur sucrée des roses. On jurerait qu'il y a derrière cette orgie de fleurs la volonté de prouver qu'une lesbienne est une fille, pas un gars manqué, comme le laisse croire la rumeur populaire. Peu de traces des origines respectives des « colocs », comme si l'homosexualité était en soi une origine.

Dans la cuisine bien rangée, elles attendent autour d'un pot de limonade à fleurs et d'une jarre transparente contenant des biscuits maison roses et verts. Elles se tiennent la main au-dessus la table, jetant souvent des regards anxieux vers l'horloge en forme de marguerite.

André apparaît et elles se lèvent rapidement, comme des criminelles avant le verdict du jury.

— Je pars pour toujours…

Elles se rassoient aussitôt, totalement démontées.

— Mais avant de partir, bien… si votre proposition tient toujours…

— Elle ou moi ?

— Moi, moi, moi !

— Non, moi, moi, moi !

— Les deux, alors !

André est très flatté. On peut être suicidaire et n'en être pas moins un homme.

— Les deux, l'une après l'autre…

— Moi en premier !

— Non, moi !

« On ne va quand même pas tirer à la courte paille. »

André se jure de ne raconter à personne sa… performance. On ne le croirait pas de toute façon. Alanis lui prend la main et l'entraîne vers la chambre, aussi fleurie qu'un salon funéraire.

— Merci de m'avoir choisie. J'aurais pas pu attendre de l'autre côté de la porte.

« Je ne l'ai pas vraiment choisie… C'est un service que je rends, pas un plaisir que je prends. »

— Eh bien ?

— Eh bien quoi ?

— Procédons.

« On ne peut parler ici de préliminaires, de caresses, de faire l'amour. Il s'agit de copuler dans le but de procréer. Point. »

— Oui, procédons. Au-dessus ou en dessous ?

— De toi ?

— Non, du couvre-lit.

— Ce qui sera le plus efficace.

— Je me déshabille ?

— C'est plus pratique.

Alanis fait glisser son jean et retire le reste alors que, le dos tourné, André défait lentement sa ceinture. Apercevant son reflet dans le grand miroir sur pied, il se revoit à vingt ans avec Sophie, qui lui avait demandé de lui jurer fidélité. Et il avait juré. Il était si amoureux.

— Je suis prête !

Sans regarder vraiment la nudité de la jeune femme, André boucle sa ceinture, s'excuse et, en vitesse, quitte la chambre, traverse la cuisine, le salon. Au passage, il lance à Samira en guise d'excuses maladroites :

— Je suis allergique aux fleurs !

44

André n'en revient pas de l'absurdité de la situation. Piteux, il se jette sur son lit. Il a heureusement pu éviter le feu des questions de Blanche, qui dort déjà. Il sombre dans un lourd sommeil.

Il est passé minuit quand un crissement de pneus le réveille. Sûrement un accident! Il enfile la robe de chambre en velours couleur rideaux de théâtre de feu l'amant de Blanche et court vers la rue.

Minoune, la chatte de Blanche, gît au milieu de la chaussée, écrasée comme une crêpe. André n'a jamais aimé les chats, et encore moins cette chatte obèse qui crachait de dégoût à son approche. Pire, un jour qu'il avait laissé ouvert son sac à dos pour l'aérer, elle y avait déposé ses crottes comme pour l'insulter. Son premier réflexe est de quitter la scène du meurtre, parce qu'il est évident que la chatte a été assassinée par un chauffard. Néanmoins, par respect pour Blanche, il enlève la dépouille de la rue pour la mettre dans un sac de papier qui roulait au gré du vent. Que faire de ce cadavre poilu? Il cherche des yeux une poubelle, n'en voit pas: ce n'est pas jour de ramassage. Au cocon, il y a des poubelles vertes dans le passage menant à la ruelle. Jeter Minoune qui refroidit dans celle de Blanche? Il hésite. Le choc de la découvrir pourrait la tuer raide. Il retourne chez Blanche qui, assommée par les somnifères, fait des «poufs, poufs» avec sa bouche. Le sang s'égouttant du sac de papier dessine des pastilles rouges sur le carrelage de la cuisine. André tourne en rond, ne sachant trop quoi faire de la chatte, se doutant bien que Blanche va vouloir lui faire ses adieux.

Le sac est devenu tout rouge. Où le fourrer? Il a une idée: congeler l'animal pour l'empêcher de saigner et, ainsi, le conserver jusqu'au matin. Aussitôt dit, aussitôt fait. Minoune se retrouve dans le congélateur! Satisfait de sa solution, André efface les gouttes de sang. Il se souvient soudain qu'il devait louer une auto et l'emboutir sur un poteau d'une autoroute.

«Trop tard! Demain matin sans faute!»

Le lendemain matin, un cri de mort le tire de son sommeil. Blanche a visiblement trouvé sa chatte congelée. À la cuisine, il la trouve serrant contre elle la dépouille raidie.

— Qui c'est l'écœurant qui a fait ça?

— C'est moi.

— T'as tué Minoune!

— Non, je l'ai trouvée morte, écrasée. La congélation, c'était pour que vous lui fassiez vos adieux.

— Ma Minoune!

— Elle n'a pas souffert. Je vous jure. J'ai entendu une auto freiner, puis repartir, je suis sorti en courant, je l'ai vue là dans son sang. Je l'ai prise dans mes bras. C'était fini.

«C'est complètement absurde. Je suis là à parler d'une chatte comme si c'était un humain.»

— C'était ma fille.

— C'était un animal.

— Qu'est-ce que t'en sais ? Cette chatte-là savait quand je manquais d'affection. Elle venait coucher avec moi à la place de l'autre… celui qui était vraiment un animal. Octave avait pas la moitié du quart du cœur de Minoune. Puis Minoune, quand elle m'achalait, je lui donnais un coup de pantoufle et elle allait dormir en dessous de la fournaise à l'huile, elle…

— C'était une brave chatte.

— Non, elle était pas fine, elle était haïssable, rancunière, méchante. Elle avait fini par me ressembler. Ma tite fille pleine de poils. J'ai plus rien. Qui est-ce que je vais engueuler ? Quand elle sortait le soir – et elle sortait tous les soirs –, je m'inquiétais de ce qui pouvait lui arriver. De qui je vais m'inquiéter astheure ? Quand elle revenait le matin, poquée, des paquets de poils arrachés, je la traitais de guidoune et elle venait se frôler sur moi pour se faire pardonner. Qui est-ce qui va se frôler sur moi maintenant ? Des fois, quand je lui donnais l'huile de mes sardines, elle me donnait des becs sur le bec. T'as jamais eu ça, des becs de chat ? C'est vaporeux, c'est doux, c'est chaste. Qui est-ce qui va me donner des becs ? Je l'aimais ! Qui est-ce que je vais aimer ? Elle m'aimait ! Qui est-ce qui va m'aimer ?

« Je voudrais lui dire qu'elle peut compter sur moi, que je vais à la rigueur lui donner des becs de chat, que je vais l'aimer, mais je ne peux pas, j'ai ma vie à finir. »

— Vous n'avez qu'à devenir aimable et les gens vont vous aimer.

Et sur ces paroles sorties comme une décharge de mitraillette, André retourne à sa chambre. Il en regarde une dernière fois les murs vert hôpital et extirpe une enveloppe de la poche de sa veste, la plaçant bien en vue sur l'oreiller. Il s'assoit une dernière fois sur le lit, se prenant la tête entre ses mains. Il ne peut plus vivre, il n'en doute pas un seul instant, mais ça ne l'empêche pas de ressentir un regret de partir. Oh, pas vraiment un regret, une nostalgie du cocon et de ses habitants. Plus de Roméo, plus de Simone, plus de Guillaume, plus de petite Kia qui l'appelle maintenant Dédé allègrement, plus de Jessica et ses trois monstres si attachants, si intelligents, plus de Nicole, si directe, si généreuse… Mieux vaut partir sans les avertir. Il sait que, s'il fait ses adieux, on va vouloir le retenir, et il a déjà assez retardé ses plans. Et puis, c'est samedi et le samedi matin est un bon moment pour mourir sur l'autoroute : peu de circulation, donc peu de risques de blesser des automobilistes. Il ramasse ses affaires, endosse son sac et, comme il met la main sur la poignée, on frappe à la porte. Vite, il dissimule l'enveloppe sous l'oreiller, lance son sac à dos au fond du garde-robe.

— Oui ?

— C'est moi.

— Entrez !

— Je ne peux pas, j'ai les mains pleines.

André ouvre et bute contre une immense boîte en carton.

— J'ai pas trouvé de boîte en bois, je me suis dit que celle-là ferait l'affaire, c'est la boîte de ma télé…

— Excusez-moi… c'est que justement…

— J'ai besoin de toi. Je me vois pas creuser un trou pour l'enterrer avec mes bras en baguettes de Chinois et mes petites jambes en parenthèses…

— C'est que je partais.

— Ça prendra pas de temps.

— Demandez à Guillaume ou à Roméo ou à Sylvain. Alanis, elle est forte…

— Non, non, non! Je veux pas d'étrangers à l'enterrement, juste nous deux, ses parents.

André est vraiment contrarié.

— M'aides-tu ou ben tu me laisses enterrer l'amour de ma vie toute seule?

— Bon, OK. Donnez-moi la boîte.

— C'est à peu près temps, elle est en train de m'écrapoutir.

— Où allons-nous l'enterrer?

— En dessous des géraniums de Simone. Ça va me rassurer de la savoir là. Chaque fois que je vais regarder les fleurs, je vais penser à elle.

— En avez-vous parlé à Simone?

— Ça la regarde pas.

— Ce sont ses géraniums.

— C'est ma chatte.

— Oui, mais pour creuser, il faut enlever ses fleurs.

— On vit en coopérative. J'ai droit au terrain tout autant qu'elle. Elle m'a pas demandé la permission, elle, pour planter des fleurs sur mon terrain, je vais pas lui demander la sienne pour enterrer ma chatte. Puis, cet accident-là, c'est la faute à son maudit jappeux. Il a poursuivi ma Minoune jusqu'au milieu de la rue.

— Le chien de Simone n'a rien à voir avec la mort de votre chatte. C'est une auto qui l'a frappée.

— Pourquoi ma chatte sortait juste la nuit? Parce que le jour le chien de Simone courait après elle dès qu'il la voyait. Minoune en faisait une dépression. Je serais pas étonnée qu'elle se soit jetée devant l'auto.

— Non, Blanche. Il s'agit d'un accident.

— Il l'a tuée.

— Vous, quand vous vous mettez une idée dans la tête...

— C'est une auto qui a écrasé Minoune. Mais si Simone avait pas son maudit chien laid, elle serait sortie le jour puis...

— Les chats sont des prédateurs qui chassent la nuit.

— C'est ça, prends pour Simone !

45

Dans la cour, la discussion sur l'enterrement de Minoune s'envenime rapidement. Certains sont descendus en pyjama, d'autres en robe de chambre. On prend parti pour Blanche ou pour Simone, qui défend ses géraniums comme la prunelle de ses yeux. Et puis on oublie vite la pauvre Minoune pour se vider le cœur et étaler les menus conflits sur la place publique. On en arrive à remettre en question l'idée même de la coop d'habitation. Nicole, la nouvelle présidente du conseil d'administration, a beau leur gueuler de se taire, personne ne l'écoute. Dans le cocon, on ne fait pas que mettre ses avoirs en commun, on lave son linge sale en famille aussi.

André a déposé le cercueil en carton sur la balançoire. Jessica, avec ses trois garçons sur les talons, essaie de faire entendre raison à Simone. Celle-ci jappe encore plus fort que son chien. Roméo tente d'apaiser Guillaume, qui jure de ses grands dieux qu'il va faire venir le service de santé si Blanche enterre son chat dans la cour. C'est dangereux pour sa fille. Alanis et Samira boudent sur leur galerie. Sylvain et Roberto sont furieux de se faire réveiller, eux qui travaillent la nuit.

André a bien tenté à quelques reprises de s'interposer, puis il s'est tu : la chicane lui répugne. Il a reculé vers la porte cochère devant cette meute déchaînée. Impuissant, il a pris le parti d'attendre que le feu s'éteigne avant de quitter le cocon. Il les trouve si superficiels de se déchirer pour si peu, lui qui a perdu sa raison de vivre d'un coup de vague meurtrière. Il préfère retourner discrètement à sa chambre, il s'allonge sur le lit et, comme chaque fois qu'il veut fuir une situation indésirable, s'endort.

Quelques heures plus tard, un bruit le réveille, un bruit qui se rapproche de l'entrée de chez Blanche. Ce sont des applaudissements parsemés de cris et de sifflements. Il ouvre la fenêtre, il les trouve tous là à l'applaudir. Nicole les stoppe en sifflant entre ses dents. Puis elle se tourne vers lui avec les mains tendues comme si elle lui offrait un bouquet de fleurs.

— Nos félicitations !

— Quoi ?

D'un geste, Nicole renvoie son monde à ses occupations : elle a la situation bien en mains. Elle le rejoint à l'intérieur alors qu'il fait du café.

— André, assisez-vous.

— Asseyez-vous.

Nicole ne comprend toujours pas quand il corrige son langage.

— On a besoin d'un homme comme vous pour sauver le cocon.

— Ce n'est pas une chicane autour de la mort d'une chatte qui va mettre en péril le cocon, tout de même.

— Non, c'est la vente de la coop.

— Qui a parlé de vente ?

— La moitié des coopérants.

André s'assoit, stupéfait. Forte de ses connaissances, Nicole lui explique comme on fait apprendre ses leçons à un enfant.

— On est tous propriétaires de nos logements. Si la majorité le veut, on peut vendre. Surtout que l'hypothèque sera totalement remboursée le mois prochain. J'ai eu une offre d'une pétrolière qui veut bâtir un garage. Le gros prix. On se met tous riches, ben riches, mais d'un autre côté on perd le cocon, du monde qui se connaissent, j'irais pas dire qui s'aiment, mais qui se tolèrent. Une famille, quoi! Tout à l'heure, quand tout le monde était là, j'en ai profité pour faire une mini-réunion d'urgence et j'ai parlé de la vente. La pagaille! Blanche en a oublié sa Minoune. Moi qui suis capable de faire taire des fêtards le vendredi soir dans mon bus, j'ai perdu le contrôle. Puis une petite lumière s'est allumée juste au-dessus de ma tête: André! Juste à crier «André», j'ai obtenu le silence. C'est là que j'ai pu leur dire ce que je viens de vous dire et vous proposer comme chef de notre clan. L'unanimité! On rit pas, c'est un touriste qui va mener notre barque. Nous autres, on la voit plus, on a le nez collé dessus, mais vous, un étranger, vous savez d'où elle fuit, la barque, et si on doit la vendre ou la garder et la faire rénover.

— Je ne suis pas juriste, mais je crois que je n'ai pas le droit, n'étant pas coopérant, de devenir membre du conseil d'administration et…

— On se marie et vous le devenez… C'est une blague!

— Je pars.

— C'est une manie! À chaque fois que je vous vois, vous me dites que vous partez… puis vous partez pas, puisque vous êtes encore ici.

— Je vous jure que cette fois c'est la bonne. Je pars immédiatement.

Elle comprend à son ton qu'il n'est pas disposé à accepter son plan, mais elle a d'autres arguments dans sa poche.

— Vous partirez après l'incinération.

— L'incinération ?

— De Minoune ! Blanche veut que sa chatte soit incinérée, comme ça elle pourra avoir ses cendres dans un vase à côté de son défunt chat empaillé, puis ça dérangera pas les géraniums de Simone. Ça fait que Guillaume a allumé le barbecue.

— Vous n'y pensez pas !

— Les feux de camp sont défendus par la coop. Le barbecue, c'est permis.

— Brûler la chatte va polluer le cocon, pour le moins l'enfumer. Je vais lui parler, moi, à Blanche.

— Mais vous partez.

— Je lui parle et je m'en vais.

— Je peux vous demander où vous allez ? Votre adresse ?

— Non.

— Je pourrais vous envoyer des nouvelles des gens qui vous ont accueilli comme l'enfant prodigue, ceux qui vous ont nourri, aimé.

— Là où je vais, il n'y a pas d'adresse.

— Un voyage en bateau ?

— Nicole, je pars je ne sais pas où, sinon je vous aurais laissé mon adresse. Je vous remercie. Je vous dois des belles semaines de ma vie.

— Si vous me les devez, eh bien payez… en restant jusqu'à l'incinération. C'est ce soir, à la noirceur.

« Quand on a l'éternité devant soi, en effet, on peut bien attendre quelques heures. »

— Je serai là, mais après…

— Après la cérémonie funéraire, vous pourriez peut-être nous conseiller pour la vente de la coop, puis leur dire que vous les lâchez…

— Je ne les lâche pas. Je… je vais y penser…

— À votre départ ?

— À la vente du cocon.

« Est-ce qu'on va finir par me laisser me suicider en paix ? On dirait une conspiration visant à ce qu'à force de retarder mon geste je finisse par l'oublier. Je n'ai pas demandé à vivre ici, je n'ai pas demandé qu'on m'aime ou même qu'on m'apprécie, je n'ai rien demandé. Que la paix ! Fichez-la-moi, la paix ! »

Il était écrit que Minoune ne serait ni enterrée ni incinérée. Un camion de la Société protectrice des animaux est venu la cueillir. Qui avait averti l'organisme des desseins peu orthodoxes de Blanche ? On ne le saurait jamais. Les lesbiennes, coupables ou non, porteraient l'odieux de la délation. Les membres du cocon, débarrassés d'une cérémonie qu'ils jugeaient ridicule, ont pu tenir une assemblée sous les étoiles filantes. C'était le temps des perséides.

Après les plaintes et les lamentations d'usage, qui ont duré jusqu'à une heure du matin, André, à l'invitation de Nicole, a pris la parole. Il les a tous remerciés pour leur bonté à son égard et leur a appris qu'il devait partir pour ne plus jamais revenir.

— Concernant le cocon…

Tous sont attentifs, dans l'attente de solutions à leurs problèmes, de réponses à leurs questions.

— … il n'y a qu'une solution…

Il y a une longue pause où chacun remplit les secondes de ses espoirs.

— Aimez vos voisins, ils vont mourir demain !

Au même moment, une étoile filante perce le ciel comme un grand point d'exclamation. André les regarde tous pour immortaliser et emporter dans sa mort l'image souvenir du cocon. Puis, il se dirige vers le logement de Blanche. Au passage, Nicole lui murmure :

— Je veux vous aimer, vous !

— Je le regrette vraiment…

— Vous êtes comme Gerry. Juste pas capable d'aimer.

— J'aime tant que je pars.

— C'est ça, parlez encore en paraboles…

— Adieu, Nicole.

— Adieu adieu ? On va se revoir. Donnez-moi votre courriel ! On va pouvoir chatter. Et ça, c'est une offre rare, je fais des fautes d'orthographe comme un cochon.

Tête baissée, André s'éloigne rapidement pour entrer chez Blanche, dont il évite ostensiblement le regard.

46

Pendant que le cocon réfléchit au message d'André, Myriam débarque chez son père. Gerry n'est pas très heureux de la visite surprise de sa plus jeune. Il est en boxer imprimé de cœurs rouges, la tonsure apparente, les lunettes de travers.

— Je suis content de te voir, la question est pas là. Mais on arrive pas chez le monde sans prévenir.

— J'ai sonné.

— T'aurais pu me trouver… je sais pas moi…

— Tout nu avec une femme? Tu m'as dit que t'avais cassé avec Magali.

— Non, mais avec des gars en train de jouer aux cartes, par exemple.

— Mais t'es tout seul. Hein, t'es tout seul?

— Oui, oui, je dormais, c'est pour ça que j'ai l'air mêlé.

— Je suis partie de chez nous, je viens vivre avec toi, comme on avait dit. T'es content?

— Ta mère le sait?

— Elle est d'accord. Elle me menace toujours de m'envoyer chez toi si je suis pas fine. J'ai pas été fine.

— J'ai juste une chambre.

— Je vais coucher sur le sofa, puis on se couchera pas, on va sortir. Maman, elle, veut jamais que je sorte!

— Je cuisine pas, ta mère a gardé les chaudrons.

— On ira au resto !

— Attends, là ! Moi, je fais une vie de célibataire, mettons. C'est pas la place d'une petite fille…

— J'ai quatorze ans et trois quarts et pour te montrer que je suis pas une petite fille, je vais faire ton ménage, même te faire à manger des fois, si tu veux. C'est pas difficile, j'ai vu faire maman. On va avoir du fun, tous les deux, rien que nous deux. Hein, papa ? Ça va être cool.

— Je peux pas te garder.

— Pourquoi ?

— Parce que les mères ont plus le tour que les pères dans l'élevage des enfants.

— Guillaume a ben le tour avec sa fille.

— Je peux juste pas.

— Tu veux pas… moi, ton bébé ?

— C'est pas une question de vouloir, c'est une question pratico-pratique.

— Ça va être pratique de m'avoir avec toi. Je vais être ta petite femme.

— Je peux pas ! Sacrifice, es-tu sourde ou ben t'es épaisse ?

— Pourquoi tu peux pas ?

Une jeune, très jeune fille en string et soutien-gorge pigeonnant sort de la chambre. Elle bâille à répétition et se frotte les yeux encore pleins de sommeil. Myriam grogne en la voyant.

— C'est qui, elle ?

— Je le sais-tu !

La fille se pelotonne dans le fauteuil et, par décence, se couvre d'un coussin à franges. Elle se rendort à demi, le pouce dans la bouche.

— C'est qui?

— C'est pas de tes affaires. Pis c'est pas ce que tu penses. J'y donnais un massage. Je prends des cours de… pour devenir masso… massothé… masseur. Faut ben que je pratique sur quelqu'un. Se masser tout seul, ça rend sourd.

Gerry se donne une claque sur la cuisse pour marquer la farce que lui seul semble comprendre. Mais il connaît Myriam. Il sait qu'elle va le questionner tant qu'elle n'aura pas de réponse satisfaisante.

— Cindy, je te présente ma fille Myriam, Myriam, Cindy. On se pratiquait, c'est pour ça qu'on est en petite tenue. On peut pas se masser habillés. Notre professeur, y arrête pas de nous le dire : « Pour se masser, faut se… déshabiller. »

— Papa, tais-toi!

— Sois poli avec ton père!

— Tu me dis depuis que t'es séparé de maman : « Viens-t'en, je t'attends. » J'arrive, pis t'as quelqu'un…

— Cindy, va t'habiller, la leçon est finie.

— Je m'endors.

— Fous le camp!

— Où c'est que je vais aller? Chu-t'en fugue, moi là!

— Laisse faire, papa. Je vais m'en aller, moi.

— On part pas comme ça. Il y a assez que t'arrives en coup de vent, tu vas pas repartir comme t'es arrivée. Il y a un principe que je pensais t'avoir inculqué, ma fille – mais non, c'est pas entré, ç'a l'air –, c'est qu'on téléphone avant de débarquer chez quelqu'un. C'est la simple politesse, mais la politesse puis ta mère… Où tu vas?

— Ça te regarde pas, t'es plus mon père.

— Attends-moi, je saute dans mes culottes et je vais te reconduire.

— Je suis capable de me reconduire toute seule !

— Fais pas cet air-là. Un homme divorcé, faut qu'il se paye des distractions, sans ça… Un homme, c'est un homme. T'es assez vieille pour comprendre ça.

— Elle a mon âge !

— Bien non, es-tu folle, toi ?

— Elle a quel âge ?

— Je lui ai pas demandé, je suis pas la police, cal-vince. Elle a en haut de dix-huit ans, sans ça ce serait pas légal, pis moi j'ai un principe dans la vie : rester dans la légalité.

— Si tu lui as pas demandé son âge, comment tu sais qu'elle a plus que dix-huit ans ?

— Vois-tu ce que je dis concernant la politesse ? C'est ça, ton problème, t'es pas polie. Et c'était le problème entre ta mère pis moi. Je parlais, elle me contrariait, même devant le monde.

Myriam ravale son cœur, qui veut lui sortir de la bouche, attrape son petit bagage et claque la porte derrière elle. Dans la rue, elle marche, marche droit devant. Des larmes coulent sur ses joues. Son père, son héros, lui préfère une fille de son âge ! Sa peine est grosse, mais plus grosse encore est sa déception. Elle a toujours cru que son père était sincère quand il lui chuchotait à l'oreille : « Quand est-ce que tu t'en viens vivre avec moi ? N'importe quand, je t'attends. »

— Menteur ! Maudit menteur !

Dans sa peine, Myriam ne se doute pas qu'une auto la suit de près. De très près.

47

Il est deux heures de matin, le cocon dort. Myriam, sac à l'épaule, traverse la cour, entre chez elle et, sans allumer, se dirige vers sa chambre pour vite s'engouffrer sous les couvertures de sa sœur, qu'elle réveille.

— Myriam, décolle, va dans ton lit. J'aime pas ça quand tu me respires dans le cou.

— J'ai fait un cauchemar.

— Le cauchemar est fini. Va faire un beau dodo.

— J'ai rêvé que je me sauvais de la maison.

— Ah non, je dors, là ! Tu me raconteras ça demain…

— Ça fait que je suis allée chez papa. Il était avec une fille, une fille pas plus vieille que toi, Élodie. Il a pas voulu de moi. Je suis repartie et là, j'avais tellement mal dans mon cœur, tellement mal que je voulais mourir. Il y a une auto qui a passé, puis repassé. Elle s'est arrêtée, finalement. L'homme m'a demandé où j'allais. Je lui ai dit que je le savais pas, où j'allais. Il m'a dit d'embarquer. Il avait l'air cool, même si je le voyais juste à travers mes larmes. Un beau monsieur. Pas vieux, pas jeune, distingué, bien habillé. Je suis montée dans son auto, puis je sais pas trop pourquoi, je lui ai tout tout raconté ma vie. Je lui ai dit que maman m'aimait pas, que toi t'étais parfaite et que j'arrivais pas à être meilleure que toi, que mon père voulait pas de moi, que ma mère s'occupait juste de toi. Toute l'histoire, quoi, pis qu'il me restait plus qu'à me tirer dans le fleuve. Il m'écoutait. Il m'a pas chicané une seule fois. Quand j'ai eu fini de brailler et de parler, il m'a dit qu'il allait s'occuper de moi, que sa femme allait m'accueillir à bras ouverts, ses enfants aussi, que j'aurais une vraie famille qui m'aimerait. J'étais contente. Hey, d'autres parents, ç'a toujours été mon rêve. Après, on a roulé, roulé, et on est arrivés au centre-ville. On est entrés dans un parking souterrain, on a descendu je sais pas combien de sous-sols. Il s'est arrêté. Il y avait que des places vides et quelques autos stationnées. Puis là… puis là… puis là…

— Je t'avais dit de pas regarder des films d'horreur, c'est ça qui te fait faire des cauchemars.

— Je me suis débattue. Je l'ai mordu. Je lui ai donné des coups de pied dans les gosses. J'ai réussi à me sauver pendant qu'il se tenait le paquet. J'ai pris un escalier, j'ai grimpé et j'ai trouvé l'ascenseur… Sur la rue, j'ai couru comme une folle.

— C'est fini, ton cauchemar, t'es réveillée, là. Va dormir.

— J'ai marché, marché et j'ai fini par retrouver mon chemin…

— C'est juste un mauvais rêve.

— Élodie… je te jure… c'est pas un rêve.

— Des fois, quand on rêve, ç'a l'air vrai.

— C'était vrai. Ça m'est arrivé pour de vrai.

— T'as rêvé ça, va te coucher dans ton lit. Fatigante !

À contrecœur, Myriam change de lit. En constatant qu'elle est habillée, Élodie saisit que sa sœur n'a pas rêvé. Elle lui ouvre alors les bras et Myriam s'y réfugie. C'est serrées l'une contre l'autre qu'elles finissent par s'endormir.

48

À l'aube, André se lève en colère contre lui-même. Il a trop tergiversé, trop attendu, trop rendu de services. Sophie avait raison : il est le roi de la procrastination. Son objectif était de mourir le 24 juin, à la date anniversaire du décès de sa famille. On est à la fin de l'été et il est encore vivant. Il s'en veut de se laisser aller à des petits plaisirs alors qu'il devrait être raide mort. Est-ce que, malgré lui, le désir de vivre serait en train de refleurir ?

« Non ! Impossible ! Je ne veux en aucune façon participer à une existence d'où l'amour est exclu. Ce matin, terminée, l'incertitude ! Personne ne m'empêchera de mettre mon plan à exécution, même pas moi ! »

Surtout ne pas réveiller Blanche, la seule qui connaît son projet et pourrait franchement lui mettre des bâtons dans les roues. Dans la cuisine, vêtu de la robe de chambre du défunt amant, il est tenaillé par la faim. Il va manger quelques toasts et avaler un bon café avant de trépasser, mais vite il a honte de cette pensée terre à terre. Il ne mangera pas. Manger avant de se suicider, quelle indécence ! Il sourit. Eurêka ! Il vient de trouver comment mourir sans nuire à personne : il mourra de faim. Pas la grève de la faim – il ne revendique aucune cause –, juste le droit de ne plus habiter la Terre qui lui a enlevé ses êtres chers. Il ne va plus rien manger et s'éteindre doucement. Il sait que le corps, après quelques jours de famine, devient léger, indolore, et que cette mort est douce.

— Quelle bonne idée ! Pourquoi n'y ai-je pas pensé avant ?

Presque au septième ciel, il se douche, se rase. Machinalement, il allume la cafetière, met à griller deux tranches de pain. Puis, prenant conscience de sa gaffe, il pouffe de rire, mais s'arrête. Une pensée l'attriste. Il va mourir de faim, n'ayant partagé son obsession qu'avec Blanche. Ce n'est pas faute d'avoir essayé. Les premiers mois après le malheur, il voulait parler de Sophie, de ses filles, de son calvaire. Pas moyen. « Faut te changer les idées, mon vieux. Pense plus à ça » et autres conseils du même acabit. Il fallait faire comme si rien n'était arrivé, comme s'il pouvait facilement tourner une page si chargée.

« Je comprends maintenant pourquoi les Juifs ont mis des années avant de parler de l'Holocauste. Ce n'est pas qu'ils ne voulaient pas en parler, c'est que personne ne voulait les entendre. Si j'avais pu dire ma souffrance, me la sortir du cœur, la déposer dans des oreilles amies… J'aurais pu ensuite passer à autre chose. J'ai gardé ma souffrance en moi, je l'ai couvée, et l'idée de mourir est née, tout naturellement… »

— Qui est-ce qui gratte à la porte ? Ça peut pas être Minoune !

André ouvre la porte à Élodie. La jeune fille est livide, elle parle tout bas. Il sent l'urgence.

— Maman te fait demander…

— Qu'est-ce qui se passe ? Ta mère ?

— Ma sœur.
— Myriam?

André se retrouve chez Nicole avec la robe de chambre d'Octave sur le dos. La voisine n'est guère plus présentable: démaquillée, décoiffée, en robe de nuit et les yeux gonflés par les larmes. Elle fait les cent pas dans sa cuisine. Elle ne parle pas encore. Elle se connaît et sait que ses mots dépassent toujours ses pensées. André l'observe, calme, dans l'attente d'explications. C'est Élodie qui, finalement, lui raconte le retour de Myriam au beau milieu de la nuit, son cauchemar qui n'en était pas un et...

— Et après?

— On a dormi ensemble une heure ou deux... Après je lui ai dit d'aller dans son lit, j'avais chaud tant elle me tenait serrée. Vers six heures, je me suis levée pour faire pipi, et elle était plus là.

— Elle va revenir. On va lui demander ce qui est arrivé exactement... On va l'aider.

André plonge ses yeux dans ceux de Nicole, y lisant toute la détresse du monde. Il ressent une grande compassion envers elle. Élodie tente aussi de rassurer sa mère.

— Elle va revenir, maman. C'est pas la première fois qu'elle fugue. Quand elle sent qu'on s'intéresse pas assez à sa petite personne, elle fait un mauvais coup. Moi, je fais pas ça...

— On va la trouver. Élodie, fais le tour du cocon, demande à tout le monde s'ils l'ont vue. Faut surtout pas s'énerver pour rien.

— C'est déjà arrivé qu'elle soit allée chez Guillaume. Elle aime beaucoup Kia.

— Si tu ne la trouves pas, reviens, je verrai ce que je peux faire.

Élodie le gratifie d'un petit sourire déçu et sort. André veut bien penser à son malheur, mais pas aux malheurs des autres en plus. Trop, c'est trop ! Un doute surgit. Se pourrait-il que la fugue de Myriam fasse partie d'une conspiration pour le forcer à vivre ? Impossible ! Personne hormis Blanche ne connaît son plan. À moins que Blanche n'ait pu résister au désir de bavasser… Pour en avoir le cœur net, il va le lui demander.

— Je vais chez Blanche un moment, elle sait peut-être quelque chose. Vous, Nicole, téléphonez à toutes les amies de Myriam. À Gerry aussi, on ne sait jamais… Je reviens.

En sortant, il trouve Blanche le nez collé à la moustiquaire.

— Qu'est-ce que tu veux savoir ?

André l'entraîne avec lui chez elle.

— Vous m'espionnez ?

— Non, j'allais te faire une proposition honnête !

Dans la cuisine, André se demande s'il doit l'informer de la fugue de Myriam. Mais il s'en abstient, de peur de déclencher des commérages. Et c'est machinalement qu'il insère encore des tranches dans le grille-pain.

— Je pensais à ça, cette nuit. Je pensais à ton message : tu as dit qu'il fallait s'aimer… que la vie était courte.

— Je disais ça pour vous tous dans le cocon…

— Écoute, t'as pas de logement, j'en ai un. T'as pas de mémère, je suis là. T'as pas de famille, il y a le cocon. Qu'est-ce que tu dirais si je t'hébergeais pour de bon ? En échange de services rendus ?

André se méfie. Cette vieille bougresse a plus d'un tour dans son sac.

— Quels services ?

— Ta présence. Juste ça ! Quand on est vieux, ce qui est le plus dur, c'est d'être seul. La solitude, c'est l'enfer. D'après moi, l'enfer, c'est un espace grand comme le paradis, mais au lieu d'être tous ensemble à s'embrasser pis à rire, on est chacun sur notre petit nuage, tout fin seul, loin les uns des autres, à s'ennuyer à mort. Puis pas de cellulaires pour se demander : « T'es où, là ? » Non, tout seul comme un coton. Être seul, c'est pire que le feu, parce que le feu, au moins, ça réchauffe. La solitude glace comme la mort.

— C'était entendu que je devais partir.

— T'es pas ben avec moi ?

— Oui, mais…

— Je dois être ben ennuyante que je sois même pas capable de te retenir. Veux-tu un Lazy-Boy ? J'ai vu une annonce au canal Achats, il me semble que tu serais bien dans ton Lazy-Boy et moi dans ma berçante. On regarderait la télé, on se passerait nos commentaires. Il y a-tu quelque chose de plus le fun que de critiquer la télé ? On peut passer notre fiel sur elle, varger dessus… elle répond jamais. C'est rendu mon principal pouvoir : critiquer la télé.

— Vous n'arriverez pas à me faire changer d'idée.

— Tu me connais pas.

— Vous non plus, vous ne me connaissez pas.

À ses yeux sombres et volontaires, elle comprend qu'elle n'arrivera pas à empêcher son suicide.

— C'est pour aujourd'hui ?

— Non… Un empêchement.

— En tout cas, tu mourras pas de faim, c'est la huitième toast que t'avales.

André ne sait pas s'il doit rire ou rester digne. Finalement, il rit et Blanche rit de le voir rire. Il aurait tant aimé avoir une grand-mère comme elle. La sienne, du côté de sa mère, la seule qu'il ait connue, est morte dans la force de l'âge ; ses six enfants et son abruti de mari avaient réussi à la vider de sa vitalité. Elle était comme un sac de plastique vide que le vent ballotte. Elle est morte d'une longue maladie, convaincue de l'avoir méritée.

— J'aurais aimé vous avoir dans ma vie, Blanche. Malheureusement, c'est trop tard.

— Pense à mon offre ! D'un côté, tu as l'inconnu, le néant, l'éternité, que tu sais pas de quoi il sera fait, et c'est long en pas pour rire, l'éternité. De l'autre côté, il y a moi et le cocon. À ta place, je me dépêcherais de prendre ma décision parce que je suis plus jeune... Si tu veux m'aimer avant que je sois trop usagée et qu'on me mette aux vidanges...

Pour la faire taire, André pose sa main sur la sienne, une petite main poivrée de taches brunes.

— Qu'est-ce que tu faisais chez Nicole en petite tenue ?

Il reconnaît le ton de la question. Ce ton l'ennuyait au plus haut point du temps de son mariage. Il a souvent traité Sophie de jalouse. Aujourd'hui, il sait reconnaître dans ce ton le manque d'estime de soi. Oui, sa Sophie manquait de confiance en elle et il n'a pas su lui en donner. Si c'était à refaire... Et pourtant, alors qu'il a l'occasion de rassurer Blanche, il se tait. Il n'a pas appris à faire des compliments. Comme il allait l'embrasser sur la joue, Jessica apparaît dans la porte-moustiquaire. Elle est en jeans et t-shirt, couverte de bouts de fil, un ruban à mesurer autour du cou. Elle entre.

— Qu'est-ce que vous faites ?

— Là, là ? André lisait mon avenir dans mes taches de vieillesse.

— Vous êtes pas vieille, voyons donc.

— Toi t'es jeune, moi je suis vieille ! Pis ça, t'as beau employer tous les petits mots que tu veux, tu peux pas changer ça. Je suis vieille ! Pis t'es jeune. Pis ça finit là !

Jessica a appris à ne pas s'obstiner avec Blanche.

— Je peux-tu m'asseoir sans me faire mordre ?

— T'as ben l'air grippette à matin !

— Moi, grippette ?

— Moi, c'est normal d'avoir l'air bête. Si t'étais pognée avec ça, la vieillesse, tu serais en beau maudit. Je sais, j'ai pas le choix d'être vieille, mais ça me met en vinyeu, du verbe être en vinguienne, mais c'est ça ou être morte. Ah ! pis je vais aller me recoucher, tiens. Pendant que je dors, je chicane pas.

André voudrait aller prendre des nouvelles des recherches d'Élodie, mais il sent que Jessica a besoin de se confier.

— Qu'est-ce qu'il y a, ma belle ?

Ce « ma belle » paternaliste avertit Jessica de ne tenter aucune approche de séduction.

— Il y a… Ça se dit pas. J'ai assez honte !

— Tu peux parler, je ne te jugerai pas.

— Je suis tannée.

— Tu es fatiguée de tes enfants ?

— Comment ça se fait que tu sais ça ?

— Je le sais. Je le comprends.

— Ç'a pas d'allure d'élever trois enfants toute seule. Je pouvais-tu savoir, moi, quand j'ai eu mon premier, que son père se sauverait aux États ? Je l'aimais ! Puis moi, belle innocente, pour me guérir de ma peine d'amour, je tombe dans les bras d'une ethnie qui me fait un petit, puis goodbye pour son pays ; je le revois plus. Et je remets ça ! J'ai un autre petit avec un gars qui en a déjà trois et qui veut rien savoir d'un autre. J'ai un choix à faire : le gars ou le petit. Je choisis le petit. André, pourquoi je tombe pas sur des gars comme toi ? Pourquoi faut toujours que je m'amourache de sans-allure ?

— Peut-être que tu veux tellement être aimée que tu ne choisis pas qui tu aimes.

— C'est pas mal, de vouloir de l'amour.

— Non, mais on ne peut pas forcer les gens à nous aimer. C'est pour ça qu'il faut s'aimer soi-même, comme ça on est certain d'avoir de l'amour.

— Toi, est-ce que tu t'aimes ?

André ne répond pas, ne peut pas répondre. Pour lui, l'amour est mort. Il lui conseille plutôt de faire la liste de ses forces, de ses atouts, et de la lire chaque jour à haute voix pour retrouver l'estime d'elle-même. Jessica ne l'écoute pas. Ce n'est pas de recevoir des conseils qu'elle a besoin, mais de se vider le cœur.

— J'ai besoin d'un compagnon, d'un confident, d'un ami. J'aimerais ça parler de mes enfants avec quelqu'un, mais y a-tu un homme au monde qui veut m'entendre ?

— Oui, un homme qui se cherche quelqu'un pour parler de ses enfants à lui.

— Où le trouver ?

— Là où il y a des hommes qui ont la charge de leurs enfants.

Malgré lui, son regard glisse vers la galerie de Guillaume. Jessica a suivi son regard.

49

En retournant chez Nicole, André espérait que Myriam soit revenue à la maison : il pourrait enfin se consacrer à ses adieux ultimes. Mais ce qu'il trouve plutôt, c'est Nicole attablée devant une boîte de beignes. Il n'est pas sitôt assis qu'elle lui plaque sous le nez les beignes dégoulinants de crème fouettée et de chocolat fondu.

— Plus je suis inquiète, plus je mange. Vous en voulez ?

— Merci, je ne mange pas. Et Myriam ?

Elle lui tend un post-it tout froissé et taché de graisse.

— J'ai trouvé ça sous son oreiller.

Ce qui rappelle à André qu'il a, lui aussi, un message sous son oreiller. Mauvais augure pour Myriam. Il lit :

« Personne m'aime. Je suis de trop. Je vais vous débarrasser de moi. Je vous aime. Myriam. »

— Qu'est-ce que vous en pensez ?

— Il faut prévenir la police…

— Pour me faire dire qu'il y a à Montréal des centaines de fugueuses de son âge, qu'elles finissent toutes par revenir ? Ils vont me dire d'attendre au moins quarante-huit heures. C'est ce qu'ils me disent chaque fois. Je peux pas attendre deux jours, je vais en mourir ! S'il vous plaît,

André? Juste la chercher avec moi, après je vous laisse tranquille.

— Je ne sais pas trop… j'ai à faire…

— Qu'est-ce que vous avez tant à faire? Vous avez même pas de famille!

— J'ai à faire ce que j'ai à faire, et j'ai à le faire bien.

La nébulosité des réponses d'André rend Nicole furieuse.

— Je sais pas pourquoi je vous demande de vous mêler de mes affaires, après tout vous êtes rien qu'un étranger. Personne sait d'où vous venez. On sait pas si vous êtes marié, si vous avez des enfants. Et surtout où vous allez, sans valise, comme une âme en peine. Mais on ose pas poser de questions de peur de se faire revirer par monsieur…

— Vous pouvez compter sur moi. Je vais trouver votre fille, vous la ramener.

« La voilà qui se jette sur moi, me serre à me casser les os. Je ne peux ni fuir ni la repousser. J'ai beau rester bras ballants et raide comme une statue de marbre, sa chaleur m'envahit peu à peu et, si je veux être franc, je dois avouer que mon corps, insensible jusqu'à ce jour, amorce… comment dirais-je… du renouveau. Malgré moi, le contact de ce corps tendre et moelleux me donne des sensations… épidermiques oubliées. Je suis un homme fidèle! Jamais, au grand jamais, depuis mon malheur, je n'ai ressenti ne serait-ce qu'une seconde un désir pour une femme. Mon désir, Sophie l'a emporté avec elle. Et pourtant, cette chaleur dans mon corps, mon cœur qui bat trop fort, ma salive qui se retire, le tremblement de tous mes membres… »

Effrayé, André repousse tout doucement Nicole, lui promettant encore de retrouver Myriam. Et c'est la honte au cœur qu'il croque dans une roue de camion cloutée de sucre. Il n'est pas fier de lui, mais autant se sustenter s'il doit aider à retrouver la jeune fille. Ou, pour être plus honnête, autant succomber à la tentation d'un beigne qu'à l'autre tentation, celle de la chair.

« Quant à mon jeûne, ce n'est que partie remise. Je commence demain. »

Nicole le regarde savourer son beigne. Si on peut juger de la sexualité d'un homme à sa façon de manger, elle a devant elle un grand dégustateur et un gourmand très sensuel. Wow !

« Je vais prier la bonne sainte Anne de faire un miracle. Pas un gros comme me faire gagner à la loterie ou à la roue de fortune, non, juste faire en sorte qu'il tombe en amour avec moi. Juste ça. Des millions de gens tombent en amour à chaque seconde, pourquoi pas moi avec lui, lui avec moi ? Nicole et André, deux petits noms faits pour aller ensemble ! Bien sûr, on vient de milieux différents, mais les couples qui durent sont formés de personnes qui se complètent, pas qui se ressemblent. C'est certain. La preuve : Gerry pis moi ! On vient du même quartier, on a fait les mêmes études, on a les mêmes goûts, les mêmes aspirations, le même métier, pis ç'a pas marché. Moi pis André, on est aux antipodes, donc susceptibles de s'aimer. André, il a ce que j'ai pas : le calme, l'intelligence, la culture. J'ai ce qu'il a pas : un franc-parler, le goût de vivre et deux filles ! Myriam ! Comment je peux oublier un instant que ma plus jeune est en fugue ? Je suis une mauvaise mère et Myriam a bien raison de vouloir me quitter ! Myriam, ma Myriam qui est en fugue et moi qui pense à moi ! »

— J'ai peur...

— Peur de quoi au juste?

— De la prostitution, de la drogue, de la traite des Blanches! Les mères, on a toutes peur de ça pour nos filles. Tout le temps.

— Et le suicide?

— Pas elle! Pas ma fille! C'est pas du tout le genre à s'enlever la vie. Non! Une fugue, oui, le suicide, non! Pourquoi? Elle a aucune raison… Le papier le dit, elle nous aime. On se suicide pas quand on aime, voyons!

Et comme lorsqu'une digue éclate après avoir tenu bon pendant des années, les craintes de Nicole jaillissent du fin fond de son cœur. Oui, elle a peur du suicide. Elle ne pense qu'à ça à chaque fugue, mais elle n'en parle pas, de peur que les paroles fassent en sorte que cela se concrétise. Cette femme forte capable de conduire un autobus devient vulnérable et craintive quand il s'agit de ses enfants.

Retour d'Élodie bredouille. Elle s'effondre sur une chaise, l'air découragé.

— Personne l'a vue. Personne sait où elle est.

Nicole fixe sa fille avec des yeux scrutateurs de microscope.

— Tu me caches quelque chose. Je le vois à ton air. André, elle me cache quelque chose!

— Je suis pas un porte-panier.

— Élodie, je suis morte d'inquiétude! Ta sœur est partie on sait pas où… Parle!

— Puis moi? T'inquiètes-tu de moi des fois?

— Il ne s'agit pas de toi, mais de ta sœur!

Le ton monte. Dans cette famille, on ne s'explique pas, on s'engueule. André les interrompt avec une calme autorité.

— Élodie, si tu sais quelque chose… ta mère t'écoute. Vous, écoutez !

« Il agit avec ma fille comme s'il en avait déjà eu une. »

— Toi qui connais bien ta sœur, où crois-tu qu'elle est en ce moment ?

— Je peux pas dire ça devant maman, elle va capoter. Tu l'as pas vue quand elle pète une crise, ça fait peur.

— Ta mère est une extravertie, elle crie aussi fort qu'elle vous aime.

— Elle s'occupe juste de ma sœur.

— Myriam croit peut-être que sa mère s'occupe juste de toi, et c'est pour avoir son attention qu'elle fugue.

Élodie regarde André. « Comment peut-il connaître la rivalité qui existe entre moi et ma sœur ? C'est un psy ou quoi ? »

— Qu'est-ce que tu veux savoir ?

— Où est Myriam ?

— Je le sais pas.

— Tu n'as aucune idée de l'endroit où elle est ?

— Non.

— Dis-moi la vérité.

— Je te fais pas confiance.

— Pourquoi ?

— Parce que t'es un homme. Pour papa, j'étais de l'or en barre, j'étais son grand amour, son trésor, sa chérie d'amour, sa grande fille. Il se chicane avec maman, ils se séparent. Après, je le vois plus. Disparu comme si j'existais pas. Le pire, le pire de toutte, c'est qu'il m'a remplacée par une affreuse de mon âge, que Myriam m'a dit.

— Tu peux me faire confiance.

— Tous pareils !

— Tu es une femme, et pourtant tu es différente de ta mère, de ta sœur. Tu penses différemment des autres filles de ton âge puisque tu préconises l'abstinence jusqu'au mariage. Je n'aurais pas l'outrecuidance de dire de toi que tu es comme les autres filles. Tu es unique et différente…

— OK! T'es pas pareil, toi.

— On n'a pas de temps à perdre. Parle!

Élodie se tait. André vérifie l'état de Nicole, qui, livide, est au bord de la crise de nerfs.

— Tu ne me connais pas beaucoup, mais je te demande de me faire confiance… et je te promets que ta mère va rester calme…

Il n'a pas terminé sa phrase qu'Élodie se met à parler comme on sanglote, par à-coups. André a peine à la suivre. Nicole suffoque.

— Prenez une grande inspiration. Expirez, inspirez, expirez, inspirez…

André attrape vite le sac de papier qui enveloppe la boîte de beignes et le tend à Nicole pour qu'elle y respire.

— Expirez, inspirez…

Nicole s'exécute et, peu à peu, elle reprend son calme. Élodie se décide:

— Je sais où elle est.

— Où? Où?

Cette double question a jailli comme deux geysers.

— Dans le fleuve.

— Tu veux que je meure? C'est ça que tu veux? Inventer des histoires pareilles, faut avoir le cœur noir! T'as pas honte? Voir si je m'attendais à ça de toi, ma grande raisonnable, la seule qui est solide dans la famille…

— Tu vois ce que je disais, André.

Celui-ci reste impassible. Il le faut.

— Pourquoi penses-tu qu'elle est dans le fleuve ?

— Elle me l'a dit.

— Elle t'a dit qu'elle allait se suicider ?

— Non. Mais elle répète souvent qu'elle est si malheureuse qu'elle va aller se jeter dans le fleuve…

— C'est pas possible ! Myriam est comme moi, elle exagère. Combien de fois vous m'avez entendue vous menacer de vous passer toutes les deux au blender…

— Nicole ! Il faut agir et vite. Tout porte à croire que nous allons la retrouver saine et sauve, puisqu'elle a laissé un avertissement. Selon toi, par où devrait-on commencer à la chercher ?

— Le petit parc rue Notre-Dame, au bord du fleuve.

— OK. Je m'habille. Je vais vous la ramener.

— Pourquoi vous êtes fin de même ?

— J'ai eu deux filles, moi aussi.

« Moi qui ai si longtemps gardé ma vie cachée, voilà que des bribes se révèlent sans que je le veuille. Quelle coïncidence cette histoire de suicide… »

— J'y vais aussi.

— Moi aussi.

Il hésite. Nicole est impétueuse. Élodie est émotive. Mais leurs regards sont convaincants.

— OK. On part tous à sa recherche.

Élodie plaque un baiser sonore sur la joue d'André, qui le lui rend, aussi fort.

« Je me souviens des joues de mes filles, de leur odeur, de leur fraîcheur et, pour la première fois depuis un an, je ne chasse pas cette image parce que, pour la première fois depuis un an, elle ne me fait pas souffrir. »

— J'ai eu deux filles, elles étaient de l'âge des vôtres…
quand elles sont mortes.

— Vous, deux filles?

« Je suis soulagé. Si soulagé de parler enfin… »

— Il ne faut pas trop s'inquiéter pour Myriam. Le
suicide n'est pas un geste spontané, mais un acte réfléchi,
programmé, et il arrive qu'on attende que l'aide se pointe
avant de faire le geste définitif.

André ne parle pas tant de Myriam que de lui-même.
S'il a retardé son suicide depuis un an, c'est peut-être
qu'il attendait de l'aide…

50

Pendant qu'André s'habille, la vie du cocon continue comme si de rien n'était. C'est un beau samedi du mois d'août, chaud et humide. Pas une goutte de pluie, pas l'ombre d'une brise. Dans la cour intérieure, abattu, Guillaume fait ses exercices de musculation mollement tout en surveillant sa fille, qui joue dans le carré de sable. Blanche et Jessica sirotent un thé glacé en se berçant dans la balançoire. Blanche voit bien que Jessica zieute Guillaume, mouillé de sueur, avec des yeux lumineux de concupiscence.

— Une belle pièce d'homme. Hein, ma fille?

— Qui ça?

— T'as des yeux, tu le vois aussi bien que moi, dis pas non. De près, je vois embrouillé, mais de loin je vois très bien. Lui as-tu vu les fesses, toi? Quand j'entends les vieilles dire que leur temps, c'était le bon temps… On avait pas ça, des beaux gars de même qui se promenaient en petits caneçons serrés qu'on leur voit toutte. T'en apercevais un de temps en temps qui se promenait en grande combine rose chair, la porte de derrière qui bâillait et le devant qui pendouillait: c'était pas appétissant! Tu te détournais les yeux, pas par pudeur mais parce que c'était laid. Rince-toi l'œil, au moins. T'as le droit. Il est débiné, il vient de recevoir un message. Pascale lui a annoncé qu'elle était en amour ben raide avec un ingénieur à la Baie-James et qu'elle veut divorcer. Dis-y pas que je te l'ai dit, mais c'est pour une bonne cause. L'amour, c'est toujours une bonne cause.

Blanche enchaîne sur son jeune temps. Jessica est la seule qui aime l'entendre parler de sa jeunesse.

— Quand j'étais jeune fille, ma grand-mère vivait avec nous. C'était une vieille haïssable, si haïssable que j'avais décidé de jamais être vieille. Une vieille, c'était trop laid, trop ratatiné, trop de troubles. Je voyais pas à quoi ça servait dans la vie. Eh ben, je suis ratatinée, je suis du trouble, mais je veux pas mourir.

— Pourquoi?

— Pour être en vie, c't'affaire!

— Vous sortez jamais.

— Le bonheur est pas ailleurs, il est là, avec toi, il te suit plus proche que ton ombre. Il suffit juste de le voir, de le savoir qu'il est là, puis d'en profiter. Comme là, tu vois, je profite du soleil.

— Pis quand il y en a pas, de soleil?

— Ça me repose les yeux.

— Ça vous choque pas, vous, l'injustice, la violence, l'inégalité entre les hommes et les femmes, entre les riches et les pauvres?

— Oui, ça me choque. Ce qui me choquerait le plus, c'est de pas être là pour chialer. La steam, faut que ça sorte. Puis après, t'es ben.

— J'aimerais ça être comme vous.

— J'espère que tu vas être plus intelligente que moi pis pas attendre que débarque un survenant pour comprendre que le bonheur, c'est pas celui avec un grand B, mais que c'est plein de petits plaisirs que tous et chacun peuvent s'offrir.

— Comme ?

— Comme à matin, j'ai trouvé dans mon orange une mini-orange. Je l'ai mangée en premier et, après, je suis allée m'asseoir dans mon fauteuil pour déguster le reste section par section. J'aime mon fauteuil, son moelleux, sa couleur, son odeur de cuir. Et il y avait un rayon de soleil qui filtrait. J'ai regardé danser la poussière. C'était assez beau.

— Je peux-tu vous donner un bec même si vous aimez pas ça ?

— Je disais que j'aimais pas ça avant parce que j'ai pas connu ça, la tendresse. Mais là, on dirait qu'en vieillissant mes joues ont besoin de ça comme crème antirides.

Jessica embrasse fort, très fort les joues fanées de Blanche.

— J'ai dit que je voulais rajeunir, pas retomber en enfance !

Blanche regarde Guillaume qui, ostensiblement, fait du charme en jouant de ses muscles.

— Jessica, si tu y vas pas, je vais y aller !

Jessica met sa peur du rejet de côté et aborde Guillaume, qui s'arrête pour reprendre son souffle.

— Oui ?

— Je voulais inviter Kia à souper. J'ai fait un pâté chinois. Elle aime ça, le pâté chinois. Toi, t'aimes ça, le pâté chinois ?

— Oui, quand je le brûle pas…

— Eh bien, viens avec elle. À six heures, pas plus tard, les enfants se couchent de bonne heure. S'ils sont pas fatigués, moi je le suis.

— Merci.

Jessica a peur. Guillaume aussi. Blanche est contente. Soudain, André, de sa voix la plus forte, lance un appel à tous. Un rassemblement s'organise dans la cour.

— Myriam, notre petite Myriam, est en fugue, mais cette fois-ci c'est sérieux. Elle a laissé une note disant qu'elle veut en finir et Élodie m'assure qu'elle a mentionné l'idée de se jeter dans le fleuve à plusieurs reprises. Je vous demande de m'aider à la retrouver avant qu'elle ne commette l'irréparable. Voici mon plan…

51

La petite Kia a été confiée à Samira et Alanis. Suivi de Nicole, Élodie, Roméo, Simone, Jessica et des autres du cocon, André court vers le fleuve par la rue Fullum jusqu'au petit parc. Personne! Sur ses directives, chacun doit inspecter la berge et faire de grands signes s'il trouve quoi que ce soit. Et si on la voit sur le bord de la rive, il faut l'approcher avec délicatesse et tenter de l'amadouer en attendant de l'aide.

André se distancie des autres, fixe l'eau grise parsemée de roches moussues et d'ajoncs poisseux. Il faut vraiment être désespéré pour se jeter dans cette soupe vaseuse. Il espère de tout cœur que Myriam soit aussi lâche que lui. Il est à se demander s'il a bien fait de ne pas alerter la police quand il aperçoit une sandale rose qui vogue au gré des flots. La tirant hors de l'eau, il s'aperçoit qu'il s'agit bien d'une des sandales de Myriam. Aussitôt, il retire son pantalon, ses souliers et, malgré sa grande peur de l'eau, entre dans le jus épais, plonge, replonge, cherchant la robe rose qui va avec la sandale rose. À bout de souffle, il émerge puis aperçoit une silhouette qui gesticule au bord de la rive.

— Je suis là! Youhou, je suis là!

André nage jusqu'à la rive, prend la main que Myriam lui tend et sort de l'eau. Elle est trempée, comme lui.

— J'ai sauté, mais j'ai flotté. Je savais même pas que je flottais! J'avais pensé me mettre des roches dans les poches, mais j'ai pas de poches. Qu'est-ce que je vais faire, André?

— Vivre, Myriam. C'est ça qu'il faut faire: vivre. On n'a une seule vie. Il faut vivre parce que ta mère a besoin de toi, ta sœur aussi, le cocon entier a besoin de toi, tu leur es indispensable.

— Le cocon, il s'en sacre ben, de moi, ma mère aussi, ma sœur pareil!

— Sais-tu ce qu'ils font tous en ce moment? Ils te cherchent. Pourquoi? Parce qu'ils tiennent à toi.

— Personne a besoin de moi. Hey, une fille de quatorze ans et trois quarts, ça sert à personne, ça sert à rien.

— As-tu pensé un instant à ta mère, à ton père, à ta sœur, à leur peine après ta mort?

Myriam aperçoit les membres du cocon qui accourent vers elle en lui faisant de grands signes de joie puis l'entourent telle l'enfant prodigue. Nicole et Élodie l'enlacent en pleurant de joie. Puis Guillaume la soulève, la porte comme une princesse, une championne olympique, une star. Leurs rires et éclats de joie sont contagieux. Myriam pleure et rit en même temps. André les suit, le cœur léger, n'en revenant tout simplement pas qu'il ait pu ainsi se jeter dans le fleuve pour secourir la jeune fille. Sa peur de l'eau serait-elle chose du passé?

52

André lave sous la douche son corps sali par l'eau du
fleuve, puis s'allonge sur son lit. Il est fier de lui. Il a
rendu service avant de mourir. Il peut maintenant partir
le cœur léger. Cette fois, rien, rien ne l'empêchera. Une
immense fatigue s'abat sur lui. Il ferme les yeux et s'endort aussitôt.

De la mousse jusqu'au menton, Myriam parle sans
arrêt à sa mère, qui lui lave le dos. Elle est intarissable.
Tout y passe : son désir de vivre avec son père, sa déception
devant la nouvelle blonde presque aussi jeune qu'elle…
la peur que son agresseur la viole… et sa tentative de
suicide. Elle n'a jamais tant parlé à sa mère. Émue, Nicole
enlève ses vêtements et rejoint sa fille dans la baignoire.
Elle la prend dans ses bras, la berce. Ce ne sont pas une
mère et sa fille qui pleurent ensemble, mais deux femmes
nues comme la vérité.

Après le bain, enroulées dans de grandes serviettes de
ratine, se tenant toujours par le cou, elles s'endorment
sur le couvre-lit, apaisées, rassurées, proches enfin. Élodie
se coule près de sa sœur. Elle est peut-être la plus vieille,
mais la plus vulnérable, c'est Myriam. Elle sait qu'elle
devra la protéger toute sa vie, tout en protégeant sa mère

aussi. Elle se sent forte, très forte tout à coup, et elle en ressent une grande joie.

André se réveille, il fait nuit. Le logement est plongé dans le noir, le cocon est désert, même le fanal qui éclaire d'habitude la balançoire est éteint. Il regarde sa montre : dix heures dix ! Bizarre, cette tranquillité. Il tend l'oreille : aucun bruit. Blanche est-elle rentrée ? Il s'inquiète, elle n'est pas là. Elle s'est peut-être endormie dans la balançoire. Il enfile un t-shirt et son jean puis sort sur la galerie. Il est accueilli par des cris de joie. Les lumières s'allument et tout le cocon est là à l'applaudir. Sur le coup, il ne comprend pas. Blanche s'avance vers lui péniblement. Elle est de plus en plus frêle et elle semble rétrécir jour après jour. C'est d'une voix tremblotante qu'elle s'adresse à André :

— Mon cher André, on t'attendait pour te faire la surprise. On est à la fin d'une assemblée spéciale et j'ai le plaisir de t'apprendre que tu as été élu à l'unanimité président-directeur général et, cette fois-ci, tu peux pas dire non, on le prendrait pas personne. Tu n'es plus un touriste ici, mais un membre de notre cocon, de notre famille. Compris ? Et organise-toi pas pour te sauver de nous autres, on va te retrouver ; on a le tour, astheure. Et pense pas qu'on va vendre notre paradis. Avec toi à notre tête, tout le monde est d'accord, on veut rester, sans toi, on vend.

Nouvelle ovation. André regarde autour de lui : on doit s'adresser à quelqu'un d'autre. Mais non, c'est bien de lui qu'il s'agit. Tous ces gens qui lui disent leur amour avec leurs cris et leurs mains qui battent l'air. Son cœur fond.

— Je dis ça, t'es libre de refuser, mais penses-y deux fois avant de nous lâcher. On a besoin de toi. Tu nous es nécessaire. Depuis deux mois que tu es là, tout marche sur des roulettes ici dedans. À ton contact, on est devenus meilleurs, de bonne humeur, moins méchants, moins critiqueux. L'entraide a remplacé la chicane, et les compliments, les vacheries. Même que Guillaume fait la cuisine, maintenant…

Ce qui fait rigoler tout le monde, y compris l'intéressé, qui porte Kia dans ses bras. André remarque que Roméo et Simone se font les yeux doux et que les trois garçons de Jessica sont bien sages, à l'écoute. Blanche poursuit en souriant :

— Tu es devenu sans le vouloir et sans t'en apercevoir un homme indispensable à l'harmonie de notre cocon.

Les genoux de Blanche plient et son teint devient terreux. Lentement, elle glisse sur elle-même comme une actrice qui joue l'évanouissement. Croyant à une astuce, le cocon rit, mais André ne fait ni une ni deux et se précipite vers elle. Il la soulève ; elle pèse moins qu'une plume. Blanche le regarde de son air malicieux et lui souffle à l'oreille :

— Je vais mourir ce sera pas long. J'aimerais ça que tu sois là. Après, tu feras ben ce que tu voudras.

Ému aux larmes, André dépose Blanche dans la balançoire.

— Merci, merci. Je veux bien considérer votre demande, mais avant de l'accepter, j'ai des choses à vous dire. Asseyez-vous, ça peut être long.

Il s'installe sur une chaise et, simplement, raconte sa vie à sa nouvelle famille, sa famille reconstituée.

53

Cette nuit-là, André n'arrive pas à dormir. Il pense à l'offre qu'il a reçue, aux responsabilités face au cocon. Il doit donner sa réponse au matin. Il est flatté qu'en moins de deux mois il leur soit devenu indispensable. Indispensable ! C'est ce qu'il était avant, indispensable à sa femme, à ses filles. Quand il les a perdues, c'est le sentiment de ne servir à rien ni à personne qui lui a donné envie de mourir. Maintenant qu'on a besoin de lui...

Il a déjà des plans pour améliorer les logements et le bien-être des membres du cocon. Il pense à Myriam qui a besoin d'une main ferme pour contenir ses élans, à Élodie, qui devrait s'ouvrir sur le monde. Et puis Blanche l'inquiète, elle a encore maigri. Demain, il va racheter des aiguilles d'acupuncture et commencer un traitement pour lui redonner l'appétit et renforcer son système immunitaire. Il pense à Roméo, qui parle de moins en moins à sa défunte et de plus en plus à Simone. À Simone, qui s'est désabonnée d'internet pour ne pas succomber à l'appel des sites de rencontre. Il se demande si Guillaume va reconnaître les grandes qualités de Jessica et donner une mère à sa fille. À Kia, à qui il s'est beaucoup attaché. Il songe au désir des lesbiennes d'avoir un enfant et pense trouver l'argent pour les diriger vers un centre de fécondation in vitro. Il veut s'intéresser de plus près à Sylvain et à Roberto, son ami travesti. C'est en les connaissant mieux qu'il va pouvoir les apprécier. Il pense à Nicole, une femme si généreuse, si capiteuse… Du boulot, certes, des inquiétudes et des échecs possibles, mais des raisons de vivre par centaines.

Et puis, peut-être aussi, dans quelques mois, revoir les parents de Sophie. Peut-être un jour aller au cimetière, au Mexique…

André regarde par la fenêtre ; les feuilles de l'érable vont bientôt rougir. Sa décision est prise : il va vivre, il veut vivre. Il se sent léger pour la première fois depuis le tsunami. Il s'habille et se précipite vers la cuisine pour apprendre la bonne nouvelle à Blanche. Elle est encore couchée, elle qui se lève aux aurores. Il hésite d'abord, puis frappe à sa porte de chambre de nombreuses fois avant d'ouvrir. Dans son lit, Blanche ressemble à une poupée de chiffon. André s'approche, la regarde. Un sourire éclaire son visage, le sourire de quelqu'un qui a remporté une victoire. André lui ferme les paupières et pose un baiser sur chacune d'elles. Blanche est morte dans son sommeil.

Nicole, qui venait aux nouvelles, pose la main sur l'épaule d'André. Une main qu'il prend doucement. Il ne la lâchera plus.

REMERCIEMENTS

À Monique H. Messier, mon éditrice. Elle sait apaiser mes doutes, m'encourager, me conseiller avec douceur.

À Johanne Guay pour sa confiance dans mon talent de raconteuse d'histoires.

À Jean Baril pour son dévouement et son intégrité.

À André Monette, ami et conseiller pour toujours.

Cet ouvrage a été composé en Minion 13/15,75
et achevé d'imprimer en octobre 2009 sur
les presses de Imprimerie Lebonfon Inc. à Val-d'Or, Canada.

Imprimé sur du papier 100 % postconsommation,
traité sans chlore, accrédité Éco-Logo et fait à partir de biogaz.

certifié   procédé   100 % post-   archives   énergie
           sans   consommation   permanentes   biogaz
           chlore